羅漢門

錢眞 —— 著

LÔHÀNMN̂G

「小說再現歷史，歷史更加趣味。」

——戴寶村（政治大學臺灣史研究所退休教授）

「分明是三宅一生或是鉛筆畫一筆一筆細描出衣裙折皺的陰柔筆觸，勾勒出卻是絕對殺伐、吐檳榔汁罵聲幹釘孤支的純陽剛男性世界。舞臺大燈本讓人以為會聚焦於大局興敗，卻僅僅讓角色在獨白裡更關注於人際關係誰和誰好，誰會不會和我不好了，大夥兒主觀得很旁觀，視角總是越主要越近乎次要，小說越往事件核心探去，卻越感覺到近乎邊緣之空無寂靜……錢真《羅漢門》裡有種種滑移，以為斜斜地走開，其實是踏進前人所未嘗抵之地，她讓歷史往旁站一小步，卻因此使臺灣歷史小說往前進一大步。」

——陳栢青（作家）

平路（作家）

吳晟（作家）

楊双子（作家）

藍祖蔚（自由時報文化週報執行長）

一致推薦

目次

推薦序　杜正勝　4
羅漢門　11
後記　343
主要參考資料　346

推薦序

朱一貴事件與《羅漢門》

◎杜正勝（中央研究院院士）

四百年的臺灣史，臺灣人民反抗不合理的統治，論聲勢之大，對統治者的震撼，而且推翻當地政府者，獨數清康熙六十年（1721）的朱一貴事件。

七、八年前吧，我在長榮大學臺灣研究所講授「臺灣社會文化史」，討論朱一貴事件，要求同學仔細研讀藍鼎元的《平臺紀略》，長年來這是朱一貴事件敘述的標準本。

藍鼎元追隨族兄藍廷珍來臺灣打朱一貴，在統帥軍帳主管文書，替藍廷珍撰寫軍情報告，也參贊機要。他親自目睹並且參與此一歷史事件，掌握第一手資料，他的著作《平臺紀略》完全符合主流史學標榜的直接史料的標準。何況他又以「據事直書」自許，宣稱「可見天日、質鬼神」，他的書應該屬於信史無疑吧。事實上藍鼎元對於此一事件的歷史圖像與道德定調，也成為官方的定本，有清一代公私著述皆不出他的範圍。

到二十世紀二〇年代號稱臺灣第一部全史的《臺灣通史》問世，作者連橫為朱一貴單獨立傳，顯示這事件的重要性。連橫尊崇延平王鄭成功，其立場自然站在揭舉「反清復明」大旗的朱一貴這一邊，而與藍鼎元代表的清廷觀點截然不同。然而除了一貴「或言鄭氏部將」這種不堪考證的造說，

除了創作一篇鏗鏘激昂但毫無史料根據的討清檄文，除了刪除藍鼎元污蔑反抗軍的盜賊、匪徒稱謂，改為義軍，其餘大多摘採《平臺紀略》的敘述。故事不變，單單換個稱謂，朱一貴就能從盜匪奸民變成民族英雄嗎？

我接著讀到泉州人黃耀炯的《靖臺實錄》，也講朱一貴事件，康熙壬寅年（1722）出版。這是朱一貴攻陷臺灣府的第二年，也是藍廷珍清鄉掃蕩一貴餘黨的同一年，名符其實的現代史。《靖臺實錄》問世時，藍鼎元尚留在臺灣參與清鄉，巡視遊歷臺灣南北兩路，大約秋冬之際才返回故鄉福建漳州。藍鼎元發現市面上已有朱一貴事件的書，取來一看，認為作者未經身歷目睹，地、人、時、事多謬誤舛錯，所以決定撰寫《平臺紀略》以糾正「市井訛談」，隔年很快就出版了。

《靖臺實錄》的「引書」（引言），作者黃耀炯未冠功名與職官，他應是生員之類的讀書人。黃氏居住泉州，接觸從臺灣逃回的難民，獲得情報。作為一介平民而寫史，他在引言解釋說：「古來史氏傳信之文，多採于聞見之所錄，則勿謂稗野之文可以不作也。」黃耀炯代表民間的觀點，與藍鼎元的官方態度不同。

比較《靖臺實錄》和《平臺紀略》，由於黃耀炯沒來過臺灣，一些地名方位難免錯誤，但整個戰事中最高統帥福建水師提督施世驃，《實錄》賦予相當重要的角色，不像《紀略》把他寫得無足輕重，甚至負面。這裡透露當時福建兩大軍頭家族，水師施家和陸軍藍家的矛盾，號稱「直道平心」、「載筆傳信」的藍鼎元，有了黃耀炯的對照，便不見得那麼直平可信了。

我無意全面比較分析《靖臺實錄》和《平臺紀略》，只想指出讀史書，不能不知寫作歷史的人，

他的內心世界和他所勾畫出來的歷史圖像往往存在著密切似疏的相關性。

讀過《靖臺實錄》，我又知道有一部《通俗臺灣軍談》也講朱一貴，是歷史小說；過去史學界不會把它當作一回事，更不用說要和上面兩種歷史著作相提並論。

《臺灣軍談》在日本德川時代享保癸卯年（1723）出版，作者署名萍水散人，係根據《靖臺實錄》改寫。當時中日貿易，從福州或寧波出口到長崎的貨物，書籍也是一種，稱作「風說書」。可見《靖臺實錄》一出版，立刻賣到日本，長崎的萍水散人獲讀之後，很快地譯寫改編成歷史小說《臺灣軍談》，和《平臺紀略》同年出版。

《臺灣軍談》章回小說體，以災異神怪開篇，如第一卷「李勇汛塘斬怪獸」、「神通道人出臺灣」，可以嗅到濃濃中國舊小說的味道。不過，萍水散人最大的特色是把朱一貴及其反抗義勇軍的形相完全正向化，把中國的史觀和政治觀一百八十度的扭轉，不論官方的藍鼎元或民間的黃耀炯都受到徹底的顛覆。

過度想像嗎？恐怕也未必全然如此。想想看，當時臺灣最高軍事統帥臺灣鎮總兵正二品的歐陽凱戰死，最高海軍將領臺灣水師協鎮副將從二品的許雲戰死，臺灣南北二路駐軍，南路營（管二仁溪以南）和北路營（鹽水溪以北）最高指揮官參將苗景龍和羅萬倉也都戰死。文官方面，品秩最高的正四品臺廈道梁文煊，最高治民長官從四品的臺灣知府王珍，其副手正五品的臺灣海防同知王禮也都驚慌失措，擅離職守，携家帶眷上船落跑了；其他知縣及僚屬無不紛紛棄官逃命。寫史的人硬說這個從深山出來的養鴨「奸民」朱一貴帶的是一群烏合之眾，合乎歷史場景嗎？反觀萍水散人筆

下，反抗軍領導階層多是英雄豪傑，勇猛善戰，不乏謀略，不能算是異想天開吧。

取《平臺紀略》、《靖臺實錄》和《臺灣軍談》並觀，作為歷史小說的《軍談》顯然也能夠把我們引領到三百年前的「歷史現場」，讓我們看到正統歷史著作沒有說出的部分。何以會這樣呢？原因很複雜，至少萍水散人不在中國王朝統治之下，沒有深受儒家統治哲學的桎梏之故吧，他給我們勾畫的被壓迫人民，形象反而更接近真實吧。

朱一貴起事再過兩年就滿三百之年，今日距離黃耀烱、藍鼎元和萍水散人出版朱一貴事件的著作也將近三百年了，這時一個嶄新的朱一貴圖像——錢真的《羅漢門》也問世了。我寧願跨過抄襲的《臺灣通史》朱一貴列傳，把它視為朱一貴故事的第四本創作。

關於朱一貴事件的史書和史料，包括清代司法檔案，審訊口供，錢真都不陌生，她對於事件的大敘述和出場人物的背景交待，多有徵可信，這一點《羅漢門》比同是歷史小說的《臺灣軍談》更多了歷史，當作繼黃氏《實錄》和藍氏《紀略》之後的第三本朱一貴事件，亦不為過。然而《羅漢門》不只是歷史，它還是小說，有比歷史著作更能呈現情境的魅力。它帶我們回到三百年前的臺灣，看那時代的山，那時代的水，感受那時代的氣息，也認識那時代形形色色的眾生群相，這當中現代的我們和那些草莽英雄好像又有某種臍帶繫連著。

前些時候錢真跟我談到《羅漢門》寫作的緣起。原來在幾年前，大概是前面提過的長榮臺灣所講授《平臺紀略》不久吧，她偕同夫壻和可愛的小女兒、小兒子到安平白鷺灣寒舍茶敘，那晚在場還有幾位博物館同事。不記得什麼樣的閒談脈絡中，我講起朱一貴來，差不多也就是上文寫的一些

意思，錢真聽後有所感，開始構想《羅漢門》這部歷史小說。

我本來就想以朱一貴事件的幾本當代著作論述歷史和史家的關係，表達我對近代史學與後現代史學的看法；文成數萬，不曾殺青，卻一擱數年，遲未出版。想不到錢真的歷史小說就要問世了，衛城出版社總編輯張惠菁小姐囑我推薦，當然義不容辭。

如果一席話可以催生一部創作，我奉勸老人不妨多言，協助青壯後進開拓學術藝文的天地，對我們社會文化的提升應該有點幫助，也是老人仍有價值的證明。

《舊約．以西結書》第三十七章，平原遍滿枯乾的骸骨，主耶和華對這些骸骨如此說：

我必給你們加上筋，使你們長肉，又將皮遮蔽你們，使氣息進入你們裡面，你們就要活了。

（五至六節）

歷史小說家和歷史家不同，規範制約較少，馳騁想像的容許度較大，史料工夫之餘學點上帝的本事，或能從枯乾的史料繪製出有血，有肉，有感情，能思維的歷史世界。

錢真既非歷史科班，也不是文學專業，然而寫第一部歷史小說《嘉平夢》（未出版）就榮獲第五屆全球華文文學星雲獎，第二部作品《羅漢門》又得到臺灣歷史小說獎。這兩部作品的時代、社會與人物南轅北轍，基本史料完全不同，而她都能悠遊其中，自如自在，足見其文才洋溢，有若天賦。錢真春秋鼎盛，具有無限發展的可能，故我樂於就歷史小說的一點淺見貢獻給她，期望她取法乎上，

再造新境。是為序。

2019年8月5日于
中央研究院史語所

第一章、山路上的人

康熙五十九年十二月初一，一個尋常的冬日午後，天色一片淡藍，只摻雜幾縷若有似無的霧白色雲絲。烏山東翼山坡上，剛走出雜樹林的黃麟停下腳步，搓了搓手掌取暖，走在後頭的卓春也跟著停下腳步。兩人肩上扛負的柴架已裝了七、八分滿，都是今日在樹林裡抽割的黃藤，捆得十分結實。[1]

黃麟推高斗笠前緣，覷了一眼日頭的高度，問卓春：「還有時間，要不要再帶一些茅草回去？」

卓春應了聲好，說：「反正也算順路。」

卓春摘下繫在腰邊的葫蘆，喝了幾口水。喝水的時候她察覺臉頰邊的布巾有些歪斜，便將那條藕色布巾拆下來，重新覆蓋在斗笠上，調整好兩邊長度，在下巴處打了一個看起來頗為穩妥的結。

「越來越熟練了哦！」黃麟打趣道。

卓春剛來到黃麟家的時候，總偷偷將黃麟母親給她的布巾藏在懷裡不肯用，嫌這麻煩。蹲在田裡，遠遠看跟少年沒兩樣。但最近這一年來她時常在斗笠上加覆一層布巾了。

1　康熙五十九年為公元一七二〇年。

「這不難啊。」卓春回他。

前方草埔中有一條庄民合力闢出來的牛車路，雜草較為短少，露出的泥土還殘留著交疊的腳印與輪痕。許久沒落雨，風一吹，沒長草的地方沙塵就揚起。

卓春越過黃麟，踩入亂飛的塵沙。黃麟連忙跟上，微微瞇起雙眼，避免沙子飛進眼底。如此走了一段路，他的眼睛沒吃到沙土，斗笠卻不時被風掀得亂跳，他只好摘掉斗笠，將本來盤在笠中的髮辮撈出掛在胸前。

黃麟把玩手中的斗笠，旋繞翻轉了幾圈，沒多久，又嫌拿在手上麻煩，將斗笠戴了回去。

他今天總找不到一個比較安定的姿態，心頭像有東西在攪跳，忽起忽落。

「過年的時候，你們就順便成婚。」昨晚他的父親坐在神桌旁的綠竹椅上吸著旱煙時，忽然想起什麼似的，這句話就脫口而出。母親接著對他們交代一些日後起居的瑣事、出入的規矩，要兩人仔細聽著。

黃麟看見卓春先是認真的聽，然後垂下眼繼續編她的竹籠，表情平靜，不似有受到任何影響。

黃麟仍記得，五年前是朱一貴在山路上發現病弱的卓春，將她揹到庄上尋求父親的幫助。那年卓春十二歲，小他一歲。卓春說她並不屬於任何庄頭，和雙親只單獨一戶在山林中生活，娘先病逝，後來爹也走了。她獨自在草寮生活了一段時間，耕作、煮食、睡覺，盡量讓一切都保持跟爹娘還在世的時候一樣。然而害怕的心情越來越難以忍受，這才走出來求助。

卓春講述自己來歷的時候，黃麟的心裡也湧起了一種被遺忘的恐怖，卓春雖然說後來害怕了，

但也獨自生存了兩個月的時間。他伏在卓春床前，看她的臉，看她的眼睛，想像那雙眼睛看著月亮再度滿月的心情，然後他感覺到一種遙遠而無法碰觸的距離。

當時父親和朱一貴剛認識不久，但黃麟能感覺到父親對朱一貴特別的喜愛與器重。父親讓朱一貴有空就來庄裡教授庄民武術、協助團練，又安排朱一貴去當外公田地的傭工，想著法子讓他留下。朱一貴說自己四處流浪又沒有家室，不方便照顧卓春，父親便說願意收留卓春，為此還受到母親的責怪，母親說卓春來歷不明，不應該輕率答應這件事，就連朱一貴我們也認識得不夠久。

最後在父親的堅持下，卓春還是待了下來，而朱一貴也在外公位於古陳坑的田地附近搭了草寮住，不再四處流浪。[2]

朱一貴曾陪卓春找到她口中的家，朱一貴說那是一座太過靠近生番聚落的草寮，草寮附近也真有兩座簡單的墳頭，只用石頭當記號。石頭被雜草所掩蓋，朱一貴費了好一番功夫才找到。在那草寮裡，沒有通行文書，也沒有祖先牌位，沒有能夠證明過去的事物。卓春也說，她的爹娘從沒提過他們從哪裡來？又是為了什麼遠避人群？那時庄裡幾個種地傭工都說卓春的口音聽起來有漳浦腔，猜她爹娘是偷渡來的，為了一家人都在一起，這才冒著禁令帶家眷過海，也有人猜測說不定是為了跟番人在一起又沒得到允許，那卓春的臉孔不是看起來有點像番人嗎？

庄人對來歷不明的人總有些忌憚，又愛問。卓春大概是解釋得累了，又發現捏造的故事比真實

2 古陳坑位在今高雄田寮。

的斷裂、遺忘更能說服他人，面對同樣的疑問，她開始說出肯定的句子，「肯定是從漳浦偷渡來的」她說，借用了別人的推論，黃麟也不去揭破她。

順著山勢繞了個彎，兩人很快抵達茅草坡。此地風勢小了許多，遠處的白茅不見盡頭一層又一層的密長著，靠近山道的這邊則有幾處剃過頭似的矮短，知道是有人來割過。

卓春撥開草叢，黃麟抄起一截斷枝，配合卓春的動作敲打地面，試探了一番。黑色的螞蟻一下子散開了來。暫時沒有發現蛇的蹤跡。

兩人將柴架卸下，取出繫在腰後的鐮刀，蹲下身開始割取適用的茅草。

茅草搭的屋頂怕長蟲、霉爛，每隔一段時間就得修補、更換。每年忙完十月稻的收割，十一月底的田賦包徵結算，他們就會來這裡割幾趟茅草，帶回去整理曬乾後一綑一綑重新綁好堆疊起來，留待修補家屋或工寮遮蓋時能夠直接取用。

再過幾天，就是和朱一貴約定好的日子。朱一貴說，那天如果天候不錯，會找人一起來幫忙修補他們家草厝。黃麟希望在朱一貴來之前能盡量把可能用到的藤材、竹材、草料都準備到充足有餘的地步。

兩人很快割足能揹動的草量，將茅草綑一一塞進柴架剩餘的空位，多出的部分往上疊，用草繩上下固定。重新揹起柴架的時候，黃麟看見卓春連後腦杓都被遮住了。黃麟問卓春會不會感覺太重？卓春說不會。這樣揹著走了幾步，腳步仍很穩健。黃麟也就放心。

牛車路上有人揹著貨架往這邊走來，那個人是陳印，原是朱一貴在府治認識的朋友，因為時常

造訪朱一貴而順便做起這山頭的生意。陳印每隔一段時間便會從府治攜帶雜貨到羅漢門一帶的幾個漢人庄頭兜售，或者接受委託，在下一次到訪時把對方需要的貨品帶來。多年下來，黃麟和卓春也將他當自己人看待了。[3]

陳印一見到他們，忙說恭喜。

黃麟想他應該是從爹娘那裡聽到消息了。知道該道謝，卻一時說不出話來。倒是卓春先道了謝。

卓春問：「陳叔這是要去找教練吧？」

「是啊！去看看我的老朋友過得如何？方才和妳義父聊太久，我還要趕路，就不多說了。你們也趕緊回庄吧！」

三人互道再會。陳印露出期勉的笑容，拍了拍黃麟的肩膀，就這樣錯身而過。

兩隻褐色的鷹自高處飛掠山谷，又盤旋回來。黃麟抬起頭，看見了那鷹。

卓春說：「走吧！接下來是陡坡了。」

＊　＊　＊

陳印獨自走在熟悉的山道上，雙肩背負的重量隨著貨品的售出已減輕許多，兼之回程走的多是

3　羅漢門為今高雄內門。

下坡，腳步愈發輕盈起來。但一個人在山裡完全的孤絕，總讓他有些害怕。日光隨著樹蔭的稀疏、濃密時強時弱，有時會誤以為提早日落了。

陳印搖了搖手裡平日用來招攬顧客的波浪鼓，那活潑的鼓聲稍稍緩解了他對山向來抱持的提防之心。

這條寬幅足以讓牛車通行的山道，是黃殿庄和古陳坑之間最平坦好走，也是陳印最信任的路徑。儘管朱一貴曾告知他幾條能可省下不少時間的近路，他至今卻未曾嘗試，只是記在心內備用。朱一貴口中的近路多是陡降的山坡，藏在竹林或雜木林裡，有的秘徑幾乎連人往來行走的痕跡都看不出來，布滿及腰的雜草、巨蕨與藤蔓，光是站在外頭張望都能感受到那彷彿要將人吞吃的幽暗。幾乎不能算是路了吧？

這一帶雖被稱呼為羅漢門，但到底門在哪裡？從哪裡開始？又從哪裡結束？陳印從沒搞清楚過。和同樣被叫作「門」的海上門戶鹿耳門不同，羅漢門彷彿有無數個入口，好像都對，又好像都不對，相似的草木竹林迷惑著人的雙眼。

固然只要手上有刀具，也沒遭逢絕崖峭壁，要自己闖出一條路並非不可能。陳印卻不怎麼喜歡披荊斬棘的過程。他深怕自己一不小心就會迷失在連綿不絕的群山之中，而他尚未準備將生存可能伴隨的危機賭在這上頭。飢寒而死又或誤闖番界，都不是他願意面對的結果。因此他總是走那條牛車道。路上若有新鮮的輪痕更好，就知道路的狀況是好的，不久前才有人走過，路不好時，只要情況不是太壞，他也能爬過落石、跨過斷折的樹木。

反正就自己一人，沒有牛也沒有車，人過了也就全過了。他相信擁有牛車的人不會放著損壞的山道不管，真損壞到無法修復也會設法弄出一條新的來，為了確保山裡的收成能順利運出、山外的雜貨能順利運入，像這樣重要的山路，來往的人會共同維持，絕對要比其他小徑來得安全。

「但這樣的山路也比較容易遇到土匪吧？」對於陳印的想法，朱一貴提出過不一樣的意見。朱一貴當時的神情認真到嚇人，陳印不禁慌張起來，追問朱一貴：「羅漢門有土匪嗎？」大概是他內心動搖的樣子太過明顯。朱一貴恢復成平日隨興的模樣，寬慰他：「不過，只要是黃殿的地界，你都不需要擔心。」

朱一貴的話，他信，但不只是因為如此。

在還沒來到羅漢門之前，陳印就聽過黃殿的名聲了。他曾聽一些自羅漢門運送鹿皮、藤材到府治街上兜售的山裡人提起過，說羅漢門大部分漢人庄頭的賦稅都是由黃殿包辦代收再上呈官府的。黃殿雖然沒有官府給的名銜，卻相當程度管理著羅漢門，是個「看得懂文書、知道怎麼跟官府講話的人。」那些人提起黃殿的語氣，說不上敬，倒有幾分畏。

——心裡也會怕被他騙，萬一他故意把數字說多了，然後把錢糧放進自己口袋裡怎麼辦？偏偏遇事也只能靠他。

——不過，比起直接跟官差打交道，我寧願跟黃殿講事。他為人還算公正。

那些人是這麼談論黃殿的。

後來也是聽那些人講起陳印才知道，正是他開始往來那條山道前不久，朱一貴和黃殿領著一群

平日參與練武練陣的庄民，合力趕走了一幫盤踞在山道附近劫掠的匪徒。

「自從有朱一貴當他的打手，黃殿更威風啦！」

「聽說李勇也打不過朱一貴。」

「有人能打贏李勇？你講這話可有憑據？」

「聽說兩人交手過，李勇的竹篙槍被打得飛出去哩。我是沒親眼看到啦！反正他們都是一夥的，誰贏也沒差。」

當時聽別人那麼談論朱一貴，陳印心裡不怎麼舒服。朱一貴的武藝他親眼見識過，知道厲害，但他不願意別人說朱一貴是誰的打手。一句「我認識朱一貴」偏偏又說不出口。怕自己看起來像硬要沾朱一貴的光，也怕別人問他關於朱一貴的事，而他知道的其實很少。

陳印只知自己又承了朱一貴一次恩情，儘管襲擊土匪這件事肯定不是為他，但陳印想，受了惠還是該謝的，便帶了謝禮去找朱一貴。而朱一貴說這件事本就是黃殿的計畫，要他將禮物拿去謝黃殿。

爾後這條路陳印真的平平安安走了四年，正如朱一貴所說「只要是黃殿的地界，你都不需要擔心」。

然而陳印每一次走都還怕，或者說活著本身就是一件讓人害怕的事。首先你要活著，才有機會遭遇各種危險。這樣的思想常在他腦袋裡打轉，轉得他生氣，他又搖了搖波浪鼓，凝望那只小鼓，自言自語的笑虧自己：「陳印啊陳印，你怎麼膽子跟老鼠一樣小。」

「印仔，你真的很膽小。」

山道前方忽然傳來說話的聲音，嚇了陳印一大跳。陳印剛好走在一個彎上，看不見山彎後面有什麼。路旁竹葉簌簌抖動，陳印瞬間想起家鄉山魈牽人迷途的傳說，連忙將斗笠壓低蓋住臉龐，並且閉緊嘴巴。生怕自己不小心回應了，就真會被牽走。

那聲音又叫喚了一次：「印仔？」

這次聽得更清楚了。聽起來像是朱一貴的聲音，陳印半信半疑緩緩掀開斗笠。

朱一貴不知從哪裡竄出來的，突然出現在他面前，手裡拿著一截尚未點燃的火把，顯然是為了怕回程太晚而預先準備的。

「一貴！」陳印忍不住大聲呼喊出朱一貴的名字。

「上回你說了今日要來，等得都將日落了，就先來看看你到底是跌跤了還是怎麼了？」朱一貴微笑著，清俊的臉龐上有竹葉的陰影。

陳印一下子從警戒的情緒中解脫出來，傻笑個不停。

「也許你不會相信，但我也不是什麼都怕的，就是對山啊特別提防。」兩人並肩走著，陳印覺得自己還是有必要對膽小這件事解釋一下。

「我相信。」

「啊？嗯。」陳印本想提出佐證，但朱一貴那句「相信」來得太快，並且也聽不出任何敷衍的意思，解釋的準備只好全數吞了回去。

「你既然不喜歡山，為什麼還要來山裡做生意呢？」

朱一貴的問題碰觸到陳印心中某個難以言喻的地帶，陳印感覺心頭縮緊了一下。

「是啊，到底是為什麼呢？」陳印苦笑，沒能答出那個問題。

＊　＊　＊

那陡坡走至中途，便會遇見一面傾斜的石壁。石壁上留有嶺上庄民鑿好的足穴，方便直上山嶺，省去迂迴山路的時間，是庄裡人才知道的捷徑。石壁前幾株雜樹遮擋了足穴的痕跡形成掩蔽，黃麟和卓春閃過樹幹，依序抓住纏繞在石壁上的藤枝，負著柴架，手腳並用的攀上山嶺。在這樣的寒天裡竟也都流了不少汗。

卸下重擔後，兩人各找一處休息。這裡已是庄人巡邏守衛的範圍，兩人的情緒都放鬆許多。不急著回家是兩人之間向來的默契，他們都喜歡利用回家前的一點時間，閒坐在這開闊處眺望山林。青色、黃色、綠色、土色、灰色，少許的紅，少許的白，這四周因土質貧瘠肥沃的差異而生長著不同的花草樹木，也有寸草不生的灰泥惡地。山的美好與險峻零零碎碎拼接在一起，中間圍出的羅漢門盆地，裡頭錯落著田園、荒埔與茅廬，且有許多牛隻悠閒地吃草。

他們所在的烏山包攏著羅漢門盆地的西側。

黃麟記得小時候祖父常帶他來這山巔處教他辨認周圍的山勢走向。祖父告訴他，從這裡往北能

通卓猴、木岡山，往西翻過幾個丘陵就能到達一處叫大穆降的平原，往南經過古陳坑能下到岡山溪接岡山頭。西邊、北邊都有不少平埔番的番社，往南漢庄就漸漸多了。[4]而跟烏山相對，東邊更遠處的山不能去，是生番的地盤。黃麟自小聽慣這告誡，日日看著那山卻又想親近。聽說東邊那裡官府是不管的。光是這句「不管」，黃麟就覺得好。

他蹲在嶺緣，發現土壤較肥的向陽處，開了幾朵紅艷的朱槿花，在這時節原是少見，他忍不住伸手摘了一朵，捏在手上。

卓春坐在一塊大石上，擺直雙腿放鬆。她取下斗笠擱在膝上，前額齊眉的瀏海露了出來。

黃麟走向卓春，手裡仍捏著那朵朱槿花。

卓春問他：「你摘花是要做什麼？」好像他們在這山裡摘採什麼都得有些目的。

他答：「好看。」也真的是好看，顏色好艷。就是不好意思說想送她讓她簪在髮髻上。索性將花夾上自己耳際，那模樣逗笑了卓春，看見長長睫毛下卓春清澈的眼珠子裡有簪花的自己。

黃麟也坐上那大石，兩人又待了一段時間。

當夕陽漸漸沉落遠方的山凹，散出了紅色的餘暉，黃麟問：「要回去了嗎？」

卓春點點頭說：「好啊。」

兩人並肩走著。不一會兒，熟悉的犬吠聲自庄口傳來。

---

4 卓猴為今臺南山上，大穆降為今臺南新化，岡山頭位在今高雄阿蓮。

黃麟突然想起自己耳邊還插著一朵朱槿花，急忙將花拆落隨風拋了出去，轉頭看，那赤艷的顏色在地面彈跳幾下，飛遠了。

＊＊＊

抵達朱一貴的草寮時，陳印望見籬笆內一群鴨子正低頭覓食，鴨糞和鴨毛院子裡各自零落，一股禽類的氣味竄進了陳印的鼻尖，卻不算濃重，順著風勢的起落若有若無。

「你養的鴨子好像一直是這數量？」

「是啊，更多，也沒有好處。更少，也有點麻煩。」

朱一貴打開圍籬的門，從水缸裡頭舀了一瓢水喝，又撈了一瓢給陳印。陳印喝過水，四周走動，發現朱一貴的草寮破損的地方比他上次見到的還多，仍舊沒有木板門，懸著乾草編成的長簾擋住就算是門了，也不知鴨子會不會闖進去？站在屋裡看更明顯，好幾處透風透光的縫隙，這草寮實在應該好好翻修。

陳印忍不住叨唸：「你總幫黃殿、李勇他們修房子，自己住的地方怎不花點心思弄？需要人幫忙，你跟我們說一聲，相信眾人都很樂意幫忙的。」

「同樣的話，殿哥、阿勇也說過。是我自己喜歡這樣子，自在。」

「很令人擔心吶……」

「擔心什麼？」

「遇到強一點的風颱，可能整個草寮都會被吹跑。」

「是吹跑過。」

陳印聽了一驚，自己竟不知道這件事，後來又想大概是自己雨季並不上山的緣故，因而不知道。他連忙問：「那你呢？」

「剛好在殿哥家。」

「所以說危險吶……」

「哈，總有地方躲的。」

陳印也沒什麼事好做，索性拿起竹掃帚幫朱一貴打掃草寮內外，再撥一些土將那些鴨屎鴨毛覆蓋住。

院子另一頭，土灶上一鍋水滾起來。朱一貴抓起一隻鴨子，割斷喉管，放血拔毛。

陳印聽見鴨身被菜刀剁開的聲音。

鴨肉湯煮好的時候，夜幕落了下來。

朱一貴拿起竹竿，輕輕撥弄鴨群，一陣紊亂的鼓翅聲，活的鴨子都被趕到另一邊去了。陳印跟過來，低頭看那群鴨子走路的姿態，感覺趣味，心想這些鴨子聲音雖吵，走路的秩序倒向來整齊，很討人喜歡。

曾有一回，他偷偷拿起同樣一根竹竿學朱一貴的動作去撥，鴨子卻不聽指揮，四散鬧騰，彷彿

認主，也不懂自己和朱一貴的手勢是哪裡不同了。

「你有想過幫牠們取名字嗎？」陳印忍不住問。

朱一貴先是瞥了他一眼，確認他是否認真，復轉頭輕笑：「別鬧了！」

陳印覺得那笑不太暢快，但又好像還算高興。

朱一貴和陳印圍在灶火旁，各持一碗喝湯吃肉，也飲酒，身體熱了起來。因為沒有雲，沒有月亮，星星看起來特別多。吃飽喝足，陳印撿了一處乾淨的地方躺下來，枕著臂，看那星星，想起星星會投胎為人的傳說，覺得有無數的故事寫在那裡。

「這樣睡著似乎也不錯。」陳印說。

「會冷的。」

「裡面不冷嗎？」

「好一些。」

「你常看這些星星嗎？」

「無聊就看。」

「我覺得這裡的星星比府治多一點。」陳印試著辨認星宿，但只認出一些，井宿的南河、天狼，參宿的三將軍，畢宿的雨師……

「想想你其實膽大，這回竟然選了初一來。初一晚上可是沒有月光能幫忙照路呢。」

「以前常約十五，但十五的滿月太亮囉，會掩蓋星芒，我就是那麼一點好奇，想看這邊沒有月

娘的樣子才約這天的。況且我又不走夜路，火石也預備著。」

「嗯，算你有理。」朱一貴微微一笑，忽然換了個話題：「最近還有人欺負你嗎？」

「那種事啊，就塞錢囉。主動一點就沒事。」

「這樣做沒問題嗎？」

「如果只是要應付那些胥吏的敲詐，姑且還能把這些孝敬當作成本，少賺一點而已。但最近感覺是上面的官帶頭來，抽稅的名目變多，收的數額也加重，若每一樣都老實上繳，會把利潤吃光的，我頭家正為這事操煩呢！」

「怎麼？王珍貪得還不夠？」

「我也覺得奇怪，他當臺灣知府也好幾年了，算算時間也快到底了吧！什麼時候被調走都不奇怪啊。說貪也就是那樣嘛，跟其他官員差不多。但最近卻時常突然宣布新的稅令，讓人摸不清方向。我頭家有個朋友本來想開糖磨鋪，沒想到知府衙門的胥吏卻在他開店當天上門索討七兩二錢的開鋪費，都能抵十個佛頭銀，買米也能買上十石了。原先並沒聽說有這條規矩，本來一張蔗車就要繳五兩六錢的徵稅，現在再加上開鋪費，根本是一隻牛剝雙層皮。我頭家那朋友嚇得把蔗車、糖鋪都賣掉了，覺得在這種官府底下做生意風險太高。」[5]

「糖的利潤高，才被盯上的吧？」

5 佛頭銀：西班牙鑄造的銀圓。

「是吧！說起來好笑，記得幾年前我對王珍也是不滿，久了也就習慣，以為最壞不過如此，現在他卻要得更多。」

「如果一個人不管怎麼做，都沒有人會反抗，當然他是有可能更過分的。」

「你說的……我倒是沒想過。」陳印聽出朱一貴的話裡有一點別的意思，突然覺得惶恐，霍地坐起身來。

朱一貴倒了一碗酒，也幫陳印倒。

陳印端起酒碗，對朱一貴一敬。

「我們那邊許多人都猜，這王珍一定是拿百姓的錢去補什麼見不得人的洞。」

「貪的理由重要嗎？也有人就只是想貪而已。」

「嗯，想想也不太重要。不管是為了什麼，真希望這一切能趕快結束。對了，你們鳳山知縣不是升官去了嗎？我聽頭家說王珍會兼任他空出來的位置，鳳山縣這裡恐怕也要讓王珍剝好幾層去了。」

「我也聽說了，殿哥看起來有點煩惱的樣子。」

陳印想提點建議但思來想去盡是空話，自己不也是逆來順受，咬牙忍著。官府要的，除了給還能怎麼辦呢？

陳印嘆了口氣說：「但願下個官會更好。」

朱一貴笑了，眼底有諷意：「這算是奢望。」

「別這樣，也出過清官，對吧？我記得，確實，是你還在道署衙門那時。那位大人，我倒是很喜歡。」

朱一貴手裡扣著理應喝盡的酒碗，遲疑了一會兒然後答：「然而他在的時候，也沒能管住其他人的貪。」

火光跳上朱一貴的半邊側臉，又滑了過去，餘下的陰暗像某種活物在朱一貴的頸緣攀爬。

陳印不禁想起第一次遇見朱一貴的那個夜晚。

那是個飄著小雨的夜晚，頭家又不在。他老早將大門栓上，放下窗板，準備睡覺了，卻聽見一陣急促的敲門聲，說是道署衙門的人。

他將門打開，看見一個穿著公服的胥吏帶上兩名轅役撐著傘立在門外。帶頭的胥吏說奉命要調查兩天前大井頭街的火災案，說有人看見他縱火，這是來帶他回去問話。

一聽到要進衙門，陳印感到非常害怕，他焦急的解釋，說那晚做完生意就關門了，聽見外面有人在喊大井頭街發生火災，也有出來幫忙提水滅火。說自己只是受雇於人的伙計，這店開在十字街上，大井頭街又和十字街相連，弄出火災搞不好也會燒到自己家當，實在沒必要做這種事……

而那胥吏只是聽，既不走也不直接逮人，甚至收了傘走進店裡，坐在桌邊等他倒茶。他也就明白這幫官差的意思，乖順從衣服內袋掏錢出來，一邊掏還一邊想應該拿多少才好。拿錢的手才剛伸出來，其中一名轅役突然喊道：「別給他，他騙你的。」

那是陳印第一次聽到朱一貴的聲音。就著燭火，瞧見一張神態堅定的臉。自己掐著銀錢的手就

這樣懸在空中，伸也不是，收也不是，不知如何是好。

「胡說什麼！」

「根本沒有人說他跟這件案子有關，等道臺大人自廈門回返，我們可以一同請道臺大人仲裁。」

「錢也會分你，你這新來的攪和什麼！」

「我只看不慣，賭博輸錢，卻要找百姓麻煩。」

陳印一直記得朱一貴對那胥吏說話的神態，那麼正派，無所畏懼。

那正是自己所缺乏的膽氣。

後來留在屋外的另一名轅役丟掉傘，拔刀衝進來要砍朱一貴，朱一貴身法奇快，身子一歪閃開了去，桌角也留下了深重的刀痕。

比起被勒索，屋子裡的東西可能會被全數打爛更叫陳印心慌。

眼見朱一貴也拔出腰刀準備反擊，他急忙大喊：「大人何必如此呢。動起手來，事情就鬧大了。」

還是他當的和事佬。

這是朱一貴第一次「解救」他。

說「解救」還是後來追認，一開始陳印並不是這樣的想法。胥吏、轅役，前者掌管案卷、文書，後者包辦顧守轅門、緝拿人犯等公差，分別是官府最底層的文武辦事人員，卻最有影響力，也是百姓最容易直接接觸到的。他們時常以查案為藉口，聯手勒索百姓金錢，這種事說是暗規也不為過。

朱一貴當時仗義的舉動在陳印看來是太傻、太危險了，況且他們根本互不相識呢。陳印一度擔心自

己會受朱一貴的連累，捲入更大的麻煩裡。

不是嗎？本來花錢就可以解決的事，如今可徹底得罪人了……

兩人同年，初識時二十五，現今三十又一。這些曾在心中奔竄的想法，陳印多年來都沒敢跟朱一貴提，怕提了難看，說不定就沒這朋友了。陳印只能寬慰自己，至少自己還算是有點良心，當初可是每天到道署外偷瞧，等朱一貴外出，想知道這個人是否為此惹上什麼麻煩。他並不是拍拍屁股就走的。

陳印覺得，能做到這樣也就夠了，這就是他陳印的器量啊，能指望有多大？就是像這樣的想法他也不好意思說，怕讓朱一貴瞧不起。他相信當年兩人能夠全身而退，全賴那位道臺是個不貪的。因有這樣的人擋著，那跋扈慣了的胥吏才沒跟朱一貴硬碰，事情也就不了了之。

但這樣的好運能有幾次？他要怎麼告訴朱一貴，同樣的事假若彼此交換身分，他不一定會幫朱一貴出這個頭。

「我還以為你會稱讚那位大人呢……」陳印試著用輕鬆的語調來接續談話。

「他確實是個好人。可是我也總會想，為什麼就是一個好人來當這官了，衙門的人還是那樣貪？」

朱一貴提出的問題令陳印更加確認自己和朱一貴之間的想法畢竟有些隔閡。就像他始終不明白，當初朱一貴為什麼非要離開？

官府正規兵員向來不足，許多練有武藝的平民，不，甚至只要身強力壯一點的，都有了當差的

機會。如果朱一貴願意，應當可以一直做衙門的差事，他想若官府裡多一點像朱一貴這樣的好人，對百姓也是好事一樁。他總是覺得可惜，不管是那位道臺還是朱一貴，像這樣的人，最後誰都離開了。

他曾問朱一貴是不是受人脅迫才走的？朱一貴說沒有，而他半信半疑。

「我就是厭煩了！」朱一貴說。

這句話堵住了他的追問。

「打算去哪？」

「先四處走走看看，幫人種田做工總能謀生的。」

「我該怎麼找你？」

「順其自然吧。」

一年後，朱一貴回來，走進店鋪，坐下來喝他泡的茶。他依然記得，那時他還分辨得出，朱一貴的臉上少了一點銳利，多了幾分溫情，心情很好的模樣。

朱一貴告訴他：「有一個叫黃殿的，讓我當他庄頭的武術教練，我也幫他丈人種田，我自己搭的草寮就在田地附近，那個地方叫古陳坑，你到了古陳坑再問人鄭九賽的田地在哪裡就可以找到我，你來了就住我那……」

「那裡好嗎？」

「不錯。」

朱一貴在古陳坑待了很久，不再說厭煩什麼那一類的話，偶爾陳印感覺心頭有一絲淡薄的怨妒。然而他不知道自己怨的是誰？妒的又是什麼？哪個人不想選擇一個令自己感到安適的地方？可是，怪了，就在剛剛火光跳動的瞬間，他察覺到會說「我就是厭煩了！」的那個朱一貴並沒有消失，還很鮮明地活在那看似溫和的面孔裡。

灶火漸弱漸熄，彼此的臉都幽暗了下去。

陳印替朱一貴添酒，兩人又乾了一碗。

第二章、傭工們

到了約定修厝的日子，朱一貴找來鄭定瑞、李勇、吳外，四人在庄口會合之後一同前往黃殿家。黃殿家的外圍有一整片的莿竹林，穿過那片竹林，經過瓜棚菜園、豬舍、牛舍，就能看見由三間草厝圍成的三合院，院子中間的空地既是曬穀場也是練武場，而後方第二進的位置，另有空地與一間草厝，住著黃殿的兄長黃媽、兄嫂林雲。

一早黃麟就很期待，不時跑到竹林外看看朱一貴他們到了沒？

修補屋頂或搭建新屋這類工作要人手多速度才會快，庄民們往往相邀合作，輪流修補彼此的家厝，受到幫助的主人家會準備吃的答謝前來幫忙的人。那樣的日子是熱鬧的，黃麟最喜歡這種熱鬧。

黃麟第三次往竹林外跑的時候，終於看見朱一貴一行人。

鄭定瑞是黃麟外公收養的義子，雖然只有二十五歲，黃麟還是對他喊了一聲：「阿舅！」接著喊李勇、吳外「叔仔！」，稱呼朱一貴「教練」。

這些稱謂，黃麟不知被父親糾正過多少次，如今已能喊得又快又對。

黃麟將人領入。

曬穀場上伏臥著幾隻狗在曬太陽。黃殿從主屋裡走出來，上前和朱一貴、鄭定瑞、李勇、吳外

等人寒暄了一番。

黃殿作為庄主，又是羅漢門的管事，所需處理的事情非常多。他平日幫地主們招攬種地傭工時，就不時留意，從這些傭工之中挑選出武藝好、辦事牢靠的人，協助自己處理種地以外諸如保衛田庄、催收地租、運送徵糧等一類雜務。雖然結拜是官府所不允許的事，但為了穩固彼此的關係，黃殿仍私下和這些人設壇結拜，成了義兄弟。

黃殿今年四十二歲，是裡面年紀最長的，其他兄弟多是二、三十歲的年輕人。他們稱呼黃殿一聲「老大」，其餘的人彼此間不依年紀排序，因為人數時常不是固定的，傭工裡多的是一些浪子性格的人，有些人會離開，而有些人會填補進來。多年來，一貫如此。然而五年前因為朱一貴的加入，這群人之間的關係漸漸有了改變，黃殿感覺到朱一貴的影響力越來越大，很受眾兄弟的擁戴。

朱一貴問黃殿：「哪一間要先開始？」

黃殿說：「先補黃麟住的那間吧，他過年時就要和卓春成親了，那間要當新房用的。」

朱一貴已從陳印那裡聽說這件事，所以並不驚訝。他微笑說了一聲恭喜，就和黃麟攀上竹梯開始檢查屋頂的茅草。

朱一貴和黃麟將屋頂不堪使用的舊茅草拆開、拋落地面。曬穀場上，鄭定瑞將新的茅草分成一把一把，吳外則將一管管長枝竹剖成對半。

新的茅草需用這些剖半的長竹管壓緊，再捆上藤索，讓它跟原初搭建屋頂的角仔條綁在一起。李勇個子高，待在屋子裡，踩上椅凳，手向上伸，接過朱一貴需放進屋頂內層穿縫的藤索。黃麟則

幫忙壓住竹管與茅草，同時遞藤索給朱一貴。

黃殿站在屋簷下看，問朱一貴缺不缺人手？朱一貴說：「不缺，殿哥你先忙自己的事不要緊。」

黃殿還是站在那裡幫忙巡看，偶爾給一點意見，或是補上暫時歇手的人的位置。

卓春提來了茶水讓大家喝，又回到灶前跟義母一起準備食物。

朱一貴、吳外、鄭定瑞、李勇四個人之間分工習慣了，不到一天就把黃殿家都基本修補完成，連豬舍、牛舍也整理了。

修補黃媽家的時候，林雲扶著黃媽移到外面空地的長凳坐一會兒。黃媽自小體弱多病，十歲眼盲，家中事大多無法幫忙，只喜歡玩一些簫絃自娛，雖然兩家人一同開伙，但黃媽很少和黃殿的家人一起吃飯，而是由妻子林雲將煮好的飯菜端回住所吃，起居都是由妻子照料。

黃媽手裡握著妻子做給他的竹簫。緩緩將簫口湊近唇邊，吹奏起來。簫聲悅耳，黃殿聽了，也從屋內拿出琵琶，坐在另一把長凳上彈奏，與兄長的簫聲相和。

工作完畢，吃了點心，朱一貴、吳外和黃麟坐在其中一間草厝的屋脊上喝酒看風景。李勇和鄭定瑞則說有事先走了。

朱一貴隔著吳外問黃麟：「要成親了，高興嗎？」

黃麟說：「我好像有點怕。」

坐在兩人中間的吳外笑：「怕什麼，到時侯該會的就會了啦！」

朱一貴用手肘碰了吳外一下：「別說這種話，讓卓春聽到不好。」

「教練，你會想成家嗎？」

「像你這個年紀的時候想過，後來就不想了。」

「是發生了什麼事嗎？」

「也不是，沒那麼複雜，就覺得現在這樣很好。」

「阿麟，你真沒意思，怎麼就跳過我不問呢？」吳外提出抗議。

「那吳叔呢？想成家嗎？」

「我啊，隨時準備跑路的人，沒辦法想這種事。」

吳外是府治人。他爹在府治開了一家打鐵鋪，也就是所謂的「犁頭行」營生，他自小也跟著學鍛鐵，卻因為惹了事，只好跑來羅漢門當傭工。

鐵是管制品，除非是官府或軍營有急需的訂單，平日也只能做一些修補農具、鍋具、菜刀的工作，或是回收舊鐵具重鑄成新鐵具。有一回有客人拿了一把舊鋤頭讓吳外重做一隻新的，回去秤了重量變輕，就懷疑他侵吞鐵料。吳外對客人解釋，熔鑄的過程本來就會損失重量，更何況還有一道刮刀的程序呢，還有啊我這反覆鍛的過程，幫你去掉不少雜質這鋤頭保證比舊的耐用。那人無論如何不接受他的說詞，還說他態度不對，雙方爭執不下。吳外問他到底想怎樣？那人說不如你多送我一把鐮刀吧？那一瞬間吳外心頭火起，抄起手邊剛鍛好的鐮刀，砍了過去，怎知那人受傷之後，沒兩天就死了。若不是那時衙門裡有自己人，指點他改名到山裡避難，還不知要受什麼樣的牢獄之災。這事後來雖沒成案，但他也不敢輕易回到府治了。

吳外時常對人說那時簡直是被鬼牽著走，不知道自己為什麼會動手，不知道為什麼手邊就是剛好有一把鐮刀，那鐮刀如果是掛在牆上，或許他就會冷靜。

「所以一開始才沒問你的嘛！」黃麟說，他聽吳外講他的故事太多次了，很怕他還要再講一遍。

「你這臭小子，沒大沒小。」

黃麟看了朱一貴一眼，只見朱一貴在笑，也就是笑。他們不再聊成親的事。吳外和朱一貴聊起府治的事，以前街上有什麼樣的行鋪？哪家小吃擔好吃？黃麟對這些一點不懂，感覺受冷落。後來漸漸有蚊子飛了過來，黃麟順手打死兩隻，雖不像夏天那樣多，但黃麟心裡煩躁，就連薄暮時的雲彩也無心看。剛好卓春來喊了，就都一同下去吃晚飯。

＊＊＊

甘蔗園裡，李勇和鄭定瑞兩人赤裸著身體躺在地上，鄭定瑞背對李勇，李勇靠了過去，伸手攬住他。慾望之事雖已完畢，李勇仍不想放手。鄭定瑞覺得冷了，掙開李勇的環抱，站起身拍掉身上的土粉，撿了乾掉的蔗葉擦拭身體，開始穿上衫褲。

李勇問鄭定瑞是否對他忠誠？

「你又問這種問題？」鄭定瑞的聲音裡有倦意。

「因為你現在翻身了。有了新靠山……」

自從田主鄭九賽收了鄭定瑞當義子，李勇便常對兩人之間的關係感到不安。鄭九賽今年六十歲了，名賤命貴，受祖輩庇蔭，占了開墾的先機，成為大目丁、古陳坑一帶的大地主，如今雖已不下田耕作，但仍堅持住在祖地，親自巡視傭工們工作的情況，和傭工之間的來往是密切的。

鄭九賽沒有兒子，只有女兒嫁給了黃殿，然而黃殿不肯受他招贅，兩個外孫一個夭折了，唯一長大的那一個注定要拜黃家的祖先。鄭九賽面臨無人繼承的問題，只能從傭工之中物色適合當義子的人選。鄭九賽的傭工之中，最有人望的是朱一貴，其次便是鄭定瑞。鄭九賽最後選擇了鄭定瑞。李勇猜想，或許是同宗的因素，加上朱一貴曾帶領傭工鬧過事，這一點鄭九賽不能容吧。

鄭定瑞當了鄭九賽的義子，雖仍要種田，就不再是替人做工，而是田地的繼承人了。知道的人無不恭喜他翻身，李勇卻無法單純替鄭定瑞開心。原先他們都是閒散的種地傭工，想去哪做工就去哪做工。然而，鄭定瑞如今正因為走了好運，不但走不掉，平日還得謹言慎行，以免觸怒鄭九賽。到底不能說是全然的好運吧？

「那又有什麼，隨時都可能會變卦的事，況且他很吝嗇，疑心病也重。」

「他沒要求你做那種事吧？」李勇有時會想像鄭九賽若是對鄭定瑞有意思，恐怕鄭定瑞不會拒絕。一想到這點，他就莫名氣憤。

「你以為人人都跟你一樣嗎？」

「你沒回答我。」

「沒有。」

「這樣就好。若他敢欺負你，你告訴我，我殺了他。」

「別這樣，不要動不動就說要殺人。我們在一起是歡喜甘願，哪天你喜歡別人了，我也不要緊。又不是真正的夫妻。」

「你為何這麼說？我喜歡一個人就要喜歡到底的。」

「『到底』是什麼意思？我死了之後嗎？別以為我不知道你喜歡過黃麟，只不過那是碰不得的人。不是嗎？清醒一點吧，有權有勢的人都不一定能一直風光了，況且我們什麼都沒有，奢望永遠，只是增加痛苦罷了，現在在一起快樂，那就盡情快樂，以後的事先別去想。」

「我和阿麟連開始都沒有，那不一樣啊。那也是之前的事了。」

「是嘛，所以別說什麼喜歡到底這種話。」

李勇不說話了，他說不過鄭定瑞，又不願意逼迫他。傭工之間，男人和男人互相解決身體慾望的短暫關係雖常見，但他對鄭定瑞的慾望卻不只是因為一時的寂寞，甚至因為跟鄭定瑞來往反而更加寂寞了。他受不了失去鄭定瑞這樣的可能，光想像都很痛苦，然而鄭定瑞卻總是擺出隨時可以離開他的模樣。

回想起來，兩人從認識到結誼，鄭定瑞的態度一直是被動的。他又怎知道他所做的事對鄭定瑞來講不是欺負呢？或許鄭定瑞只是不敢反抗他？他不敢問鄭定瑞是不是這樣？怕鄭定瑞說是。

兩人之所以熟識起來，源自於有一回鄭九賽人手不夠，黃殿讓李勇前往幫忙，李勇才注意到鄭定瑞這個人，覺得這人雖長得好看，表情卻很淡漠。李勇就突然被那淡漠的神情給困住了，往後沒

事也喜歡找他，見面也就是喝酒談天，想看看他熱烈一點的表情。

朱一貴的草寮不同於鄭九賽提供給傭工住的工寮，清靜自在多了，他和鄭定瑞時常就約在朱一貴的草寮見面。他雖曾在槍術上敗給朱一貴，對朱一貴卻是心服的，他很清楚打架這種事沒有好對手不會進步，他幾番找朱一貴挑戰，朱一貴也不拒絕，認真與他打。

三人的感情日漸地好。有一回一起喝酒吃肉，朱一貴先醉了，沉沉睡去。李勇趁著心熱，問鄭定瑞：「你願當我契弟嗎？或者你已當了別人的。」說這話的時候，他用手指著朱一貴。「我跟一貴哥並不是那樣的關係。正好，我也覺得寂寞。倒是你，想清楚了嗎？」鄭定瑞當時是那麼回答的。

他說當然，他反覆想這問題想很久了。

然後鄭定瑞領他到一處荒僻的林子裡，將燈籠掛在矮枝上。

兩人就好上了。

李勇時常回想兩人相熟的過程，怕忘記。這種事沒辦法跟人說，而不能說出口的事悶在心裡久了就會模糊，為了牢牢記住，他只能反覆地想，告訴自己這些情感都是真的。每次回想都彷彿又抱了鄭定瑞一次，自己也不明白自己為何如此著迷。可是這樣普通無聊的日子也沒有其他更刺激的事了……

在他的家鄉，沒有一點財產、照顧人的能力，是不好意思開口說要當人契兄的，等到對方想成家，當契兄的還得幫忙出錢資助婚禮。這些都不是貧苦的他辦得到的事，更何況家鄉人都把那成家

前的同性結誼，當作成熟的男人引領另一個少年成長的過程，那是一開始就注定要結束的短暫關係，他要的卻從來不是結束。

若不是來到臺灣，來到羅漢門，拋去舊時的地位和觀念，一群一無所有、四處流浪的傭工聚在一起，他會向鄭定瑞提出結為契兄弟的想法嗎？他想，或許不會的。在家鄉那時他也有過喜歡的人，卻從沒對那人開口相邀。

鄭定瑞的質疑他難以反駁，他知道自己很容易喜歡人，也無法忘記喜歡過的人。可他要鄭定瑞只喜歡他，明知道這樣不合理，不合理還是想把事情變成那樣，就連這樣的慾望本身也是刺激的。

* * *

離開黃殿家，吳外和朱一貴走在庄頭小路上。吳外忽然湊近朱一貴的耳邊，壓低聲音問：「想看看它嗎？快成了。」

吳外最近正幫朱一貴私鑄一把腰刀，朱一貴畫了圖樣給他看，又負責四處購買農具來化掉重鑄，這事不能做得太明顯，得慢慢來，分處買。兩人密謀了一段時間，鑄造過程也因為經驗不足而數度重來，畢竟朱一貴要的不只是一把樣子好看的刀而已，它必須真有殺傷力。這要求當初特別說出來曾勾起吳外的好奇，問朱一貴難道是有想殺的人嗎？朱一貴說他沒有想殺的人，要殺人，鐮刀、菜刀、柴刀都可以殺人。只不過他喜歡貨真價實的東西，一把刀就應該有一把刀的功用。

朱一貴的答案令吳外感到很意外，他以為會聽到什麼曲折離奇的秘密還是某個刺激的計畫，結果什麼都沒有。

兵器是麻煩的東西，本來官府就不允許百姓私下擁有，說到用處，除了嚇人、傷人、自保也沒多少用處，又不好藏。大部分的人更寧願拿鐮刀、鐵鋤等農具來練武，因為是隨手可取得的東西，揮舞起來也不怕別人說閒話。雖然對吳外來說，他已經有打鐵的爐具，只要給他足夠的鐵料，他就能私下幫人鑄造兵器。然而多年來，真正委託吳外打造兵器的人屈指可數。會提出這種要求的，不是對武術有強烈嗜好的人，就是因為有錢想要擁有別人沒有的東西。他想，朱一貴屬於前者。

縱然曾經惹事離家，他還是對這種違禁的事非常有興趣。每做一件就覺得自己戰勝了什麼，走路有風，能在朋友面前炫耀。反正官府除了收錢，幾乎什麼事都不管，他也不怎麼怕。如今刀要鑄成了，連吳外自己也十分興奮。

會是一把好刀。吳外很有自信。

朱一貴說他想看那把刀。

叉路口，剛回到庄裡的王玉全和張阿三迎面而來，四人在泥路上互相問了好。

王玉全和張阿三都受雇於黃殿，這兩年才來到庄裡。王玉全今年三十五歲，接替的是黃殿前一任文書助手的工作，除了替黃殿寫文書，平日也幫庄民寫春聯、寫信，兼之又懂一些卜卦、醫理，似乎跟書冊、文字扯得上關係的事都能找他。照理說應該跟誰都有些接觸，卻誰都跟他不熟。

張阿三則是種地傭工之中最年輕的，才二十歲。他和李勇相同，身材魁偉，又不怕與人打鬥，

除了種地，也替黃殿做些收稅催糧跑腿的事。黃殿派王玉全出去辦事的時候，總會指定這兩人之中的一個協助王玉全。

因此看到張阿三和王先生走在一起，就能猜到他們是正要去辦事，或者辦事回來。和李勇相比，張阿三給人的感覺並不兇惡，甚至有點太溫順了，閒暇只喜歡雕刻木頭，不跟人喝酒胡鬧，這點倒跟作派儒雅的王玉全契合。

「你們要找老大嗎？」吳外問。

「正是。」王玉全答。

朱一貴說：「他在，我們剛剛才一起吃飯。」

王玉全向朱一貴雙手作揖，道了聲謝，和張阿三匆匆忙忙地走了。

吳外等他們走遠，忍不住笑：「王先生好像做戲的。」

「大概是讀書人的習慣吧，我們練武不也會抱拳請招嗎？」朱一貴說。

「不過每回看到他認真的表情，身體又彎成那樣，總覺得彆扭。」

「你啊，認真不好嗎？」

「也沒有不好。不過王先生這樣，人緣不會好的。好像一直在提醒別人：喂！我跟你們不一樣。」

朱一貴沒有接話，似乎在思考什麼。吳外有些好奇的問：「怎麼了？」

「沒事。你講的話太有道理，所以想了一下。」

「我可以當作稱讚吧？」

「當然可以。走！去看你說的東西。」

吳外雖然受雇於黃殿，但因為不想讓人知道自己平常都在鍛造什麼，加上又是避禍之身，草厝搭在一處離牛車道稍遠的竹林深處，以天然的竹林為掩護，硬是伐出一片空地，從可以走的捷徑來看，還比較靠近古陳坑。

在吳外的草厝裡，朱一貴仔細看過刀面上的鍛紋，然後揮刀，聽刀身震動的鳴聲。同樣的動作，反覆又做了幾次，對那把將近完成的刀很是滿意。

吳外見朱一貴滿意的表情，心情也很好，忍不住對朱一貴說了許多製刀的事，說他如何調和硬度和韌性，說他還要再修飾一下刀柄、幫這把刀做一個皮鞘……

兩人聊得頗盡興，後來時間拖得太晚，朱一貴就留在吳外的草厝過夜。

＊　＊　＊

夜裡黃麟頭貼在竹枕上卻沒半點睡意。他的房內最近增加許多新物，梳子、妝臺、衣箱、竹籃，都貼著紅紙，潤著喜色，母親反覆提醒先不要使用，也不可將紅紙撕下，這都是為了布置新房而準備的。

每一天喜氣悄然增添，今天又多了一只竹枕，暫時擱在櫃子上，讓卓春將來睡的。黃麟瞧見，感覺臉頰熱起來。再看一眼，心底又生出寂寞。

就像小時候，他看著其他人，也常感覺到這份寂寞。一種和他人不同，也不受到理解的寂寞。當時他就意識到了，這個由父親掌控的庄頭，老人、女人、小孩都是極少的。圍繞在父親身邊的大都是年輕力壯的男人，這些男人和父親一起探查地形、開拓田地、守衛庄頭，並且父親總是能說服其他人聽從他的意見。

孩子本就少，偏偏那幾個他又都不喜歡。雖然父親的朋友偶爾也跟他玩，但他們提議的遊戲通常是比誰割的茅草最多，誰採收的番薯最多，誰從荒地中清出更多的石頭。他覺得這不能算遊戲，但他還是玩了。

母親說你本來有一個阿兄，一出生就身子弱，連路都還不會走就離開我們了。他叫麒，和你的名字湊在一起，就是麒麟。

他曾幻想和自己未曾謀面的阿兄對話，相信黃麒的魂魄尚在這山林裡遊蕩，但他不能確知他的阿兄是否能理解他的話語，因為阿兄離世的時候還不會說話，並且隨著歲月的流逝，他們年齡的差距越來越大，大到他必須放棄這個幻想。

他渴望同齡的玩伴，一個能夠競爭與商量的對象。他羨慕父親跟朋友奕棋時的笑容，羨慕他們擲骰子、比射箭時那種勝負的慾望，因為羨慕他就靠過去看，試著混在那些人之中，感受一點熱鬧和溫暖。但父親一見到他便編派工作給他，將他趕走。

而母親則是主動躲起來，她會在屋後的院子煮一大鼎粥或烘烤番薯以填飽父親這些朋友的肚子，但她從不出現在父親那些稱兄道弟的朋友面前，只有父親的朋友不在時，她才和父親同桌吃飯。

父親不只一次告訴他：家族自東寧朝時就在這裡了。因為你大伯身體不好，才讓我們這一房繼承祖業。

「你要有所自覺。」

出生沒幾年就遭逢改朝換代的父親，幾乎沒有關於東寧朝的記憶。但是曾短暫作為東寧朝部將的祖父把那些舊朝遺緒朝朝夕夕吐露給父親，父親就變成那既驕傲又若有所失的模樣了。並且因為自己獨受重視而覺得對大伯過意不去。

這都是母親偷偷告訴他的事。

父親總高抬下巴，低垂雙眼，保持一種謹慎而收斂的尊嚴。黃麟想，父親跟所有人也都是隔閡的，只是裝著沒有。他所羨慕的父親和朋友之間的笑容，隨著他知曉世事，如今看起來也不怎麼真實。

卓春曾對他說：「你所擁有的一切對我來說都是十分奢侈的。」

他反駁：「我們有同樣的家人，同樣的武術教練、教書先生，大家待妳跟待我一樣好。」

「雖然如此，還是有所不同。因為黃麟是黃麟，才會感覺不到那個差異。」

作為管事黃殿唯一一個健康長大的孩子，他兼受著庄內人的教訓與寵愛，做錯事了，誰都能罵他，受傷了，就有人揹他回家。被所有人重視且照顧著，卓春是這樣看他的吧？他幾次忍不住想對卓春說，我也曾遇過不懷好意的人，最後卻都沒有說。他總是會想起卓春冷靜敘述身世的模樣，他想，在卓春曾經歷的孤獨面前，他的寂寞是這麼微不足道。

黃麟在胡思亂想中睡去，夢見自己在山林裡盲目亂竄，無論如何找不到回家的路，甚至越走越遠。當他好不容易找回那條對的道路，卻撞見一隻鷹正停在地面狠戾地啄食鹿屍。鷹受他腳步聲驚動，展翅飛去，而遺留在草叢裡的鹿彷彿剛死去不久，毛皮仍有光輝，散發著最後的生氣，以一種具備餘溫的姿勢側臥著。

鹿的身軀上有一個血紅色的破口。

黃麟不敢去看那鹿的眼睛。

＊＊＊

隔天清晨，黃麟在一陣劇烈搖晃中驚醒。狗吠聲、物品滾落、屋厝震動的聲響不分方向地襲來，他聽見阿爹、阿娘、卓春都在喊他出去。

黃麟跳下床，雙手扳住門板，腳步踉蹌地奔出。

伯母也扶著伯父慌慌張張跑到前院來尋他們。

黃麟看見自己住的那間草厝塌了半邊。他不敢置信地看著這景象，憤憤想著他們才剛修補過啊，怎能發生這種事，昨日一整天的努力都是毫無意義的嗎？

黃麟跪在半倒的草厝前，無法想像這是什麼樣的力量。

地忽然又震動起來。遠處、近處、自己的嘴裡都是驚呼聲。

黃麟連忙將卓春的手拉過來緊緊牽住，剛剛是氣憤得想哭，現在卻是一邊發抖一邊笑，慶幸彼此都還活著。卓春將一件棉衣披在他身上，說是慌亂之中隨手亂抓的。

穿好棉衣，黃麟奔出竹林，寒冷的晨風中，許多人佇立自家屋外，漫無目的的互相張望。也有人聚在庄路上討論事情。

竹林、樹木、土石、草寮，所有景物都籠罩著一層淡淡的晨色。在這美麗的晨色下，有些人的屋寮歪斜了、倒塌了。

「這次地牛翻身是不是翻得特別大力啊？」黃麟聽見人群之中有人這麼問。

天色漸亮，黃麟和卓春開始巡邏庄頭內外，沿著山路往外勘查，發現有人被落石砸死，也有屋寮消失在滑落的土堆裡，人是不是還在裡面不知道。他們先向黃殿回報目前看到的情形，然後又趕往古陳坑去找外公、小舅和朱一貴。

一路上兩人又感覺到幾次震動，雖不像清晨那次那麼劇烈，黃麟仍覺得危險，要卓春先回家，卓春不肯，說正因為危險更應該兩個人一起走才有照應。黃麟想想也對，兩人就繼續走，盡量避開有山崖跟危石的地方。

慣走的山路中斷了好幾處，黃麟和卓春只能不斷繞路，比平常多耗費了許多時間。

終於見到活生生的朱一貴和他全倒的草寮時，黃麟一時激動，忍不住掉了幾滴淚。

黃麟說：「教練，你的草寮都倒了。」

「再蓋就好了啊！原本這裡也是什麼都沒有。不過這個也不急。我哪裡都能睡。我昨天就是睡

吳外那呢，吳外沒事，剛剛也去看了你們外公和小舅，他們都平安無事。」

「我從沒遇過這麼大的地震，一時覺得很心慌。」

「現在應該要先確認各個庄頭的情況，看看有沒有人受傷，需要幫助？每個庄的力量要互相支援、協調，才不會造成混亂。」

「混亂？」原先靜靜站在一旁的卓春問。

「嗯，那麼多人的屋寮受損，一下子會需要大量的木材、竹材。人一緊張，往往會失了分寸。」

黃麟和卓春在探望完鄭九賽和鄭定瑞之後，將朱一貴的話帶回，轉告父親黃殿。

黃殿派出李勇和張阿三巡邏山林。之後的情形果真如朱一貴所說，地震沒兩天，人們開始湧進林地裡伐木採藤砍竹，原來這片林地只有羅漢門的墾民在使用，如今多了不少外人，不知從哪來的，都急需木材、竹材重建屋寮，也有些是為了趁機牟利，砍了許多要運到街上去賣，外人不熟這裡的規矩，容易侵犯他人地界，砍了地主私有的林木，又惹出許多糾紛。

黃殿只能將各庄的傭工們分成幾隊輪流巡山看雇，盡量穩定羅漢門原有的生活秩序。朱一貴也加入巡山隊，幫了許多忙。

在那場地震與眾多的山林糾紛之後，又接連下了許多天的雨，並且太多了，不像是這個季節該有的雨勢。那冷冷的雨像要刺進人的心裡，無情地滲著寒氣下個不停。竹材、木材、草料縱使有，這種天候也難以重建。簡直是所有的壞事都一起發生。

黃麟和卓春就在這蕭索的氣氛中完成了婚事，度過他們的第一個新婚年節。

第三章、田賦開徵

過年後不久的某天上午，黃殿和王玉全在草亭裡下棋，朱一貴在棋桌旁負手觀望局勢。兩人棋局走至尾勢，正要分出勝負。

吳外跑了過來說：「老大，不好了，中埔庄那個叫楊豐的佃戶，最近不知從哪找來兩個幫手在家裡閒住，擋著李勇催租，他們的地租從去年年尾拖欠到現在，李勇幾次去被阻撓，氣不過準備要動手，我也攔不住他。」

「阿三不在嗎？」黃殿皺起眉頭。

「他去巡山了。」吳外說。

「殿哥，我去看看。」朱一貴說。

「麻煩你了。」

朱一貴和吳外走了之後，王玉全問黃殿：「您不去看看嗎？」

「不用，一貴處理得來。」

此時，王玉全輕巧說了一聲「軍！」，聲音像關在咽喉裡。擱在小炭爐上的茶鍋，水沸了起來。

朱一貴跟著吳外到了那佃戶家，果然看到一名壯漢正和李勇拿著鐮刀互鬥。鐮刀短，兩人的身

體逼得近，每一次揮刀都彷彿要割斷對方的喉頸，雙方身上都有血痕，圍觀的人越來越多。

黃麟在家裡聽到消息也趕來，陷在圍觀的人群裡正不知該如何介入，看見朱一貴和吳外到了，連忙揮動手臂喊他們。

朱一貴問黃麟：「怎麼會拿刀鬥起來的？」

黃麟說：「最初只是肉搏，兩個人扳來扳去總分不出勝負，不知道誰喊無聊，嚷著要他們用刀鬥，還真有人遞了鐮刀給勇叔，對方自然也取出鐮刀，如今這場面，恐怕要鬧人命。」

「坐在那長凳上的人是誰？是那個人的同伴嗎？」

「應該是的，但他看起來好像並不緊張，還在嚼檳榔呢。」

朱一貴對吳外說：「這時如果對誰喊話，誰分心都可能要送命。你我看準時機一齊衝上去將兩人分開。」

吳外點點頭，等朱一貴發令。

朱一貴看準兩人稍微分離的空隙，架開了李勇追上來的一刀，而吳外護住朱一貴的背脊，面著那壯漢，示意他不可以再靠過來了。

「我們這邊有三個人！」吳外大喊。

「四個！」黃麟從人群中跳出來，這裡不是自己的庄頭，黃麟喊得有些心虛。

「進屋談如何？或者你我在眾人面前單挑？」朱一貴對坐在長凳上嚼檳榔的人說。

那人緩緩站起身，身材雖高，卻很瘦，笑的時候牙齒有長年嚼檳榔染的顏色，調轉視線時，帶

輕浮的邪氣就從瞳眸裡浮上來。

吳外想，這個人身上沒幾兩肉，肯定打不過朱一貴。

「我叫顏子京，我們談談。」

朱一貴發覺，顏子京一開口說的雖是漳州話，卻混著些許潮州聲腔，尾音輕飄飄的。

相關的人都進到佃戶楊豐的屋子裡，圍觀的庄民在外頭站了一會兒，見事態沒什麼發展，漸漸就都散了。

屋子裡，朱一貴、顏子京、楊豐三人坐著，其他人站著。

顏子京說他的同伴叫楊來，是楊豐的遠房親戚，他們本來在下淡水檳榔林那邊種地，受楊豐的請託才過來。[6]

「反正現在也沒什麼事。」顏子京說。

「但是下淡水那邊十二月就插秧了，現在應該正是忙的時候吧。」朱一貴說。

「哈，你很清楚嘛……」

「你說什麼？」楊豐很驚訝，他並不知道下淡水的插秧時間那麼早。

「除非你們打算放棄下淡水的工作，一整年都在楊豐家閒住。」

「這樣似乎也不錯。」顏子京淺淺一笑。

6 下淡水泛指屏東平原，檳榔林位於今屏東內埔。

「不，我沒辦法招待你們那麼久啊！」楊豐有些慌張的說。

朱一貴問楊豐：「你聘請他們的錢都可以拿來交租了吧？為什麼要做這種對自己沒好處的事？」

「你不懂，我就是一口氣吞不下去，明明說好了佃農交定額租給地主，契約上寫的是米穀的重量，又不是銀錢多寡。憑什麼黃殿可以擅自定一個價格，叫我們交銀錢呢？誰又知道黃殿有沒有從中抽成？」

李勇聽了楊豐的說詞心頭火又上來，搶著回話：「你知不知道去年下半年的田賦期限是十一月底？你沒交出來的這份，是老大先墊上的！」

「好啊，說出心裡話了吧？黃殿就是要讓我們這些佃戶去擔地主的麻煩，我偏不遂他的意。」

「胡亂說什麼！」

李勇不顧肩頭上的傷痕還滲著血，掄起拳頭朝著楊豐臉面就要打。顏子京目光一掃，朱一貴單手擋住了李勇，讓他先去處理傷口。

李勇不肯，仍執意要站在那裡，黃麟趕緊拉著李勇的手走開，走到一半想到那個叫楊來的人也受傷了，就也將楊來拉過來：「你也一起！」他的手勢太自然，楊來一時不知如何拒絕，就跟著走到屋外取水清洗傷口。

等那三人走開，原本縮起身子逃竄的楊豐也恢復了鎮定，坐好對朱一貴說：「我看你是明理人，所以說給你聽。你想，官府向地主徵收折銀，本來就是地主要去想辦法的，不應該從我們這裡要。黃殿這管事不敢得罪地主，就幫著地主欺負佃戶，讓佃戶來承擔官府的要求。說好聽是幫我先出這

筆，但我又沒拜託他這麼做，對不對？說明了，不過是變了法子自己當起官府來要錢。像這種事，不是第一次了。黃殿不過就是仗著手下幾個打手才能囂張，他有什麼本事？我就是想出口氣。要讓他知道，我也是有靠山的。」

朱一貴靜靜聽楊豐講完，讓他吐吐怨氣。

「你的想法我會跟殿哥講，這些事的起因說來說去都是官府在徵收田賦這件事上頭定出的價格不合理，不管是你還是地主還是黃殿，都是吃了官府的虧，何不站在一起想辦法呢？」

「哼！他們那些人哪有這麼好心。尤其是地主，不會耕地，只會等著收租，哪裡知道我們的辛苦。一有問題，就想把問題往佃農身上推。」

吳外忽然清了清喉嚨，彷彿想說話，朱一貴看向吳外，吳外又連忙揮動雙手，表示沒有意見。

朱一貴對楊豐說：「那麼我回去再跟殿哥說一下。之後就再談。」

楊豐擺了擺手說：「隨便。不要再來煩我最好。」

朱一貴轉向顏子京，等他表達意見。

顏子京說：「我沒有意見。我是來幫人的，主人怎麼說我怎麼做罷了。」

「你那個叫楊來的朋友身手很好。」

「確實，我們阿來打架向來厲害，在下淡水也只輸過一個人而已。」

「說得你們好像常常在打架。」吳外忍不住插話。

「種田的生活太無聊了，你不覺得嗎？尤其種的還不是自己的田。即使沒有足夠的理由，人也

會打起來。就只是想打而已。」顏子京說完，自己乾笑了幾聲，卻沒有人跟著笑。

「無聊嗎？」朱一貴覆述了一次顏子京的問題，「這個問題挺有意思。」

此時，黃麟和李勇、楊來也走進屋裡，原本打架的兩人之間已沒有方才張牙舞爪的怒意了。

朱一貴又向顏子京、楊來探聽了一些下淡水的事，聊起平日處境，都是種地傭工，很快就親近起來。吳外、黃麟、李勇也加入談話，氣氛越發熱絡。問起口音，顏子京說自己是漳州人，可能平常身邊有不少潮州人，相處久了，不知不覺講話也有些潮州調。

楊來話少，只聽他們聊，偶爾附和，笑聲倒是很響亮。

楊豐被晾在一旁許久，趁隙拉住朱一貴說，他會跟黃殿當面談一談，這還有事，請眾人先離開吧。

朱一貴知道楊豐是怕太靠近中午得請所有的人吃飯，就率著眾人告辭。分手時還邀請顏子京、楊來有空到古陳坑找他一敘。

離開的路上，吳外問朱一貴：「其實從剛剛我就想問。打死不交那些田賦又會怎樣嗎？羅漢門這麼偏遠，官府真會來抓人？」

朱一貴對吳外比了個禁聲的手勢，「幸虧你剛剛沒講出來，否則殿哥要更難做人了。」

黃麟跟李勇兩人走在後頭，聽見了這句話。

黃麟覺得朱一貴的話裡有暗示。這不正是在說真正令楊豐那些佃戶不滿的原因？他們認為這是可以拖延不予理會的徵收，管事卻主動代繳，製造了借貸關係。

「教練，我阿爹他……難道是故意替別人繳錢嗎？」

「我既然在你面前講，就從來沒有懷疑他的意思。」

「是。我知道。」黃麟的聲音有些猶疑。

李勇凝望黃麟，發覺那張臉上表情的變化，心中升起不忍，他拍了拍黃麟的肩膀：「別想太多。」

四人又同行了一段路之後，朱一貴說要去草亭找黃殿，讓黃麟先回家裡去。因為也不確定黃殿是否還在草亭，說好誰先遇到黃殿就先報告情況。吳外、李勇各自有事，四人就在岔路口分手。

＊＊＊

朱一貴回到草亭時，王玉全已經不在那裡，只有黃殿一個人坐在棋桌前，似在思索殘局。

「你回來了啊！」察覺有人，黃殿抬起頭。

「嗯。」

「事情順利嗎？」

「順利，但要麻煩殿哥跟楊豐再談一談，這人爭的是意氣，不是真的缺錢。」

朱一貴將他與楊豐的談話內容大略轉述了一遍。聽完朱一貴的轉述，黃殿說：「我會再找他談。多謝你。」

黃殿將殘餘的棋子撈回棋盒中。棋桌空了出來，桌面只剩鑿刻好的棋盤線。

朱一貴伸手摸了摸那鬢線。

黃殿笑問：「怎麼了？」

朱一貴說：「每次奕棋，總會剩下一些棋子。」

「那是當然，既然知道下一步無論如何守不住主帥，就不必把它走完。」

「可若是真的戰場呢？主帥戰死，身旁的部屬不能取代他的位置嗎？真實的情況應該是這樣子吧？」

「如果規則改成這樣，這棋局就真要戰到最後一兵一卒了，局不成局，一人追、一人逃，光是在這小小的棋盤裡兜繞，永遠也不能有個結果，未免無趣，也難看。這本來就只是遊戲罷了，並不是真的戰場。」

「終歸要有勝負，對吧？」

「對。」

見朱一貴似有心事，黃殿接著又說：「不如你把這主帥想成爭戰的目的，取下對方主帥代表破壞了對方的目的，反過來說，失去了自己的主帥，也代表自己的意願被消滅了。」

「聽起來有些淒涼。」

「哈，也可能贏啊！那就是實現願望囉！」

「確實。」

忽來一陣風，拂動草亭外的樟樹和竹叢，發出沙沙的響聲。

「到我家吃飯吧！」

黃殿將手放在朱一貴肩上。那原是一個再普通不過的動作，卻瞬間令他感覺到自己的蒼老，那層衣衫底下堅實的肌肉像是蘊藏著飽滿的力量等待爆發。他不知道自己以前是否也擁有過這樣的力量？或許這跟年紀並沒有關係，他們的體格天生不同，就是現在他看著黃麟，也還是覺得黃麟過分瘦弱了些，眼睛又太秀氣，缺乏個性的一張臉，不如卓春強烈堅定，卓春的眼神像鷹，這點倒是跟朱一貴很相似。

＊　＊　＊

夜晚時分，黃麟坐在近門的土階上和一隻黑狗玩，門邊的梁柱懸吊著一盞紅紗燈，帶來光芒，那黑狗很乖順的讓黃麟撫著肩脖。為了防禦跟狩獵，庄裡的狗多半被訓練得機敏兇悍，若有必要，將敵人咬死亦不會遲疑。唯獨這隻狗特別溫馴，遇見外人也不懂得吠，打獵的成果也不好，因而被認為是沒用的狗。有一年過冬，庄人提議將牠煮了，是黃麟護了下來。

黃麟準備再閒坐一會兒就要入睡了。突然那狗像是聽見什麼，豎起耳朵。不一會兒黃麟就看見張阿三拿著火把繞過籬笆，衝進曬穀場。

「少爺，老大有在家嗎？」

「在裡面。」

張阿三越過黃麟一步踩進屋內。黃麟聽見張阿三在裡頭說：「老大，先生讓我先回來傳話，說今年沒有免繳田賦或減賦的詔令，二月開徵的地稅不要米穀，一律都用折銀代替。這是目前先生探聽到的。穀價就還不知道。」

「多謝你帶消息回來。王先生呢？為何沒跟你一起回來？」

「先生說他還有事情需要處理。」

「你也太冒險了，走了一段夜路吧！半途在街上多待一晚無妨的。」

「今天有月光，倒還好。」

「嗯，今天你應該也很累了，早些休息吧！」

裡頭的談話能很清楚的聽見。黃麟想起父親提醒過：不管是誰，就算是自家傭工，他們任何一個人單獨來找我的時候，你仍要警戒著。

想起阿爹交代過的話，黃麟摸向腰間，發現鐮刀不在身上，不禁有些慌張。

幸好張阿三很快就說要走了。

張阿三踏出門檻的時候，卓春從裡頭追出來，遞給張阿三一個飯糰。張阿三站在原地立刻吃起來，他認真地咬下每一口，一邊吞嚥一邊說：「我很喜歡飯裡夾著菜脯的味道，真好吃。卓春，多謝妳。」並且露出了滿足的笑容。

黃麟忽然感到內疚，覺得自己不應該這樣提防別人，況且張阿三是傭工裡面脾氣出奇好的。或許當初阿爹講這些話也不是認真的。

張阿三離開後，黃麟走進屋內，對著神桌上供俸的觀世音菩薩和黃家歷代祖先牌位雙手合十各拜了一拜。父親要他坐下，他就在神桌的另一側坐了下來。

「剛剛阿三講的，你都聽到了吧？」

「聽到了。」

「又要交折銀，我看那些人又有得吵了。你就趁機多學學吧，將來我這個工作是要讓你繼承的。至於可能會讓自己受傷的事，不要去管。像今天楊豐家的事，你沒必要跑去。」

「嗯，阿爹你覺得收折銀好嗎？」黃麟想起白日裡吳外提出來的問題。

「難得你會想問，你以前對這些規則一向沒什麼興趣，成了家果然不一樣。」

「也不是這樣，阿爹你就快說吧……」

「其實也很難說哪種方式比較好。若是繳米穀，規定裝幾個米桶就是幾個米桶，雖然米穀的運送跟保存麻煩，但收的過程單純，大家比較沒話說。繳銀兩就要看官府公告的折銀價。我問你，若我今天賣一石米能得到一兩銀，而官府只收我八錢，那我開不開心？」

「嗯，開心，等於每石米就賺了兩錢。」

「但如果反過來呢，實際只能賣到一兩銀的米，官府收我一兩二錢，我豈不是倒賠了兩錢。那些地主或佃戶也會看，覺得這次的折銀價格對他們不利，就仍交米穀給我當作已經繳稅了，若官府也願意通融收下米穀倒也沒我們的事，若是不能通融，堅持要收折銀，那就麻煩了。總是要有人設法將那些米穀變成官府要的銀兩，可是該是誰呢？是佃戶、地主還是管事？大家必然互推責任。這

樣收折銀就變得很麻煩了。」

「我想應該還是要地主出這筆錢吧，地主最有錢，地也是地主的，繳的不就是地稅嗎？」

「可是地主同時也是我的雇主啊，他們會認為我應該幫忙解決所有問題。比方說他們會希望我叫李勇、張阿三替我去勸勸這些佃戶直接交折銀，不過我們是長久要在這裡生活的。除非價差太大，我盡量不做這種用拳頭強迫別人聽話的事。今天李勇是太急了，大概是擔心二月馬上又有新的開徵。你阿公當初這麼教我，你往後行事也要記得這個做人的道理。」

「所以阿爹就自己去補那價差嗎？」

「不得已的時候，也只能這麼做，蔗糖的利潤不錯通常可以挪過來彌補。但也不能只有我吃虧。事後該算的還是要算回來。大家心裡都很清楚，告官麻煩又不一定會有結果，不如反覆講價比耐性。我的做法通常是協調到三方各自分攤損失，把事情了結。」

「看來還是收米穀好呢。」

「那也不一定，剛剛不是說了嗎？如果官府定的價低於市價，米就不只是拿來吃，還能賺錢。或者也不要種稻，反正都不用繳米穀了，改種能榨糖的甘蔗更划算，最後只要交得出對應的銀兩就可以了。收米穀，官府還時常叫我們另外出人出錢幫忙修建米倉、清點儲糧，也不輕鬆啊，你不是幫忙運送過嗎？應該能體會。」

「橫豎都累，阿爹何必當這管事呢？還要讓別人說閒話。」

「只能說是習慣，你阿公在東寧朝的時候就是這裡的管事了，他把這個工作交給我，我就做，

將來也會交給你的。話說回來，如果換了別人當管事，我也會懷疑他的。那還不如自己當，從中也多少有好處。」

「什麼樣的好處？」

「好處嘛……地主會給辛勞錢，但也不只是這樣。你只要想，我們既是替墾戶省去長途繳稅的麻煩，也是把官府擋在外頭，讓他們不用真的進來庄裡查對。我們替別人解決麻煩，別人也會讓我們賺一點或者給些方便。總之，學著做，你慢慢就會知道。」

「嗯。」黃麟思索著父親講的話，覺得好像有哪個部分似是而非，卻一時也想不通。他說他想睡了，黃殿也就讓他離開。

＊　＊　＊

三天後，王玉全帶回這次官府定下的折銀價格，一石穀要用七錢二分來折，以一米二穀的比例來算，等於一石米的田賦就得拿一兩四錢四分的銀錢去繳給官府，是當前市價的兩倍。

「這穀價尚未對外公告。」王玉全說。

黃殿問王玉全：「先生有沒見到張師爺？過去關係向來不錯的。」

黃麟站在一旁，發覺父親露出了少見的焦急神色。

「在下這次並沒有見到張師爺。張師爺已不在知縣衙門謀事。聽說知府大人並未前來鳳山，而

是派他的次子代為發號施令，這二公子認為張師爺是前任知縣的人，一到衙門便將他趕走，不再續用。」

「哼，這些官員一個一個都喜歡躲在府治的公館辦百里外的事！張師爺是興隆庄那邊土生土長的人，要是他還在，不論知縣是誰，總有一個知道事情的人能提出建言。竟將這樣的人趕走。如今就算找回張師爺，恐怕也發揮不了作用了。」[7]

「在下也是這麼認為，只好用您給我的銀兩設法買通胥吏，請他們去說，盼能重新考慮折銀價格。但仍是徒勞無功。」

「去年收成不好的事，先生說了嗎？」

「說了。胥吏回說，二公子的意思是，那些大地主住在街上過著豪奢的生活，收成好壞本與他們無關，不會連這點折銀都拿不出來吧？」

「這是擺明了要從地主身上拿錢，可地主又哪是那麼容易欺負的？」

「那胥吏對在下說，二公子這次是鐵了心的。勸我們還是早早想辦法籌錢，以免拖遲了還要惹上牢獄之災。」

王玉全一如以往，講話的口吻溫文有禮，就連轉述官府威脅的話語也沒有絲毫火氣。

在一旁聽著兩人談話的黃麟覺得王先生的態度未免太事不關己了。

雖然他也跟著王玉全學讀書寫字，稱呼他一聲「先生」，但他一直對王玉全無法產生親近的感覺。只覺王玉全為人有些冷漠，好像從沒表露過真正的心情。

父親不曾讓他向王玉全拜師，如同不曾讓他向前一任教書先生拜師，對朱一貴卻是跪著奉過茶，行過拜師禮的。由此可知朱一貴在父親心中特殊的地位。然而當他這麼告訴朱一貴的時候，朱一貴說：「其實是王先生特殊，你阿爹還看不穿他的緣故。」

他問朱一貴：「怎樣的看不穿？」

朱一貴告訴他：「武功的底子很容易看出來，學問的底子我們看不出來。」

黃麟想，確實，他也看不出王玉全的學問到底好不好，庄裡很多人說王玉全不過是多認識幾個字罷了。

眼下的情況，王玉全也沒提出任何對策。

黃麟不禁替父親擔心起來。

不只黃麟，黃殿看著王玉全，也有一些怨懟。他尋思，這件事畢竟王玉全沒有辦好，雖然錯不在他，卻連一點歉疚的模樣也沒顯露出來，感情上是不是有點太遲鈍了？

但為了這種態度的問題怪他，也沒有任何意義。或許只是那個人的個性罷了。

黃殿嘆了一口氣。

「只好向官府提出分年攤還的方式了，就我們羅漢門這裡因去年收成不佳，希望作為特例，通融處理。不過這回先生得先走一趟府治。畢竟，能做決定的人還在府治。」

7 興隆庄為今高雄左營。

「在下明白，在下願意再前往一試。」

「既然如此，先生休息幾日後再出發吧。說不定這幾天又會發生什麼事改變官府的決定。我們不必急。」

黃殿恢復了平日的從容，讓黃麟幫他去點燃一管旱煙。

接過煙管，黃殿眼神微瞇，唇吸住了煙嘴，然後放開，緩緩吐出了一口輕煙。他問王玉全：「阿三好嗎？」

「他很好。善於認路，照顧人也很周全。」

「先生喜歡阿三，就仍請阿三護衛先生前往，一路上有個照應。」

「多謝。」

王玉全離開後，黃麟問黃殿：「這麼重要的事阿爹為什麼不自己去跟官府談呢？」

「嗯，我們到另一處去說。」

父子兩人越過莿竹林，又穿過芎蕉林，走了一段路，來到一處未曾向官府申請墾照的田地。像這樣的田他們開墾了好幾處，因為官府不知道這些田地的存在，自然也不會向他們收取這些田地的賦稅，實際的收成都能放進自家倉庫裡。

黃殿看著那田，緩緩說道：「我儘管經手這麼多錢糧卻大都不是自己的，包括開墾的土地。原先一部分是你外公委託我代耕，算是佃地。還有一部分是其他地主委託我招佃管理，這些地有許多自你祖父那一代就開始代管了，也就延續下來。然而多年來，真正讓我們家有錢的卻是這些私墾的

田地，可是我沒有任何文書可以證明這田是自己的，只能靠兄弟的力量去維持。甚至不敢離開羅漢門半步，怕前腳一出，後腳就有人要來佔這些田地。在這裡，人人多少都有私藏的田地，所以他們不會向官府舉發我。但如果庄裡人聯合起來反對我，很快就能讓我一無所有。」說到這裡黃殿突然頓住，接著又說：「阿麟，如果你能鎮得住傭工和佃農，我才能離開這裡去找官府談事。你明白嗎？」

黃麟聽了，微微點了頭。他記得很久以前他們在這種了一排檳榔樹作為田界，圈住了地再慢慢開墾。黃麟茫然想著這界線難道只是一種自我安慰？擁有土地是怎麼回事？先宣稱這是自己的，然後用力量維持，不允許別人進來分享這塊土地的利益？那麼關鍵還是力量，擁有力量，說的話才有意義。

「今天說的分期攤還，如果還是不成我們就不再跟官府談了。不過記得，別讓人知道你可以忍受到什麼地步。一個人如果打定主意要欺負另一個人，時常是要欺負到底的。」

說完黃殿忽然也沉默住，蹲在田埂旁，靜靜將手中那管煙抽完。

＊　＊　＊

半個月後，王玉全帶回的結果仍是「沒得商量」。

「他說：要是每個庄頭都學你們的做法，官府定這個糧價還有什麼威信？又說，你們也太常收成不好了。跟福建漳泉二郡比起來，鳳山縣絕對排不上收成不好，甚至可以說是太好了。」這是王

玉全帶回來的答覆。

王玉全自然見不到王珍。這些說法說穿了還是衙門前廳的胥吏之言，真相如何誰也不知道。這個答覆很令人失望。王玉全同時帶回了一疊官府剛製作好的田賦滾單，上面記錄了各戶應該繳交的數額，所有滾單都分成左右兩聯，以便將來繳清時一聯投置官府，一聯自己留存當憑證。

黃麟看見父親接過那疊滾單，他以為父親會做出什麼激烈的舉動，但父親只是聳聳肩，接受了這個結果，正如他先前所說的，那就不必再談了。

接下來，二月正式開徵上半年的田賦，黃麟連日看著父親如何應付地主的抱怨和佃農的拖欠。這次折銀的高價引爆的怨氣極大，可說是新仇舊怨都一起爆發。消息也傳得很快，地主要父親去叫佃農交折銀，佃農們以收成不好為由，連米穀都沒交出來。「反正你們要的是折銀嘛！」佃農們說，像是約好了一樣沒一個肯準時交的。所有的事都拖延著。

然後父親告訴他：「乾脆就這樣拖著吧，反正官府還沒真正催促，羅漢門這裡也算偏僻，我們先看別處庄頭怎麼應付，再作道理。」

第四章、朱祖

朱祖喜歡山，山代表了隱密與豐碩，不想見到任何人的時候他可以躲在山裡，家裡那幾畝薄田欠收的時候，朱祖到山裡狩獵，那就有食物可吃。他時常一個人背著長弓與箭袋，腰間縛著一塊鑿孔的木板，透過鑿孔插入一把鐮刀、一把柴刀，就這樣走進山裡去。手上的刀可以幫他開出道路，除了狩獵動物，他也撿拾枯枝、割取厚藤，枯枝能當柴火，厚藤可編成器具。他一次又一次進到山裡面去，有時迷途，從截然不同的地方走出來，但他總能再次找到回家的路。

他的母親李三娘並不喜歡朱祖這樣的習慣。李三娘的丈夫很早就死了，她有三個兒子，大兒子朱勤就像他的名字是個勤懇的人，每天田裡的工作主要都是朱勤在做，二兒子朱祖時常不見人影，不是往山裡跑就是四處結交朋友。她常對朱祖說：「你爹當初為你起這個名字，就是希望你將來要留在家裡守住這份祖先的田產。」朱祖的個性卻是唱反調般的總愛往外跑。最小的兒子朱萬，雖然論勤勉或武藝都不如前面兩位哥哥，卻是最貼心的，一會兒幫李三娘搥背，一會兒幫哥哥們送茶水，個性很討人喜歡。

朱祖有一天回到他的家，看見母親同大哥、小弟坐在門前石基上吃龍眼，三人相視而笑，他放下肩頭用藤索捆起的枯枝，以及獵得的一隻野兔，忽然覺得自己是個外人。

朱祖想，家裡的田是太小了，將來兄弟若都成家，不需要這麼多人力，這田能生產出的食物恐怕也不足全家人吃的，更不要說遇到旱年，會是怎樣可怕的光景。

那是他第一次生出離開的念頭。沒有人對他不好，他也沒有感到飢餓，雖然飢餓是很普遍的事。對當時的朱祖來說，那只是一個念頭，並沒有決定性的影響。可往後又發生許多事，他回過頭來想，又覺得那是關鍵的一個時刻。

朱祖從小就發覺自己和別人有些許不同。他似乎有著影響他人的能力，村裡的孩童都愛聽他指揮，他就成了孩子王。也是孩子的朱祖領著一群孩子東奔西跑，不能說有什麼奇怪，問題在於，朱祖不明白其他人為什麼願意聽他的，為什麼圍繞著他？他可是什麼也沒做，他並沒有為了推動這個結果而去做任何努力。所謂的孩子王，是在他意識到的時候，事情就已經變成這樣了。

其他孩子總圍著朱祖問：「今天想玩什麼？今天要去哪裡？」一開始朱祖覺得受到眾人擁戴的感覺挺不錯的，他設計一些遊戲讓同伴競爭，他帶領大家到荒僻的地方探險，他喜歡看每個人開心的笑容，由此感受到成就。可是難免有人會惹禍，踩壞田地的作物又或是從樹上摔下來因而受了傷，這時村裡的大人們便要責怪朱祖了，說都是朱祖把這些孩子給帶壞了。

受責怪的時候，朱祖的母親很卑屈的向村人賠罪，而朱祖討厭她這樣。朱祖也討厭那些跟著他的孩子們，這些孩子使他行動受限，他還總是要注意有沒有人惹禍。

其中一個孩子特別黏人，就連朱祖要回家了他也要跟著，一路跟著走幾乎要走到家門口。朱祖覺得煩，叫他滾，那孩子便放聲大哭。朱祖被那痛苦的哭聲駭住，他不懂自己怎麼造成別人的痛苦。

他站在那裡看那孩子哭，想知道他能哭多久，而那男孩哭得非常久，久到像一種不尋常的技藝。大人們走過來查看的時候，都罵朱祖是個狠心腸的人，因他離那孩子那麼近，卻絲毫沒有要安慰對方的意思。

有太多與人有關的事令朱祖感到煩躁，他想一個人待著的時候就乾脆走進更深的山裡。他最喜歡山的一點就是，人已住在山裡也還能再往山裡走，山的裡面總還有裡面。於是他就習慣走得遠了，習慣讓所有人都找不到。每一回的消失都能讓他重新喜歡上那些似乎也喜歡他的人，他笑著走進人群裡，認為這也是山帶來的神奇療效。

十三歲那年，朱祖在山裡偶遇一名雲遊僧。那名雲遊僧身穿黑色的袈裟，手裡掐著一粒粒佛珠，唸著的卻不是佛經，而是詩。雲遊僧用托缽的碗喝酒，時常醉眼迷濛的，朱祖懷疑他不是真正的和尚。有一次朱祖故意在他面前烤野味，吸引了雲遊僧的注意。朱祖折了一隻兔腿給他，雲遊僧沒拒絕。

雲遊僧摸摸朱祖剃去前髮的額頭，又拉了拉朱祖的長辮，冷笑：「你這辮子梳得倒漂亮。」

朱祖不明白一條辮子有什麼好受注意，如今哪個男人不是留著辮子呢？雲遊僧除了喜歡喝酒吃肉還喜歡哭，臉上無聲無息就有了淚痕，因為沒有壓迫感，顯然也不是朱祖造成的，朱祖並不覺得討厭。

朱祖問雲遊僧傷心什麼呢？雲遊僧不回答這樣的問題，他反問朱祖要不要當和尚？那就不用留那一條豬尾巴。

朱祖梳得齊整漂亮的辮子竟被說是豬尾巴，朱祖生氣了說以後都不請你這個假和尚吃肉了。雲遊僧很識時務的妥協了，並且請朱祖共飲他手中的那碗酒。朱祖喝著喝著伏在一塊大石上睡著了。醒來頭髮是散開的，雲遊僧早已不見人影。朱祖知道沒辮子的人是要遭禍的，要連累家人的，瞬間感覺到怕。幸好雲遊僧只是解開他的髮辮，而不是剪斷。

他多少猜到，雲遊僧大概是南明故人又或者鄭氏王朝的部將。母親常對他們兄弟三人說起她幼時三藩之亂的故事，母親說時常聽聞耿精忠就要來了，又或者鄭經很快就會打來，男人們總很煩惱這辮子留還是不留？

「鄭經討厭辮子，清國皇帝喜歡辮子，鄭經來的話，把辮子剪了嗎？還是解開重新盤髮？可是前額剃掉的頭髮一時也長不出來的，誰都看得出來留過一條辮子啊。如果鄭經又被清兵趕走怎麼辦？村子裡的剃頭師傅只有一個，如何一下子幫每個人的前額剃乾淨呢？自己平日還得學著幫自己剃頭才好。頭髮不是好處理的，長得也慢，可是統治我們的人卻是換來換去啊。」

朱祖每聽到這就忍不住哈哈大笑，覺得村裡的男人抓著那根辮子煩惱的樣子實在太好笑了。母親說男人們去問村裡的相士，究竟耿精忠和鄭經會不會打來啊？看相的支吾其詞閃閃躲躲最後說他沒辦法預測這一類的事啊。不過大家看那相士始終還是留著一條小辮子，沒把前額的髮蓄起來。大家就學他，覺得看相的肯定知道什麼。

朱祖喜歡這故事的過程，但不喜歡故事的結局。

母親告訴他，後來什麼事也沒發生，村子裡的生活依然日復一日。

「到底外面的人知不知道我們這裡有個村啊？」當母親再補上這一句的時候，朱祖才再次大笑。母親推推他的額頭，問他：「你這孩子，也未免太好事了。就這麼希望戰禍發生在村裡嗎？」

他們那村子，外人不來，卻又有兩個大戶時常鬥著，鬥出血氣。有一回，那兩個大戶發生械鬥，明著幹起來。朱祖因為習武，被找去幫忙，說是很好賺的，他砍傷好幾個人，他不知道那些人是仍活著還是死了，總之他獲得戶主給的一大筆賞金，母親看了那錢卻不開心，說這種事太危險了，早晚要惹上麻煩的。

「你也令我覺得可怕。」母親這句話令朱祖非常痛苦，他才知道自己也是會痛苦的。

他到井邊打水洗臉，看見木桶裡倒映著自己臉上、脖子上乾掉的血。

母親在他身後說：若真有人死了，那些大戶人家就抓你這樣的人去頂罪。

「我是怎樣的人了！」朱祖發出憤恨的吼聲，他以為母親會責罰他，母親卻只是沉默住，調轉視線，然後走開。

雲遊僧的手裡時常捻著一串念珠，他對朱祖說，人的一生會遇到什麼事情是早就定下來的，他常常盯著這串念珠感覺到命運。

「每一顆珠子就像你會遇到的事情，因為這一顆應驗了，才有了下一顆的發生。你以為自己往前跑，其實只是在一條綁死的路上繞圈子啊。」

這是雲遊僧的領悟。

他們相熟了很長一段時間，朱一貴想或許長達一年，因為記憶裡有春夏秋冬不同的風景，雲遊

僧也懂武術，傳授他好幾套刀法、槍法，他們以枯枝代替兵器練習，雲遊僧稱讚朱祖是個非常聰明的孩子，但聰明有時會帶來不幸。朱祖問雲遊僧：「如果我不聰明，你還喜歡我嗎？」

雲遊僧回答：「如果你不聰明，我就不會待這麼久了。」

朱祖發現自己開始依賴雲遊僧的存在，他問雲遊僧能不能永遠待下來？雲遊僧說：「這裡已是我待過最久的地方。像我這樣的人，若被發現了，會有很多人受到連累。你明白嗎？」

朱祖心裡明白，卻說：「我不明白。」因他不想雲遊僧離開。

有一天，雲遊僧沒再出現，在這之前沒有任何徵兆。朱祖記得，他們前一天如常的喝酒吃肉，雲遊僧同他講了晚明諸王的故事，聽著都很愁慘。雲遊僧問他：你知道你的姓氏很珍貴嗎？

朱祖哼了一聲，心想這都改朝換代多久了。

他問雲遊僧那你叫什麼名字？或者法號說來聽聽也好。雲遊僧卻又閉口不言了。

那一天他們還聊了什麼？朱祖努力回想，卻怎樣也想不出雲遊僧必須離開的理由。

是我不再聰明了嗎？朱祖這樣懷疑著。

朱祖天天去同樣的地方等雲遊僧，這麼去了一個月，都沒能再遇見雲遊僧。他曾想像雲遊僧的身體吊死在陰暗的樹林裡，像枝條上垂下來的怪異果實隨風晃蕩著，但在那附近他也沒看見任何吊掛著死人的樹。朱祖決心不再去那個地方，他不能忍受這樣的結束，所以他要自己結束。

有一段時間，他跟大部分村人過的日子沒兩樣。他喜歡過一個同村的女人，那女人常在熱鬧的場合出現，看戲的時候誰也不理，他和她在戲散的時候說話，有時知心，以為都有點不見容於世的

什麼，最終錯開了去，沒能在一起。

當他到了臺灣，他給自己取了一個新名字，叫「一貴」，他向所有初識的人說出這個新名字，他就有了新的開始。

他想找出自己生命中能感覺到珍貴的時刻，哪怕只有一次，他也要緊緊抓住。

當別人問起朱祖，為什麼到了臺灣？最初他總怔愣住，因為促成離開的原因太多了，他一時不知該如何簡短說出來。並且時常說了一個理由之後，又覺得這個理由並不是真的，而他不喜歡說謊。

搭船前往臺灣的時候，朱祖聽見艙房裡許多人聊起彼此身世，離開家人的原因，都是非常可憐的。輪到他說的時候，他知道別人期待聽更可憐的故事，可是他身上並沒有他們想要的故事。他沒辦法傷害那些已經夠可憐的人，他就沉默。然後看見這些挨擠在一起的可憐人也用同情的眼神看他。他們彼此身上的汗味、嘔吐物的味道都交融在一起，好像誰跟誰都不再有什麼分別。

實際上他只是想重新開始。

＊　＊　＊

某日早晨朱一貴澆灌完田裡的作物，將農具收進工寮正準備要離開時，遇見了田主鄭九賽。

鄭九賽的背駝得厲害，臉的下緣長滿灰白交雜的鬍鬚，但腳力仍很穩健。他從另一處田地的方向繞過來，仰著脖子果決地走路，同時對朱一貴揮了揮手，朱一貴也就向他走去，兩人在田埂上碰

了面。

鄭九賽問朱一貴：「今年怎麼樣？」

朱一貴回答：「還不錯。」

兩人指的都是田裡的作物。

最近日子一天比一天溫暖，突然轉冷的情況逐漸減少，取而代之的是更多的日光與暖雨。朱一貴剛收成完一批黃豆，田裡的稻、園子裡的瓜果蔬菜也都平穩成長著。然而朱一貴心底清楚，任何種在土地裡的東西還沒到收成以前，都不能算是真正的收穫。

去年年末的天候特別怪，理應少雨的深冬卻下起能積滿水潭的暴雨。而今年春天，應該滿山遍野開花的莿桐樹竟連花苞都沒有，也不能說是正常。他總覺得有些事正在發生，並且沒有結束。

今年不一定會是個好年，這是他的預感。

儘管如此，朱一貴一邊抱持懷疑，一邊仍享受眼前生機蓬勃的景象。不只是田裡的作物，還有林子裡、溪流邊活躍的魚蟲鳥獸，這些充滿生氣的光彩色澤都令他感受到一種心志上的刺激，彷彿有股不知名的力量正等著他去挑戰、去搏鬥，精神也就愈發昂揚。

「不過還是不能大意，今年春天的雨水似乎比較多，田地裡又是早作居多。」朱一貴補充。

「確實不太尋常。早知道雨水這麼多，年初就該多種一些水稻。」鄭九賽說。

「哈，這種事哪有辦法提早知道呢。」

「聽說下淡水那邊種了一款水稻叫『雙冬』，十二月底插秧，四月就能收割。這種稻收成的時間

比別人早很多，在市面上價格很好。不過也是要有充足的水源才種得起來，水源有了天氣還得夠暖才長得快。」

「你很羨慕嗎？」

「沒什麼好羨慕的。我跟那些住街上用錢買地的商人不同，他們是外人，住都沒住過自己買的土地，不過就是有錢有身分可以向官府弄個墾號雇人開墾。我的地可都是前朝時祖先開墾留下來的。我們這種真正的墾戶對土地是有感情的。」

「不過也有些是繼承家業卻不願繼續務農而搬到街上的人？」

「那種收租享福的人啊，我也討厭。他們很多也變得跟那些外人一樣。賣掉祖先的土地，去買更肥沃的新墾地。」

「說來說去，還是羨慕嘛！」

「我只是看不順眼。」鄭九賽再次否認，他問朱一貴：「我想巡一下這附近的田園，陪我走一段如何？」

「也好。」

兩人一前一後走在田埂上。

「傭工之中，我最看重你。若不是你不願意改姓，我當初也想收你當義子。如果你現在願意，也同樣可以，義子多收幾個我也比較安心。」

「何必呢？阿瑞很好，又跟你同宗。」

「好是好……」鄭九賽停頓了一下，又將話題轉開，「你看站在這裡，放眼望去，田地都是我的。」

「嗯。」

經過的田，有人正在工作，鄭九賽向田中的人長喊了一聲喂。那人推高斗笠，露出了臉，向鄭九賽打招呼，也向朱一貴打招呼。

鄭九賽問朱一貴：「你來臺灣也好多年了吧，怎麼不認真存點錢佃一塊地？說不定哪天你就翻身變成地主呢？」

「一年才開始就要煩惱整年會有多少收成，日子過得綁手綁腳，我並不喜歡。」

「嘿嘿，真不知道該說你這個人沒野心，還是太野了呢？」

「我只是過自己想過的日子罷了。」

「唉……」鄭九賽深深嘆了一口氣。

「怎麼突然嘆氣？」

「官府今年春天開徵這一筆真狠，讓我去年都白做了。」

「您該不會不想發工錢吧？」

「只是緩一緩……」

「我勸你不要有這種想法。兄弟們餓瘋了，直接搶了你的倉庫，你損失更大。或者我們現在開始不耕田，你今年連收成都不會有，你大可以再找其他傭工來幫忙，不過這種時候沒工可做的傭工並不多吧。對了，你可以到安平渡口找，再沒有，到廈門找，花費一兩個月的時間總會找齊的。你

也千萬不要為了這事去麻煩女婿，他應該會希望你當個表率，先把稅交出來。」

「我沒說不給，就是變個法子，眾人一起想辦法。那年你帶著其他人一起曠工，我後來不也好好跟你們談了嗎？事後也不曾找過誰麻煩吧？總之，我這個人是絕對可信的。傭工之中你最富聲望，我知道他們都聽你的，所以先找你商量。若談得成，也不會不給你好處的。」

「這不是我們的問題，是你和官府之間的問題。」

「我當然知道。你以為我就不氣官府嗎？過去都是實收米穀，現在竟然不許了。我一個普通人，又能跟官府說什麼？把官府拆了嗎？」

「你怎不試試？」

「你是在說笑嗎？」

「沒有哦。」

「那是不可能的事啊！」

「那就準時發工錢，像這樣糧稅也想拖，工錢也想拖，錢不都還在你手上嗎？到底在觀望什麼？還是……你在衡量誰是可以得罪的對象？」

鄭九賽嚇了一跳，像被人抓住了把柄。他回頭去看朱一貴，朱一貴的表情看似平靜，目光卻像凍了一層霜，透著寒意。照理說傭工裡有朱一貴這樣的人絕對是個麻煩，老早就該把他辭退了，但鄭九賽卻反而怕他一走了之。

當初黃殿讓朱一貴到他田地裡幫忙，兩人便一直維持著雇傭關係。不過朱一貴始終沒搬進鄭九

賽替傭工們準備的工寮，而是在古陳坑另搭了一處居所，平日種地，教拳時則往黃殿庄去，像個世外閒人般度日，明明一無所有，卻時常顯露出尊貴的傲氣。正因為朱一貴這個人既聰明又難以馴服，相貌也俊，才為他平淡無奇的生活帶來些許樂趣。他是被朱一貴迷住了，捨不得放掉這樂趣。

「你這是對雇主講話的態度嗎？」鄭九賽不想示弱。

「如果沒給工錢，就不算是雇主囉。」

田埂盡頭，鄭定瑞迎面走了過來，問他們在聊什麼。

朱一貴答：「聊什麼時候發傭工的辛勞錢。」

鄭九賽只交代鄭定瑞等一下回家討論事情，頭也不回的走了。

「我還以為我們聊得很開心。」朱一貴說。

鄭定瑞回頭看了看鄭九賽遠去的背影，「義父可能是累了。」

「阿瑞，你義父大概又想拖欠工錢了。」

「嗯，我再勸他。」鄭定瑞垂下雙眼，若有所思。

「我知道他不壞，只是太吝嗇。倒是你，不要緊吧？」

「怎麼這麼問？」

「表情看起來跟平常不一樣。」

「不要緊。」鄭定瑞用手勾起眼角，吐了吐舌頭，扮了個滑稽的表情。

這個猝不及防的轉變，令朱一貴一下子笑出來。

＊ ＊ ＊

朱祖剛來到臺灣的時候，也一直在想著那和尚講的命運。一件事引來另一件事，像這樣的因果關係。

比方說他幫陳印解圍，引起衙門裡其他胥吏、轎役的不滿，一個人的時候，就會有許多人圍住他，想給他一點教訓。他又不得不打架了。他受了傷，那群人傷得更重，他就不虧。這事引起道臺大人的注意，將他叫去，他以為自己應該受到懲罰，至少衙門是待不住了。道臺大人卻反而將他調度到身邊，讓他擔任護衛的工作。既然整天都跟在道臺大人身邊，也就不再有人找他麻煩。

那位道臺大人的名字叫陳瓊，是個粵人，時常官話、鄉音混在一起，不容易聽懂。最初他總聽不太懂他的要求，不過護衛要做的事也就那幾樣，師爺又是漳州人，從師爺的話再去反推道臺大人的意思就簡單得多，沒花多少時間，他就適應了這份工作，也更理解陳瓊這個人。

陳瓊崇尚清廉到了相當固執的地步，他時常聽見師爺在勸：分明是國法允許的事為什麼不執行呢？火耗也是，官庄開墾的收入也是，聖上允許官員可以拿的錢，為什麼不拿呢？大人的俸祿是多少？既要養妻小、家僕，還要給小的等幕賓辛勞銀，官場上的交際送禮呢？小的知道大人清廉。當今聖上也是體恤官員的花費龐大，為了避免官員因此借貸或貪污，所以才開了這些方便之門。白白放棄了這個機會，弄得自己比平常人家還要寒酸窮困，又是何必？

這一類的話反反覆覆聽到。有一回陳瓊火了，說了一句：「師爺的辛勞銀，不會少給的。」這

句朱一貴倒是聽得很清楚，覺得未免刻薄。

朱一貴私下請教師爺才知道官府把百姓上繳的銀錢收過來之後，會熔掉重鑄，熔鑄過程中少掉的重量，就叫做「火耗」。官員可要求百姓把銀錢差少的重量再補繳上來，但差多少是官員說了算，這就變成官員的額外津貼。

一次在花園，那時師爺不在，朱一貴問陳璸：「大人為何不收火耗呢？」

「有些事一旦給了自己一次理由，甚至別人也幫你找理由，人就會變得鬆懈，想著反正那樣做也是可以的，輕易的原諒自己正是人敗壞的開始。」

他很驚訝，自己聽得懂。好像他本來就知道陳璸會這麼說。他相信再這麼當陳璸的護衛下去，要學會講粵語或官話也不是太難的事了。然而他跟陳璸的緣分很短暫。

有一回，陳璸將他叫進內廳，問他：「我即將被調離臺廈道的職務，擔任福建巡撫，你要不要跟我一起去福州，替我做事呢？」

「衙門的生活不適合我。」他回答得很快，快得連自己都訝異。

「不再考慮一下嗎？我不會縱容下屬勒索百姓。」

「小的知道大人的清廉。只是這些胥吏衙役就像餵不飽的惡狼，大人越是清廉，他們越是飢渴。他們無法從大人這裡得到好處，自然就往百姓求。」

「難道你覺得我多收火耗，他們就會安分嗎？」

「我不知道，不收應該是好的，這兩年我在衙門看見了大人的清廉，但也看見了這些人整天無

所事事，沉迷賭博。本來應該維持治安的官兵，變成市街的亂源。或許沒有這些官兵，百姓的生活更會安定。」

「你說得過分了。」

「……」

「還是不想跟我走嗎？」

「是，如果要回福建，當初我就不必來。」

「你……來臺灣想得到什麼呢？」

「我也不知道，或許當我得到，我就明白那是什麼了吧。」

陳璸笑了笑，「也罷，但願你永遠保持今日的正直之心。有機會我們會再見的。」

朱祖曾因為陳璸不是閩人又是官，就覺得沒那麼親近，可是那次長談令他覺得自己和陳璸之間的距離並不遙遠，在他記憶中理解的陳璸講的話，是不是完全正確呢他並不能肯定，卻很珍惜那樣的感覺。

他喜歡聽別人講話，好像從裡面會挖掘出一些東西，有些是生存經驗，有些是價值、信念。這些話語不停在他的心中堆疊出一種概略的世間樣貌，他卻沒有任何想要追隨模仿的對象，好像他生來就是與誰都無緣的，他總有一種衝動，企圖把那一團模糊的感受推翻，或者踩在那上面，他想證明什麼呢？他問自己。他比別人聰明？他比別人強大？不是這樣吧，這種簡單的爭鬥，不是他要的。有時候，就只是孤獨而已。

念珠的盡頭還是念珠，起點和終點並沒有兩樣，這他早就知道。

＊ ＊ ＊

李勇不見了，這件事在黃殿庄傳開來。黃殿找不到李勇，問張阿三，也只知李勇有照例巡山，也有看見他回過庄裡。必然是回來之後又出去了吧？黃殿等了一日，仍不見李勇。心底感覺奇怪。將這話傳了出去，讓大家都幫忙留意李勇的行蹤，若見到了，叫他來找我。

朱一貴也聽見了這消息，想起那天鄭定瑞怪異的表情。決定去問鄭定瑞。沒想到連鄭定瑞也不在。

鄭九賽因為找不到鄭定瑞，正在氣惱。那屋裡有一股窒悶的氣息，彷彿鎖著許多怨氣。

「整個晚上都沒回來，我看是跟李勇跑了。」鄭九賽冷笑。

朱一貴不想理他，就先告辭。

在這山裡，不找人的時候好像誰都容易遇見，真要找一個人，卻又跟大海撈針差不多。就是在同一片樹林，一個閃身也可能錯過。朱一貴固然心裡有不好的預感，繞了數片田地，問誰都沒看見鄭定瑞，也只能回到鄭九賽的屋子附近，坐在一棵樹下等，一天就這樣過去了。

夜裡，鄭定瑞提著燈籠攙扶著李勇來找他，李勇的手臂上似乎有傷，袖子上布滿乾掉的血跡。

朱一貴連忙從稻草堆裡跳起來。

「怎麼了？」

「我原本只是到街上閒晃看熱鬧。忽然看到認識的人，就是上回在楊豐家幫忙擋事的楊來、顏子京，他們有十幾個人聚在一起，我走過去打招呼。話都沒說上半句，官差突然帶一隊人馬衝了過來，我們便走散了。我一路跑回來，怕連累老大，所以繞了遠路。那官差看我進了山裡也沒再追來。後來瑞仔看見我，把我帶到這來。」

「一貴哥，你也知道鄭九賽那人不可靠。我不敢將勇仔帶回家，只能拜託你。抱歉……」

「兄弟之間，說什麼抱歉。」朱一貴檢查了李勇的傷口，發現是刀傷，拿出身邊剩餘的藥草，幫他敷上傷口，包紮起來。鄭定瑞安靜地蹲在一旁看。

朱一貴瞥了鄭定瑞一眼：「阿瑞，你要不要先回去？」

「好。我明天再來。」鄭定瑞說話的模樣有些恍惚。

忽然，李勇抓住鄭定瑞的手。

「再留一會兒。」

「義父會不高興的。」

「你就這麼在乎當他的契子。」

「我信得過一貴哥，也知道你死不了。」

李勇鬆開手。

鄭定瑞向朱一貴點頭致謝，頭也不回地走了。

燭光前，李勇看向朱一貴。

「一貴，我啊，跟瑞仔的關係，你應該知道吧？」

「大概知道。」

「所以你可不能碰他哦。」

「碰他又如何？」

「我會殺人。」李勇的聲音突然變得異常低沉。

「殺誰？」

「兩個都殺。」

李勇說完自顧自地笑了。

朱一貴沉默了一下，然後說：「你啊這態度對嗎？我可是正在照顧你。」

「抱歉，我有時覺得自己快發瘋了。明知道不應該的想法，還是說了出來。」

「所以你是真的打算殺我呢！」

「抱歉。」

「你跟阿瑞都對我說抱歉，你們真的清楚對不起我的代價嗎？任性也該有個限度！」朱一貴的表情突然變得非常冷漠。

李勇凝望朱一貴一會兒，然後逃開了那不帶任何感情的視線。

而後是漫長的沉默。不像吵架，更像過度精神疲勞之後忽然鬆懈下來不想多說一句話的狀態。

「睡吧！你需要休息。」朱一貴丟給李勇一條棉被，自己則掩著乾稻草入眠。

＊　＊　＊

祖仔，你喜歡我嗎？你覺得那唱戲的長得好不好看？他們身上穿的戲服是不是很漂亮？跟我們平常穿的衣服都不一樣，顏色好鮮豔啊！他們都說像我這樣沉迷看戲的女人不是好女人。確實，我很愛看戲，我最盼戲班來的日子，管他酬神還是祭鬼，懸絲傀儡還是七子戲。我可以為了看戲，忘了所有爹娘交代的正事。

你知道我看戲的時候，都在想什麼？我想像自己是戲臺上的某個人，那個時候我才能忘記我自己是誰？我才能忘記原來我是這麼平凡的一個人，一輩子也不會有什麼精彩刺激或纏綿多情的故事。我絕不去竹棚後面偷瞧那些樂師和戲子，因為這會破壞我的想像。

你說，追求這些戲裡的情感，到底有什麼不對？我為什麼不能想像我正在愛一個人，或者推翻一個王朝，接受眾人的跪拜？為什麼不滿足於自己原本的人生就是罪惡的？為什麼我不能期待著某些特別的事降臨在我的身上？可是當我看戲的時候，我也知道，正因為我已經放棄了，我知道我的人生裡不再會有別的什麼，所以我才這麼需要看戲。

所以，我不能跟你走，你也不會帶給我什麼。我所想要的，全都在戲臺上了。

第五章、陳印

在羅漢門，人們對陳印的認識就是個賣雜細的，除了少數幾個相熟的朋友喊他名字，大部分的人見到他總喊一聲「賣雜細仔」，陳印也知道這是在叫自己了。其實陳印的主要身分是榮盛布莊的夥計，平日寄居在布莊裡，白日幫頭家顧店，晚上就睡在堆放布匹存貨的二樓夾層。市街批貨方便，布莊生意有餘裕時，頭家便會允他外出幾天，到山邊山裡兜售日用雜細。只因不是大量在做，還要給頭家抽分，賺的有限，但陳印仍加添做著。他喜歡抵達某個庄頭時被人群包圍的感覺，問他都帶了些什麼，他總在那個時刻感覺到自己的重要。儘管如此，這份短暫的虛榮仍不足以叫他放棄布莊的工作。收成不好的年頭，圍上來的人便少得可憐，那點現實的冷暖他還是清楚的。更何況他怕山……

一年到頭，陳印還是待在布莊幫傭的時間長，和頭家陳榮，同時也是他同鄉同姓的族伯過著既像家人又像主僕的生活。

榮盛布莊位在臺灣府的十字街上，屬於舊時赤崁的範圍。這兩條交叉圍成「十」字形的街道，再往四方延伸出去也都是一段一段的街道。往西走是大井頭街，一路走到底就是渡頭，到安平鎮、鹿耳門都很方便。各家船主夥同客商從廈門運來絲綢、棉

布、紙錢、磚瓦，又從這裡把臺灣的稻米、鹿皮運出去。風力穩定的航行季節，港口繁忙熱鬧，除了和廈門對渡的短程航線，亦有跑遠、中程航線的外國公司船往臺灣來進行補給、交易，這股自海上而來謀求財富的活力亦跟隨貨物的分包，跟隨那叫人著迷的異國銀幣，換搭舢舨船順著幾條淺底河道湧進了赤崁地區。

然而赤崁本身並非純粹為了商人們的利益而存在，論重商特質安平鎮還比較明顯。赤崁一帶，散布各級衙門、公館、軍營、孔廟、學堂、祭壇、廟宇，雖不乏全新的建設，但也有不少是利用前人遺留下來的地基屋宇進行重修改造。

陳印住在這裡好幾年了，常聽一些老人家偷偷為他指出，你看啊這衙門其實以前是某某將軍的家宅呢，還有這大天后宮便是舊時的寧靖王府。大天后宮旁邊的紅毛樓，是荷蘭人建的，足足三丈六尺高，更早以前叫普羅民遮城，雖然現在只剩下蝙蝠在住，還是有人晚上會看到一些紅毛鬼在城樓上跟鄭家軍隊的鬼魂打架。

陳印不知道為什麼那些老人家閒聊的故事說著說著總喜歡提到哪裡鬧鬼，他不愛聽鬼故事，要他們住口，他們反而說得更開心，非要他聽聽。老人家們都說這才是王都氣象，隨便一個地點你都能指出一些故事。

聽過那些故事，陳印站在鬧街上，確實也能感受到一點存而未亡的王都氣象了。從十字街的交叉口舉目四望，香鋪、餅鋪、米行、茶行、藥行、武館、酒樓、樂閣、布莊、繡莊、帽店、鞋店、燈店、瓷器店、佛俱店、打鐵店，各類生活享樂信仰所需，盡可能被涵蓋的程度，簡直像是街坊間

約好了般，務必使這些離鄉的將士官兵還能維持一種天子腳下的感覺，務必使賺了錢的人有他花錢的去處。並且這街道還在「長」，新的店鋪一間間開張，或縱或橫貼著舊街道，一條條擴張開來，隨著地勢、水流、人潮逐漸分裂、彎曲，便顯出有些雜亂、令人迷惑的樣態。某些隱密的出入口有專人看顧，就知道是並不被官府允許的賭坊或妓院，就是這樣的地方也能賺到官兵的錢，有需求的人隱藏身分前往尋歡作樂，碰見熟識的人就彼此心照不宣，算得上是另一種熱鬧。

然而這繁華景象的背後卻有幾點令人尷尬的地方。

首先，它沒有任何城牆保護，僅靠竹林圍起，勉強作為街道與田園之間的緩衝，「要是有土匪就糟了！真令人不安吶！」陳印常聽頭家和其他商人抱怨臺灣府的街道幾乎是裸著等人來搶，幸而那想像中的土匪還沒有出現過。

其次，人一多紛爭就多，街頭街尾一言不合打起來的事常常發生，同鄉的又幫同鄉，口角捲成群架，甚至殺傷人命。如今陳印只要聽到不尋常的叫罵聲便會趕快繞道而行，不貪看熱鬧，避免捲入紛爭。

不過真正令陳印頭痛的還是那些光明正大走在街道上的胥吏、轅役，那些人總能抓緊他錢袋裡有錢的時刻，敲他一筆。這使陳印感覺自己像養肥了待宰的豬。

如果不管外頭的紛紛擾擾，陳印對自己現在過的日子算是滿意。雖然睡覺的地方小，旁邊時常堆滿貨物，但每當早上醒來掀開窗板，看見遠處的海與船旗、近處的廟宇、攤市，又或睡前望一望夜色下仍點著燈的幾處門樓，陳印總感覺心情舒坦。一股平靜的氣息緩緩包圍住他，彷彿在告訴他，

現在是在對的地方。

即使偶爾外頭過分喧鬧，也不太會妨礙到陳印的心情。窗在高處，他能安心旁觀他人的爭吵，或是節慶時鬧至太深夜的歡笑狂熱，這些聲音、風景為他帶來些許樂趣、刺激，某部分則成為他和顧客間閒談的話題。

最近陳印發覺了一件怪事，街路上那十來株莿桐樹分明時序到了，卻葉子未落，花苞未出。他並不是唯一發現的人。布莊櫃檯前，這件事被來訪者多次提起。

往年這個時候十字街的莿桐花已盛開得相當美麗，街底望去四周盡是張狂奪目的紅艷。今年不知什麼原因，莿桐樹就像忘記了時序一般，遲遲不願開花。儘管莿桐樹不開花並不會造成什麼大麻煩，但一件該發生而未發生的事三天五天懸在人們嘴裡，懸得久了，走在路上，人人都忍不住去瞧一瞧那不開花的樹，檢查一下花苞長了沒。怪異、不祥的感覺便逐漸漫升上來，於是幾件看似不相干的事也變得很相干了。

人們聯想到去年年底發生的那場地震，雖然傷亡人數不多，但不少人屋寮受損，飽受驚嚇，那搖晃的恐怖感至今還時常被提起。震後不久又連日暴雨，海水泛漲倒灌渡口，這樣的天候在臺灣府的冬天極為罕見。渡口邊許多船隻被泛漲的海水推擠上岸撞成一堆破片，坐落在水岸邊的倉庫、樓屋亦多數泡在一時未退的積水裡，所幸那裡的居民近水知水，本就有將重要貨物擱放高處的習慣，因而減輕了災損。這一連串災異被大家兜在一起談論，成了相互關聯的警訊。土地和大海似乎因著不知名的原因而異狀連連，人們懷疑神明有所不滿，又懷疑妖魔作祟，許多人都說針對這些異象實

在該做點什麼才好。陳印坐在店鋪裡，從去年年尾到現在，聽到的多是這一類談論。

十字街的商人們決定聯合商家籌措捐額較高的善款，並向一般百姓收取丁錢，約好今年把酬神的場面置辦得比往年更加澎湃，藉以告慰天地，求得神明保佑。籌備過程，種種祀神的準備、採買、布置，加上文、武陣頭的排練，讓市街更加熱鬧起來，在街上閒晃的人也變多了。

櫃臺前，陳印聽見客人這麼抱怨：「要把錢花在張燈結綵、殺豬殺雞，不如捐給家裡有人傷亡或是財物有損失的那些人。」

「您說得很有道理，不過街上變熱鬧了，我好像也比較不害怕了。不然年底那一震，可真嚇人啊。」陳印賠笑著說。因為自己的頭家正是發起籌措善款的商人之一，他怕待在內室的頭家會聽見他和客人的議論，便選了一個兩不得罪的說法來回應客人的抱怨。並且說的也是實話，近日來的熱鬧氣氛確實讓他心情放鬆不少。

他一直記得大地震時聽見的某種怪異鳴聲，從很遠的方向傳來，問別人有沒有聽見？同樣聽見的人卻不多。之後十餘天，陸續有幾次地震，那鳴聲沒再出現，但屋子搖起來的響聲依然可怕。那段時間陳印一想到地底下可能住著一隻龐大的妖牛就睡不安穩，時常夢見自己躺在妖牛背上，妖牛每一次的呼吸都差點讓他摔落，自己是那麼渺小而脆弱。頭家幫他用家鄉的辦法收驚，他才沒再夢到那頭牛。

回想起地震的事，陳印一時失神，沒聽見客人還說些什麼，隨便應承幾句後，對客人說：「大上帝廟今天請吃平安麵，要不要去吃一碗？」客人連忙告辭，往布莊斜對面的大上帝廟走去。

那位客人離去後，又來了一位生面孔的客人，這位生面孔的客人在挑完需要的布料後，說起近日來的天災異象。陳印不甚專心的聽著，因為實在聽得太多，感到有些膩。但這位客人最後卻說出他以前不曾聽過的解釋，他說這些異象都是改朝換代的預兆，新皇帝就快來了。想避開兵禍，記得發生亂事時，在門口擺設香案，拿一張黃紙做成小旗，寫上「帝令」兩個字插著，這樣就能免去災禍。

這說法令陳印有點不安，他想神明或妖魔那還是可以祭拜、化解的，這說法卻變成人的鬥爭。改朝換代那是要殺頭的事啊，戲不都是這麼演的嗎？他問客人這是從哪聽來的呢？對方答是聽朋友說的，但朋友也是聽來的，好像是聽一個和尚說的。

「幸好這兩個字我會寫，不過又不知道發生兵禍的時間，這樣一直等待更使人緊張。」

「聽說是四月。」

「今年四月嗎？那不就是下個月。」

「是啊，所以要盡早準備。」

陳印想，這預言竟連發生月分都能說出來，還是非常迫近的時間，一旦時日過去而事情沒發生，預言就會變成笑話，一定是個沒經驗的江湖術士趁這人心浮動之際胡亂散布的吧。

「不是我不信你，這實在……有點誇張。」

「不誇張啊，地震那時，寧南坊的施公祠不是倒了嗎？你想想看，當年施琅可是背叛了誰呢？」

陳印知道，但不敢說出那個名字。

那客人又說：「看你的表情就知道你知道。你再想想，今年是什麼年？」

「辛丑年……」

「當年那個人取臺灣也是辛丑年，剛好相隔一甲子。」

陳印覺得這話題越來越危險，但又不能得罪客人，只好再拿出「大上帝廟今天請吃平安麵，要不要去吃一碗？」的方法送客，還添了一句：「要吃趁早，不然吃不到哦！」慫恿對方離開。

那天夜裡陳印倚著窗，看布莊斜對面的大上帝廟熱鬧。三月初三是上帝爺公的生辰，謝神的活動初二便開始了。廟宇門樓、延伸到對街，掛上許多紗燈、紙燈，感覺十分氣派。北管戲的樂聲高亢嗚亮，戲臺前的數排板凳坐滿了人，晚來的人便擠在廟門口。陳印這邊只能看到觀戲人的表情，卻不能看見戲臺上的表演。他正想著是否要出門去看戲，又覺得陳榮不在，不緊守門戶，讓人偷盜了什麼可不好。也就這樣聽著，眺望市街，別有一種閒情。

不知為何，戲演了才一刻，便有數十名官差出現，包圍住廟宇前後。帶隊的胥吏和廟方說了幾句話，雙方好似有些口角衝突，不一會兒，官差開始大肆抓人，樂聲同時也停了，取而代之的是一陣亂聲，有人咆哮、有人告饒，在場的人幾乎全數被帶走，只有少數站在比較外圍的人趁亂跑了。

有一段時間，陳印只是看，他不太懂，現在是發生什麼事了，以致也沒有真實感。然後他慢慢懂了，才感覺到可怕，感覺全身發毛。這事的發生不能說沒有徵兆，他剛來到臺灣就發現了，這裡蚊蟲更多，官府更貪婪，莫名其妙死掉的人也不少。但如此大規模、明著幹的搜捕卻是頭一次見到。他沒有發出任何聲音，只是把窗板放下，架上橫木鎖住，彷彿誰會飄在空中用蠻力把那窗扳開似的。他又跑到一樓再次確認了大門、後門的門閂。

這樣就可以把外面的事情關在外頭了吧？陳印想著。

＊　＊　＊

三月初三，俗稱三日節。這一天既是玄天上帝聖誕也是祭祖日。黃殿一家人一起到庄外不遠處的一處山崙掃墓掛墓紙。

黃家祖先的墳頭依仙命卜算坐山立向，方位各有不同。黃殿拿香代表眾人對每個墳頭都說了一些話，講了黃麟和卓春新婚的事，求保佑早日生子，子孫平安萬吉。原本這事該由大房的黃媽當代表，但他說他眼睛看不見，又膝下無子，多年來總推辭當祭祀的代表，只悄然持香立在親人之中。

卓春望著那墓群，覺得像有數人散亂盤坐，各自看著自己想看的方向。「將來我也會葬在這裡吧？」心中忽然浮現這樣的念頭，同時掛念起親生父母的墓。

焚完紙錢，卓春跟著家人坐在草埔上吃祭拜過的草粿、喝祭酒。她告訴黃麟想去看看父母的墓，黃麟便跟她一起去。

走了很長一段路，到了那裡發現墓已有人掃過、祭拜過。

「會是誰？」

「應該是教練。往年都是他帶我來祭拜父母。今年他怕我無法過來，曾經提過會幫我看看父母的墳。」

卓春指著樹林中一條狹小的山徑：「從這裡可以直接走到教練的草寮。」

黃麟問卓春：「妳有沒有想過，那時若是教練收養了妳，我們還會成婚嗎？」

「這有很大的差別嗎？我們還是會一起學武，一樣會認識。」

「我總覺得說不定教練就會帶著妳四處流浪。阿爹說過教練不是一個能夠長久待在同一個地方的人。他明明當了我們庄裡的教練卻還要去幫我外公種田。」

「這兩個地方相隔又不遠，他也兼顧得很好。」

「嗯。不遠但也不近啊，他為什麼不住我們庄裡？」

「住得離田地近才好照顧，這是很自然的事。」

「我知道。所以回到最原本的問題，如果他也當我們家的傭工，豈不是也能住在庄裡，又能當教練？」

「嗯……」卓春露出思考的表情。

「或許真是我想太多了。不如我們現在就去問他？」

「可是現在過去，待不了多久，就得往回走了，才趕得上天黑前回庄。」

「所以時間還是夠的嘛，反正今天也沒別的事了。」

「也好，有幾天沒看到教練了，我也想向他道謝。」

兩人商量完畢，便一同前往古陳坑。而後他們在朱一貴的居所，遇見了王玉全。

在他們的印象中，王玉全和朱一貴並沒有特別的交情。見了面，也就只是打招呼而已。因此看

見王玉全出現在這裡，兩人心中都有一種說不出的怪異感。

卓春說她來道謝，王玉全立刻就說他先告辭了。

剩下朱一貴、卓春、黃麟三人席地而坐，他們就跟平常一樣，胡亂聊著庄裡事，氣氛卻一直有些沉悶。黃麟忽然想起本來要問朱一貴的問題。

「我跟春仔聊到，當初教練怎麼不是待在我們庄裡當傭工呢？」

朱一貴說：「剛好當時你阿爹並不缺傭工，就介紹我到這來了。我住這也習慣，屋寮都搭好了，朋友也知道來這裡找我，就沒想要再去變動。」

「教練不會覺得不方便嗎？」卓春問。

「不會。其實我從小就不喜歡住在一個庄裡的感覺。」

卓春想再問朱一貴小時候的事，朱一貴卻不怎麼想談的樣子，三言兩語避開了。黃麟和卓春也就沒再追問。

離開的時候，朱一貴給了他們一些自己做的鹹鴨蛋。

＊　＊　＊

陳印一直覺得很奇怪，參與廟會籌款的商人幾乎都被抓了，為何獨獨頭家沒事？事發時頭家很幸運的「不在」，回來後，也沒有官府的人上門查問。

他問頭家知不知道很多人被抓的事？陳榮一派輕鬆地說我知道啊。

「我想頭家您最近還是待在家裡，少出門為好。不過，待在家裡也怕官府的人找上門。」

「這你不用煩惱。」

「為什麼呢？」陳印追問，問得有些急，他已察覺頭家是不會有事的了，他只是想知道那背後的原因。

陳榮攤開雙手，以一副你應該可以理解的神情回望陳印。

「印仔，錢這種東西很奇妙，一手轉一手就會產生價值，只看你能不能在對的時機站對位置去抓住那價值。總之，這一次我們賺。」陳榮說完，單手托起燭臺頗為得意地往裡間走去。

我們……

陳印注視陳榮身後膨脹了數倍的黑影，突然覺得那通往內室的甬道是太暗太暗了，唯獨陳榮的前方有一輪模糊的光暈微微晃動著。

以前在家鄉自己正是被陳榮這樣志得意滿的姿態吸引住，因而一股熱血衝上來，跟隨陳榮到了臺灣。

那時候，他和村裡好幾個年輕人都對臺灣存有幻想。耆老們越是說臺灣的不好，說渡海的危險和騙子惡徒的可怕，他們越認為那裡必然有什麼不為人知的好處。

耆老們缺牙的嘴裡那些離鄉人的故事，不外乎兩種結果，擁有驚人的財富，卻喪失了和鄉里的親緣牽絆，或者全都失去。

「不是變成惡人，就是被惡人欺負啊！」

在那些故事裡，富貴或貧賤好像都是一種懲罰，都得失去一點什麼，比如道德、自尊。都有一點令人毛骨悚然的暗影，孤單、惘然的情緒。

可是陳榮回來了，帶著神采與財富，他重修祖墳，大宴親友，曾經被宗親說盡壞話的陳榮，那個游手好閒，整日思想一夕致富的「歹囝仔」重新找回了他和鄉里的親緣牽絆。陳印也是那時認了親，娘說這可是你同宗的族伯呀，快叫伯父。

陳印以為這才是故事應有的真實樣貌，冒險的人不一定會失去什麼，失去了也不一定要不回來。

他跟著鄉親們擠到陳榮家，椅子不夠，有些人就盤坐在地上。那間屋子簡陋殘破，跟陳印家比不能算好。陳榮的父母兄弟像奴僕一般縮在牆邊候著，陳印手裡摸著什麼東西，他就感覺到陳榮家人的眼神撞上來，彷彿怕他偷，這才盯著。

鄉親們要陳榮講講賺錢的方法，陳榮神氣地說：「想賺錢就要動腦筋。舉個例吧，你們想想，臺灣不產鐵而福建產鐵，但是臺灣有這麼多人在開墾土地，鐵器的需求很大，加上官府管制鐵器運入臺灣的數量，這中間就有賺錢的可能。」

有人問陳榮：「既然官府有管制，鐵器怎麼賣？」陳榮就笑，「這我不能告訴你，我為什麼要告訴你呢？若不是我布莊生意正在擴張，鐵器的生意我也想做一筆。」

那是陳印第一次聽真正到過外邊的人談論外邊發生的事。除了臺灣，陳榮還同他們說呂宋、噶喇吧、麻六甲、丁機宜、安南、占城、柬埔寨、大泥、暹羅、日本，那些他們搞不清楚方向的陌生

地名。他懷疑，這些地方陳榮並不是全都去過，可陳榮就是能說得特別有一回事，至少陳榮能區別它們的不同，彷彿有一張海圖長在腦袋裡。是這樣的神態攪得陳印深怕錯過什麼……[8]

陳印不知自己是生錯了地點，還是放錯了魂魄？有些事別人適應得極好，偏偏自己來就不行。他彷彿生來是魚卻不會游，生來是鳥卻不懂得飛。手腳笨拙，老是弄傷作物也弄傷自己，被父母唸說不用心。

他想他可能真的不夠用心。他並沒有花費全部的力氣去學習生活在山村裡的人都應該要熟悉的事物，他總寧願設想一個更對的地方，一個更適合自己的地方。有時是一座熱鬧的城，有時是一個大海港，甚至海外之地、天外之境，他都想像過的。

這些幻想之地只有粗淺而幼稚的輪廓，陳印賦予它們殊異的生存情調，事後證明有些實在是過分誇張了，畢竟當時陳印尚未到過一天腳程以外的地方，只能從他人的閒談來拼湊想像，而說的人往往又是聽別人說的。

那時陳印還不懂得隱藏想法，想到什麼就說，說了就有人來扳正那想法。

阿爹問他：「人那是活不下去才要奔走流離，你如今又不是沒飯吃，想這些有的沒的做什麼？」

而阿兄沉著臉，說他那是被寵溺過度之後，才能擁有的奢侈無知。

有好多年的時間，陳印發覺其實自己怎麼想也沒差別，日子又不會改變。若沒有那年陳榮在村子裡引起的騷動，或許他一輩子都不會離開家鄉。畢竟他總是這樣空有妄想卻又膽氣不足……

關鍵的一日，陳印在村裡來回走著，看見不同年紀的鄰人，就好像看見自己的一生。那樣生的

方式、死的可能，他認真想了數回。

少年時陳印的親族裡有人被一條大毒蛇咬那麼一口就死了，這件事對陳印造成相當程度的衝擊，陳印常想他或許是從那時開始變得膽小的。在他眼中，族親們的痛哭乾嚎看起來不像傷心，倒像一種農事，無論如何都要為亡者哭一哭、搥一搥自己胸口的勤懇。陳印看他們把人埋進土裡，像埋一顆種子，眼淚澆灌過就什麼都過去，理所當然接受了這一切。好像這種事本來就會發生，只是不知道會落在誰頭上。說穿了，人如果遇到過不了的關，跟蟲子也沒兩樣，被輕輕一捏就死了。

陳印問過母親，問這一類的死亡為何發生？問它的意義？問人會被帶到哪裡去？因此犯了母親的忌諱，遭到一頓罵，好似陳印的嘴裡吐出了髒東西。母親連呸數聲，唾沫噴在陳印臉面上，像是一種抵銷。陳印記得阿娘從不說「死」這個字，而是用其他字詞來代換人的消逝，比方說「走」、「過身」或「往生」。陳印覺得，那聽起來彷彿，死亡只是性命忽然打了個滾，翻到看不見的背面。於是，每個祖先做忌的日子他便會想起這些「背面」。

他想像成群的祖先齊一轉過頭來，吃母親擺設在供桌上的酒肉，他們才不管那是誰的忌日。而他其實並不討厭像「背面」那般存在的一切。他只是害怕措手不及的感覺，怕自己將死得無價值、無準備。他將只成為祖先，而不是陳印這個人。

8 呂宋為今菲律賓馬尼拉，麻六甲為今馬來西亞馬六甲，噶喇吧為今印尼雅加達，丁機宜為今印尼蘇門答臘島的直名丁宜，安南為今越南舖憲，占城為今越南會安，大泥為今泰國北大年，暹羅為泰國古國名。

最終他走向陳榮的家，拜託陳榮帶自己到臺灣。

陳榮問他有沒有想清楚？

陳榮對他說：「你要離開的可是一個半數村民都跟你有親戚關係的村落哦！」陳印想，那其實也是陳榮自己曾面對的抉擇。

陳榮又說：「可不要做沒兩三個月就想回鄉，跟我去的，要有一輩子不回鄉的覺悟。」

他還真的至今都沒有回去過。

當日離鄉的過程，他有很多機會反悔，等待出發的日子、抵達廈門的那幾天，他不只一次懷疑過自己的衝動，可身體還是準備要離開的，不知哪裡生出來的勇氣，竟認真相信了自己的運氣。當真不能回頭，人已在篷船上。

那時才懂得後悔。

航程中歷經天候海象的變化，那暈眩難耐，屢屢作嘔的痛苦令陳印真心後悔了幾次，又重新寄盼了幾次，畢竟風浪不是一直都大，亦有時海面如鏡，遼闊舒心，美好得叫人心醉神迷。他心裡既懸著人只能仰賴神佛，無法自我拯救的恐懼，同時也憧憬著自己的「捨」將可能換來的「得」。他畢竟是拋棄了家人、家鄉才開始這場遷移，才有了那張官府核發的通行證，一張紙、幾個紅色官印、一堆陳印看不懂的字，卻是能夠擁有不同生命姿態的許可，陳印萬分珍惜，認為命運理當回饋給他相應的東西。

結果確實也不壞，雖然也談不上非常好，就是一個可以感到滿意的程度。

可是那個被他捨棄的「如果沒有遇見陳榮，原本將在山村裡夭亡或終老的自己」又到哪裡去了呢？

他仍時常夢見蛇啊、蜂啊、蟲、突然滾落的大石、暴起的山洪、疫病、飢荒……一個人可能遇見的各種倒楣事，過去日日點香祭拜祖先求保佑，求不要遇到的物與事。

當他往羅漢門去的時候，他有時會驚訝於羅漢門某一部分和家鄉的相似之處，那些旱土，那些畸零的田地與作物，那些村外的竹林，警戒外人的山村。

他和朱一貴有著幾無差別的口音，那使他第一次和朱一貴談話便覺得親切。當他們說起彼此的家鄉，他發現朱一貴成長的村落或許離自己的並不遠。如果不是來到臺灣，他們很可能就在相鄰不遠的地方長大、成家、老死，並且互不相識。他不太清楚為什麼朱一貴搭船來到這麼遠的地方還要找一個相似的山頭居住，那麼離開又有什麼意義呢？

朱一貴說：「我想離開的，並不是山啊。」

「那你想離開的是什麼呢？」

朱一貴遲疑了一會兒，然後告訴他：「人吧，這是一次切斷所有關係最快的方法。」

朱一貴的答案令陳印感到十分驚訝。他不明白為什麼朱一貴能把這想法說出來。一般人不會這麼說話的，即使是這樣想，因為那話語裡有令他人感到不快的成分。

陳印同時擔心自己是不是顯得糾纏，會不會也是朱一貴想要切斷的關係之一。

曾經有一年的時間，他毫無朱一貴的消息。一個朋友失而復得，是該高興吧？但陳印總覺得有

什麼迷霧一般的東西遮蔽在眼前，這使他拿捏不住自己和朱一貴的交情厚薄。

陳印很想看看朱一貴往後的人生，很想知道他拋下府治的一切之後獲得的又是什麼？他向陳榮提議拓展新生意，說要走賣雜細給住在山裡的人，這起初只是一個簡單的念頭，他不過是要讓自己到訪羅漢門顯得合情合理，卻沒想到，許多情感累積下來，他便一直持續這走訪山林的生意。

陳榮和朱一貴對陳印來說，就像是站在完全相反方向上的兩種極端，一者牟利，一者重義，他們都有些與眾不同的特質，陳印被他們身上的光芒所吸引，忍不住追了過去，但也試圖保持距離觀察這兩個人的一切。

他原以為自己這是愛看熱鬧的心態，他只要看，不要參與，他想站在安全的位置觀察這些強者的人生。可是就在剛剛那一刻，他望著陳榮的背影，發覺自己對陳榮出賣朋友的行為感到生氣，他不再感覺陳榮身上有光。

他早就明白陳榮是個斤斤計較的人，總是用最少的人力經營布莊，缺人手的時候到碼頭邊找幾個沒差事做的人雇用，事情忙完就再把這些人趕回碼頭邊去。陳榮不喜歡長期聘用傭工，怕別人偷他的財產，洩漏他的秘密。陳印卻是例外，因為這個例外，陳印才對陳榮有了親人一般的情感。陳榮教他認識一些必要的買賣用字，教他記帳。他在陳榮的書架上看到一本《東西洋考》，在裡面找到幾個看起來像是陳榮當年講過的神祕地名，不過他認得的字太少了，也不甚確定。陳榮是他的主人，也像他的老師、父親，開啟了他的眼界。他知道他不應該對陳榮有任何不滿，他知道孤身一人的陳榮是有收他當義子的打算。

然而厭惡的情緒一旦發生，就很難收回。陳印一邊回想陳榮的好，一邊抑制洶湧而出的反感。怪異的是，在劇烈的情感拉扯中，他並未軟化、失落，而是前所未有的感覺到一種想要掌握自己命運的力量。

他忽然很想念羅漢門，想念朱一貴。

第六章、抉擇

有人莫名被官差抓走的消息，陸續傳進了羅漢門。

「沒事不要到街上去，誰知道還會用什麼理由抓人啊？」最近山路上，人和人相遇便是談論這件事，互相提醒。

黃殿庄裡有人只是運了竹子、藤到街上賣便被官差抓了起來，留一個同伴回來傳話，說他違禁砍伐，要繳清罰款才能放回。也有人甚麼都沒帶，只是成群走在一起遊逛，就被說成無故結拜，一樣關押起來。

竹子、藤本來就沒做記號，一群人是否拜過把更不會寫在臉上，除非官差親眼瞧見百姓犯禁，否則越界砍伐、兄弟拜把都是難有實據的事，也因此一向不會真正禁絕。

當他們用「沒有實據」這點跟官差爭對錯只討來一頓打，有些皮肉單薄一點的就被打死了。被放回的人說他們並不是關在牢房裡，而是被趕進一般民家的柴房鎖起來，裡頭擠到只能站著，天氣悶熱，十分折騰人。這中間也沒看見誰被提去問案，從頭至尾遇不到有點品級的官，就那些胥吏在管。那幾個胥吏說了，凡是被關在這裡的，只有一條簡單的規則：「繳清罰款就可以出去，繳不出的先挨四十大板，再攆回原籍。」

別說四十大板就能將人打死，光是攆回原籍這條，大家聽了都怕，當初會來臺灣，每個人多少都有各自的理由，也花了不少船費。若被遣返，有了不好的紀錄，要再來就難了，也不知道鄉里人會怎麼看待自己。再怎麼不甘願也只能乖乖繳錢，於是身上剛賺得的錢全進了官府錢袋，若還不足，就是託外面的人去借錢也得設法借來繳給官府。好不容易脫離禁錮，臨走，幫忙運送貨品的牛車，竟然也要繳幫牛隻打印子的錢，每頭牛身上的通行官印需三錢，不繳清就不能帶回自己的牛。

這一類倒楣事，不只黃殿庄上的人遇到，鄰近山頭幾個聚落的人，平日難得碰面，如今也紛紛到黃殿這裡來探聽消息，問是否遇到類似的事？

李勇的傷早已好得完全，也回到庄內幫忙農事一段時間，這之間不曾聽聞任何要拘捕李勇的消息。從李勇描述被追捕當時的情況，加上其他人的例子。黃殿猜測官差恐怕只是依自己的判斷隨意抓捕，連自己抓的人叫什麼名字都不清楚吧。

庄裡的日子看似和平常沒有不同，每個人的心裡卻都不怎麼平靜。外人多了，來來去去多是為了交換消息，希望能搞清楚更外面的情況，找出解決的辦法，然而誰也不能確知真實的情況究竟是怎樣？誰決定這麼做？只知舉凡熱鬧一點的街市或較大的汛防附近，都發生過類似的捕捉事件，前後被抓的人加起來就有兩、三百人，尤以鳳山縣被抓的最多，府治和臺灣縣也有，只剩北邊的諸羅縣還沒探聽到什麼消息。說官府會抓人，偏偏也不是每天都有人被逮的程度，完全平安無事回來的大有人在。有時也會平靜好幾天做什麼都沒人管，那街上又好像還可以去。

黃殿問王玉全的看法，王玉全說：「如果官府天天無差別的抓人，那百姓就完全不出門了，像

大湖街、半路竹街這類鬧街的店鋪恐怕也要倒一半以上。」黃殿想想也是。這看似平靜卻又彷彿哪裡藏著毒蛇毒蜂隨時準備咬人一口的感覺最是惱人。[9]

在山裡自給自足，只要不缺鹽、布這一類只能用買的物資，要撐個一年半載也沒問題。可是官府催收折銀的壓力同時逼了過來，若不把稻米、甘蔗、竹、藤、獸皮這一類方便換錢的東西逼出去賣，又怎麼湊足官府要的折銀？

目前為止黃殿繳給衙門的數，遠不足官府原來要求的，衙門那邊的人清算之後提出警告：「五月之前，剩下的再不補上來，管事、地主一併抓。」這話王玉全帶了回來。

黃殿聽了雖懷疑這不過是恐嚇的話、言語上的詭計，過去不曾逼得這麼急，不信官府真有辦法進到羅漢門來抓人，但也不可能真不怕，自己手上那麼多未核清的地賦滾單，這燙手山芋臨時要丟也丟不出去了。有時遠遠瞧見那山坡邊搖曳的荒草，忽然就擔心起草堆裡面是否正有成群的士兵悄悄移動。

土匪是打過的，但官兵沒有。黃殿無從判斷官兵和土匪哪個厲害？他知道官兵身上不只有腰刀還有鳥鎗，雖然有些土匪也能弄到這種東西，但數量極少，並且殺了土匪沒人會去告官說你殺人，但殺了官兵，會有更多的官兵來追究。

黃殿等人如今是進退不得，離開山區不免就會有像李勇那樣莫名遭受追捕的情況，那一次是李勇逃得快，加上身強力壯，官差一時制不住他，卻不是誰都有李勇這樣的身手。

草亭裡頭，黃殿約泡茶，詢問眾人對目前情勢的看法。朱一貴、王玉全、吳外、李勇、鄭定瑞，

或坐或站，圍著那張棋桌。張阿三巡守庄頭，無法過來。對黃殿來講剛好，反正張阿三向來沒意見。

「說穿了，還是要錢吧！」李勇說。

吳外說：「我同意阿勇的看法。不知官府還會想出什麼名目來要錢哩？」

「我想下一步就是強收折銀了。」朱一貴說。

此時小炭爐上的茶鍋剛好發出水沸聲，吳外將茶盤端了過來，擱在棋桌上，興奮喊道：「喝茶！喝茶！」

王玉全提起茶鍋澆淋初沸的水洗杯洗壺沖茶，手勢一貫的優雅俐落。隨即他倒掉第一沖的茶。

吳外來不及阻止，直呼可惜。

「第一沖是不喝的。」王玉全一本正經地解釋，開始第二沖，將茶水注入每人面前的小杯。

「我知道啊，可這裡買茶葉不是那麼容易呢。總覺得可惜。」吳外說。

「那是殿哥的茶葉嘛，你不用替他可惜。」朱一貴笑道，率先拿起茶杯品聞茶香。

黃殿無奈苦笑：「一貴說的是，你們盡量喝吧！」

眾人捧杯喝茶。

黃殿問：「那麼大家覺得目前的情況是一時的或是會持續下去？」

吳外說：「我覺得官府目前看起來沒有要收手的意思，畢竟真的賺很多啊。只是他影響的不單

9 大湖街位在今高雄湖內，半路竹街位在今高雄路竹。

是被要求交錢的人，官府抽了這些稅，商家吃不消，就提高販賣東西的價格，如今街上吃的、用的、租牛的錢都變貴了。許多人都在抱怨東西買不起。」

鄭定瑞接著說：「確實情況感覺越來越混亂了，我前幾天到街上幫義父買鹽，看見一群人圍著一具屍體議論說要幫他報仇，聽說是挨不住官差的板子才死的。那群人的口音聽起來像是潮州人，看起來並不好惹。街上的氣氛很不平靜。也有人喊著要搶臺灣倉庫，我怕街上要出事。」

「我的看法是，問題不在於他們打算這樣蠻幹多久。其實啊，守塘汛的官兵不多吧，我都有在觀察。」李勇說。

「哦？」黃殿露出感興趣的表情。

「他們這樣一點兵力，連我們一個庄頭的戰力也沒有。我們為何要乖乖聽他們的呢？大家以為如何，難道你們都不覺得不合理嗎？不過幾個兵而已，何必這樣別人要什麼給什麼，根本不必懼怕他們。瑞仔剛說有人喊著要搶臺灣倉庫，這很有道裡，官府從百姓身上收了這麼多錢，不如我們把那些錢搶回來。倉庫裡就沒錢也有糧的。」

黃殿問李勇：「搶回來的錢糧，你打算如何？」

「當然是……兄弟分了。」

「我們很需要這些錢糧嗎？」黃殿又問，但神情不像是在問李勇，更像在問自己。

「不需要。也不該拿。」朱一貴說，「那是百姓的錢。我們搶了跟土匪有何差別？」

鄭定瑞說：「那把搶來的錢糧還給百姓如何？」

「還給百姓也很好。我並不是想要那些錢，我就是見不得那些官兵橫霸。想給他們一點顏色瞧瞧。」李勇說。

黃殿看向王玉全，想聽他的意見。王玉全表情沒有波動，只專心顧那煮水的火爐，又沖了一次茶，將空的茶杯注滿。

眾人捧起茶杯的時候，王玉全說：「跟官兵打，那是對抗現在的皇帝，不是鬧一次事就結束的。你們要老大當皇帝嗎？」

突然一陣沉默，似乎每個人都有話想說，又覺得沒把握，一時間不能想清楚這個問題的答案。皇帝這種事對在場的每個人來講都太虛幻了，因為只在戲裡看過，在說書裡聽過，是跟龍、麒麟這些神獸沒兩樣的傳說罷了。

茶又倒了一輪，話題繞來繞去，總是重複那些已知的訊息，始終沒有得到任何結論。

＊　＊　＊

夜裡，晃動的燭影前，黃殿坐在椅凳上凝目注視那紅燭緩緩流下的蠟油如何塌滑又重新凝固。他回想起白日裡眾人談話的內容，想著每一個人的態度、當時的表情神色，想著他們是否都說了真心話？

官府給的壓力日漸迫近，在這之前的和平共存，回想起來，也只是官府還沒真正勒緊百姓的脖

子，而他們也還沒去襲擊那些可笑的防禦罷了。

如果能圍一道城牆，圍住羅漢門，拒絕官府的管制……可悲的是，他連城牆都沒看過，皇帝是聽來的，城牆也是聽來的，完全是靠想像去認識。

一個念頭方起，又有個念頭自黃殿心中奔竄出來，推翻了前一個。黃殿想到自己並不可能圍住羅漢門。且不說封閉羅漢門這件事辦不辦得到，這裡若單靠自給自足，未免太險。黃殿知道，長久來說，對外的交易仍是必要的。

那麼戰場，可能會變得很大，可是具體是多大呢？這是可能成功的嗎？

當他托著燭臺走向床沿，已先就寢的妻子鄭素娘翻過身來問他是否有事煩心？黃殿說：「我發覺我可能是老了。」

「怎麼會呢？」

「終日面對二、三十歲的年輕人，就感覺到那差別了。」

「燭臺可以移遠一些嗎？突然看到光有些刺眼。」

「好。」黃殿正要將燭臺拿遠，突然又停住腳步，只背過身，用身體擋住蠟燭的光芒。他忍不住問妻子：「妳怕死嗎？」

「怎麼忽然問這個，怕死嗎？當然怕，不過這種事都是命數，由不得人。來的時候也只能認命。」

「嗯。」

「你從剛剛就一直在講奇怪的話，身體感覺不舒服嗎？」

「沒有不舒服。只是想了很多問題。不過不要緊了。」

「真的嗎？」

「真的。現在想睡了。」

黃殿吹滅了手中的燭火，火焰熄滅的時候，不知怎麼，很感到捨不得。

＊＊＊

這幾天天色時常陰暗著，雨要下不下的，有時蒸熱得要命，拿起蒲扇搧著搧著卻又起風了，吹來卻並不舒爽，摻著潮熱的濕氣。李勇覺得自己的心情也像這天候一般悶，盡是讓那陰熱渾纏，沒得宣洩。

草亭議事之後，李勇主動找過黃殿好幾次。他冒著可能被抓捕的危險四處查探外頭的消息，並總是以最快的速度回報黃殿，卻發覺黃殿對他當日的提議一直採取迴避的態度。李勇心裡感到不太高興。他想，黃殿畢竟是管事，和官府來往習慣了，況且正因為有這官府才有他黃殿做事的機會，更別說黃殿做事太柔和，根本是個無膽的。

這一天他在山路上閒晃的時候碰巧又遇到上回一起被官差沖散的顏子京、楊來二人，顏子京說自己那一次可是被官差打得很慘，是楊來拿錢來救他出去，如今才有辦法在外面亂走。不過今日往羅漢門這裡來卻不是巧合，而是真要找人。

「找人？你們要找誰？」

「我們啊，想找在這一帶有號召力的人。實話跟你說，官府太過胡來，我們下淡水好些個角頭、庄頭都豎旗結盟了，正是需要人的時候，所以才往山區來問。」

「果然……」

「你看起來好像很高興？」

「其實我前幾日也在別的朋友處聽到這個消息。然而庄頭裡的人卻對我的說法很懷疑。」李勇想起自己曾對黃殿轉述下淡水有庄頭豎旗抗官的事，黃殿的反應卻相當平淡，並且懷疑這些傳言是否屬實。謹慎起見，李勇並沒有說出黃殿的名字。但得知自己的消息無誤，他一臉高興。

「這是真的。雖然還沒採取行動，各處首領已經先私下會盟了。我正是會盟之後負責往北來找有意願加入的人。」

聽了顏子京的話，李勇轉念一想，既然在黃殿那裡得不到支持，不如說服朱一貴來支持自己的想法，不管是他、楊來、顏子京、朱一貴，大家都是受雇於人，除了一點米糧，微不足道的銀錢，什麼都沒有。站在同樣的立場，應該比較能互相理解吧？

「這一帶有號召力的人啊，是朱一貴。」李勇說。

顏子京點了點頭，「我想也是。」

於是李勇帶著顏子京和楊來前往古陳坑拜訪朱一貴。

「我在山路上遇見他們，知道他們剛好有事想找你，就邀他們過來一起聊。」

朱一貴立刻抓了一隻鴨子來殺，請他們飽餐一頓。

楊來依舊話少，打了招呼之後只默默吃。

顏子京問朱一貴是否聽過杜君英？朱一貴說似乎聽過，但並不了解。

顏子京說那杜君英是廣東潮州府海陽縣人，今年五十五歲了。原是替人耕種以及催地租。去年十一月因為跟人發生伐木糾紛，受到控告，為了躲避官差追捕，逃到檳榔林藏躲起來。檳榔林接近番界，官府不知是不是因為這樣就沒再找他。

「我今天來找你的目的。相信你也聽說最近官府的惡行，眾人氣不過，很多地方像草潭、下埤頭、新園還有小琉球都有人帶頭在招人，號召大家一起豎旗造反，我自己也召集了大約一百人。再怎麼說我們人多，團結在一起，官府就沒那麼容易抓捕我們，反而安全。後來杜君英也在檳榔林豎旗，他跟我們不同，背後有大地主柯妹撐腰，財力和糧食都很充裕。杜君英過去曾替柯妹催地租，聽說是柯妹鼓勵他豎旗，因此雖然他較晚豎旗，卻號召到最多人。否則以他這年紀真要跟官府輸贏，肯定只能躲在後頭啦！倒是他兒子杜會三正值壯年，還算能打。[10]

總之他還沒招攬我們時，一下子就五十來人，廣東人、福建人、臺灣人都有，他們是初十那天豎旗的，好幾支黑旗上面有寫字，聽說是寫「清天奪國」。雖然不太懂意思，但聽起來就很厲害，我不識字，我自己的旗只有畫一隻老虎，還是照廟裡的圖抄的，其他什麼名號都想不到。

10 草潭位在今高雄仁武，下埤頭為今高雄鳳山，新園為今屏東新園，小琉球為今屏東琉球嶼。

也是那一天，杜君英派人四處聯絡我們這些帶頭的，放話說打算搶臺灣府倉庫，倉庫裡的東西人人有分。陸續有各路首領拿著自己的旗色帶人入了他的夥，我和楊來也是，別人怎麼想我不知道，我一聽他打算搶臺灣府的倉庫，就覺得這主意真不錯。並且跟了他，就有米吃，不用自己勒緊褲帶養這些跟隨自己的兄弟，怎麼說都是入他的夥才有前途。我們離開檳榔林前，已經有一千多人了。」

「那麼多人聚集在一起都在做什麼？」朱一貴問。

「雖然說是聚集了一千多人，但大家還是會回自己的田地種田，等杜君英的命令。田不能不做，否則下半年就沒得吃了。杜君英要我們一邊種田，一邊準備自己的武器。他提醒我們最好每個人都去砍竹子，削作尖槍，鐮刀那只能用在近身戰。大家聽了都很興奮，說如今每個人都違禁砍竹了。不過這樣的人數仍舊不能叫人安心。你想想是臺灣府的倉庫，裡面會有多少東西？一來我們需要人，二來這麼好的事總覺得該讓你知道。我向杜君英提過你們，他很感興趣，說可合力。我還認識幾個人面較廣的朋友，這一趟也都要找的。在來找你之前，五里林的莿瓜成你聽過吧？他是你長泰的同鄉呢。紅毛寮也有好幾個朋友都答應入夥了。」[11]

「你認識的人不少嘛。」

「當然，我也不是看到人就拉的。你在南路可是頗有名聲，檳榔林那裡許多兄弟都知道你。你沒聽過杜君英，他卻聽過你。在我的心中，你可是最重要的合作對象呢。」

「在莿瓜成面前，你也講了同樣的話吧？」朱一貴說。

顏子京但笑不語。

「我問你，搶完臺灣府倉庫之後呢？」

「我不明白你的問題。」

「你們將這麼多人聚集起來，目標就是搶臺灣倉庫，開庫分了錢和糧之後呢，就此散去嗎？」

「不知道。他們還沒討論到那裡。但臺灣府不像羅漢門或檳榔林是好躲人的地方，終歸還是要回自己的地盤才妥當吧？」

「都搶了臺灣府倉庫了，必然也已經打倒官兵，難道要再將臺灣府拱手讓給清朝的官員嗎？」

「不然呢？」顏子京覺得朱一貴的問題很怪。

朱一貴也愣了一下，心中明明有逐漸成形的想法，卻覺得那想法此刻還不宜說。他告訴顏子京：「大概是我想得太多。合作的事很高興你想到了我，但這件事我必須和兄弟們商量。」

「好啊，但要快。這幾日我都還在這山頂山腳兜轉，十五日月圓那天我會再帶我的幾個朋友過來跟你認識，把你的兄弟也一起叫來。大家一同商討。不想豎旗造反也無所謂，就是交個朋友。」

「子京，若我們要豎旗，實力不會輸給杜君英，你是否考慮入我們的夥呢？」

「對我來講，入誰的夥都一樣。最好的結果大家一起打進去。次好的結果，一方打進去。最壞的結果，我們都死了。」

「哈！這話說得不錯。」

---

11 五里林位在今高雄橋頭，紅毛寮位在今臺南歸仁。

「但有一件事我要先說在前頭，若羅漢門能召集的人還不如我手下的人多，那麼就認分一點，跟我一起聽從杜君英的指揮吧。」

「哦？如果那樣，還不如就守在羅漢門過太平日子。」

「你就非要當頭不可嗎？」

「我不喜歡把命運交給別人，如此而已。」

李勇和楊來一直在旁邊專注聽著兩人談話，吃完鴨肉又吃起蓮霧，明明狠狠打過一架，此刻卻是感情不錯的模樣。

顏子京、楊來離開之後，李勇問朱一貴：「如何？我們要是動手太慢，難道要眼睜睜看那些錢糧進到別人口袋？」

「你想反抗官府的理由只是這樣嗎？」

「不然還要什麼理由？」

「要大家都覺得能得到好處的理由，否則就只是一般的盜匪。」

「那麼，說真的，你想不想幹？」

「想。」朱一貴的語氣相當肯定。

聽到這句「想」，李勇高興得撫掌大笑，「好！那麼你來想個理由。我只要能對官府報仇，其他無所謂。」

「不對，你固然曾讓官差砍傷，不致因為這樣就恨整個官府吧？」

「什麼意思？」

「還有別的原因吧？」

「怎麼可能，我自己都不知道的事你倒知道了。」

「也許只是你一時沒想到。想清楚了再來說，造反不是這麼簡單的事，做了就不可能回頭了。」

「說穿了，你也跟黃殿一樣敷衍我。」

「我相信殿哥不會敷衍你，他一定也有他的考量。起義的事，無論如何不該瞞著殿哥，我們是拜把兄弟，有話應該直說。若他真不願，我就來帶這個頭。」

「你答應了？」李勇聽到朱一貴鬆口說要帶頭感到非常開心。

「讓我先去見殿哥，等我跟殿哥討論完再說。」

＊　＊　＊

黃殿陸續派人出去打聽，幾日來回報的情況確實就像李勇告訴他的，許多庄頭的人不願意受官府管束，紛紛結盟豎旗抗繳田賦。結盟肯定比拜把嚴重吧？奇怪的是，並沒有聽說哪個豎旗的庄頭因此被官兵圍剿。而鬧街上，那些胥吏、衙役仍繼續欺壓逮捕一些無力反抗的百姓。

到底做到什麼地步，官府才會出手呢？官府究竟有沒有察覺正在醞釀的民變？是不知道真實的情況，還是人力不足無法採取行動？

黃殿想著這些問題。

他發覺李勇好幾天沒再來找他鼓吹造反的事，也聽說往日來找他泡茶的兄弟、朋友最近更常到朱一貴那裡去了。

從第一次看到朱一貴那時開始，他就發覺朱一貴的身上有一種讓人情不自禁想要追隨的特質。見過朱一貴和李勇的比試之後，他更深知朱一貴的武藝本領，連他自己也產生了一種想要依賴這個男人的情感。這份情感讓當時的他急欲拉攏初識不久的朱一貴來指導庄民們團練，想盡可能緩住朱一貴流浪的腳步。然而相處一段時間他又感覺到某種關乎領導地位的威脅。眾人都喊他老大，唯獨朱一貴叫他殿哥。第一次朱一貴那麼叫他時他沒有制止，因真有那麼一刻沉醉在恍若擁有親弟的情感之中，之後再難開口要求朱一貴跟其他人一樣稱呼他為老大。他的理智告訴自己要提防這種鬆動與例外，不要和朱一貴有太過緊密的接觸才好，於是他將朱一貴介紹給自己的岳父，讓朱一貴替自己的岳父做事。他盼望他和朱一貴之間仍能保有連結，但又不會因為走得太近而生起莫名的競爭心。

現在他又察覺到類似的威脅感，帶著嫉妒與恐慌。

這樣的心思他不曾對王玉全說過，但王玉全就像看穿他的煩惱似的，難得積極主動登門建議：「對於近日的變亂不能顯得太置身事外，否則終會被庄民與傭工一起拋棄，甚至第一個被抓來祭旗。」

黃殿重新盤算了自己的局面，他不想領導這件事，那要承擔的責任太多了，也不知道會帶來什麼樣的危險。他有家人有親族，也有田地要顧，但他也不想被當作一個阻撓庄民意志的反對者。他已經感受到許多庄民和傭工躍躍欲試的浮躁心情，正如王玉全告訴他的，如果繼續反對，將會被大

部分的人厭惡。他若不願挺身出來當這個頭，那麼他也只有輔佐朱一貴的選擇了。

黃殿坐在屋前的竹凳上，吃著一顆番石榴，入神思索這些事。突然聽見有人喚他。抬起頭來，遠遠看見是朱一貴，嚇了一跳，彷彿複雜的心思被抓個正著。

但朱一貴只是一如平常從院子外頭走進來，並不可能會知道他在想什麼。

朱一貴問他：「我今天可以住這裡嗎？」

「當然可以，你要住幾天都沒關係。我丈人那裡你有跟他說吧？」

「嗯，說了。」

「發生什麼事了嗎？」

「其實我只是來要一個答案。」

「那天我們在草亭聊的事，對吧？」

「是，你考慮得如何？」

「我……」黃殿再次有口難言，跟面對李勇那時一樣。

「殿哥如果有這個意思，我願意支持你。」

「不，我年紀大了，並不適合當這個頭。」黃殿從竹籃裡拿了一顆番石榴請朱一貴吃。

「如果殿哥還有什麼顧慮，可以告訴我，我們一起商量。」

「沒有得到答案，你就不回去了是吧？」

「嗯，因為我那邊也有點太熱鬧了。」

「我聽說很多人去找你？」

「你知道？」有一瞬間朱一貴露出思考問題的表情，隨即又笑著說：「是啊！」

黃殿注意到朱一貴表情的變化，察覺眼前這個人遠比自己更加坦率，同時又懂得掩飾內心敏銳的部分。他不知道為什麼這種看似對立的兩種面貌可以在朱一貴身上共存得如此自然？他問自己，這算是天賦吧？因他察覺不出朱一貴的表現有任何一分刻意，這使他心生歉疚，感覺是自己多慮，辜負了兄弟情誼。明瞭這點之後，黃殿心中也同時做出決定：「我跟王先生談過，他說你姓朱，我們如果以你為王，說你是皇室後裔，對百姓說要復興明朝，這才有號召力，才是長久之計。對了，我們平常聽王先生說書，《三國演義》裡的劉備不就是這樣嗎？」

王玉全平日在大榕樹下說書，朱一貴只要有空就會去聽。《三國演義》和《水滸傳》是王玉全最常講的，也是朱一貴最愛聽的。黃殿以此為例，朱一貴馬上就理解他的意思。並且類似的想法，朱一貴也不是第一次聽到。王玉全亦曾數度跑到古陳坑找他，對他說了一番自古以來的稱帝之道。那時，他只當作聽故事。

朱一貴問：「這些話你是認真的嗎？」

「認真的。如今豎旗的庄頭那麼多，卻毫無組織，有的喊著抗繳田賦，有的計畫要搶倉庫，這些主張都不夠完整，我們應該設想更後面的事，提出更長遠的想法，才能將這些力量合併。」

「你說得很有道理。但你也可以說自己是明朝後裔啊？」

「你也知道，我的姓氏、我的來歷光是這個庄頭就瞞不過了。你卻不一樣，你平常自己一人居

住，幾乎不提過去的事，卻又交友廣闊。對多數人而言，你仍有一種讓人摸不清的神祕感。重點是，你真的姓朱，說不定你身上確實有皇族的血統呢，沒有人比你更適合了。」

「我本來以為我只是來要一個答案。」

屋簷下擺著一張椅條，朱一貴蹺腳坐上去，用衣襬擦了擦番石榴，咬了一口。

「現在，猶豫不決的人變成你了嗎？」黃殿問。

「果然還是需要住下來。」朱一貴繼續一口一口咬落黃殿給他的那顆番石榴，「這顆有甜。」

「那當然，我挑過的。」

屋外原本只落了幾滴的飄雨，逐漸轉大，傳來淅瀝淅瀝的聲響。

做了決定之後，黃殿頓感肩頭上的重量減輕許多。那天晚上他和朱一貴一同睡在客房，聽著雨聲入睡，他們聊了許多跟豎旗有關的事，也有全然無關的。黃殿感到很愉快，覺得自己又年輕了一回。

隔天放晴，李勇約了鄭定瑞、吳外三人一同到黃殿家找朱一貴，想知道他們商議之後的決定。那時王玉全已經坐在屋子裡和黃殿、朱一貴談論豎旗舉事的計畫了，張阿三、黃麟、卓春則待在前院切磋武藝。

黃殿看見李勇、鄭定瑞、吳外都來了，就說：「你們來得正好。」便把眾人都叫進來，說出以恢復明朝為號召，擁護朱一貴為王的決定。

在場沒有人反對。他們本來就不習慣對黃殿的話提出意見，他們也習慣聽朱一貴的話。

而朱一貴跟黃殿之間早就達成共識。

只有鄭定瑞問：「義父那邊該怎樣辦？這事不可能瞞他吧？」

黃殿想了想說：「至少等跟顏子京談過之後再說，太早說怕會壞事。我會再跟他講。」

那是三月十三日，距離顏子京和朱一貴相約再見的日子還有兩天。

第七章、結拜

朱一貴在黃殿庄和眾人商討完面對杜君英一方可能的合作方式後，就回到古陳坑的草寮等待顏子京帶人前來會盟。

三月十四日，陳印突然出現在古陳坑，此次他卻沒有揹著貨架，只帶了隨身包袱。陳印對朱一貴說了很多兩人分別這段時間府治所發生的事，包括四月有變，改朝換代的傳言。

「總覺得有事要發生。」陳印說。

「你相信傳言嗎？」朱一貴問。

「我本來不相信，後來我想到你，忽然又想要相信了。」

「哦？」

「我知道你跟別人不同，你會去想一件事怎樣才公平，怎樣才對所有人都好。如果你來當我們的皇帝一定很好。雖然這件事怎麼想都不太可能。不過我做了一個夢。夢中的你當了皇帝。」

「我當皇帝是什麼樣子？」

「說也奇怪，我醒來回想，發覺我夢見的只是一個戲臺，你穿的是戲服，坐的龍椅也只是戲臺上一把鋪著錦綢的太師椅。可是在夢中我知道你是真的皇帝，我也不覺得這是一齣戲。」

「所以你帶著包袱來，是為了避亂還是為了追隨我？」

這個看似玩笑的問題令陳印愣住，陳印想了想說：「我就是想在你這裡待上幾天，也沒想過以後，跟頭家也是有告假的。不……不方便嗎？」

「如果是平常你待幾天都沒問題。但是明天會有很多人來，我們會商議一些麻煩事。之後也可能會做出更多麻煩的事，你若不想被牽扯進來。明天一大早就離開吧，否則聽到不該聽的，就走不了了。」

陳印尚未從朱一貴所說的話中反應過來，朱一貴就說他還要去忙一些事，留下陳印一個人在院子裡。

陳印突然覺得孤單，他走向鴨群，蹲下來看那鴨子。剛好有一窩小鴨出生不久，非常可愛。

「鴨仔啊鴨仔，你們說朱一貴把我這個好朋友丟在這裡是什麼意思，等著我去報官嗎？他怎麼會這麼大意，應該先套套我的話，瞭解一下我的想法啊，怎麼也不聽人說話就走了呢。萬一我出賣了他……」陳印心中陡然一驚，想起了陳老闆，「也是大功一件……」

朱一貴很晚才回來，陳印自己摘了一些野菜煮來吃，朱一貴問陳印餓不餓，不等他回答就塞了一個飯糰給他。

「米桶裡有米怎麼也不曉得煮？」

「那是你的米嘛。」

「我可沒這麼吝嗇。」

「我知道，可是朋友的規矩還是要守的。」

「明天早上我還會看見你嗎？」

「你猜。」

「我不能猜。猜了等於左右你要怎麼選擇。」

「你這個人真不好玩。」

隔天一早醒來，朱一貴看見陳印的行李沒收，走到草寮外，看見陳印正在煮番薯粥。朱一貴走至陳印身後問：「決定了？」

陳印蹲在灶前搧著蒲扇，「嗯……」

「這樣很好。」朱一貴伸出手按在陳印肩頭。

「哈，看來你還是想要我留下的嘛，開口拜託一下我有那麼困難嗎？你也可以說服我啊！」

「即使是同樣的結果，意義卻不一樣。」

「其實我明白，好歹我也認識你這麼久了。」

「我們一起再來多弄一點吃的吧！」

「好。」

陳印昨夜睡得並不好，他設想了幾種狀況：回到陳老闆那邊繼續替陳老闆做事但越來越討厭陳老闆的自己，跟隨朱一貴做了某種歹事成為朱一貴得力助手的自己，假裝離開然後躲在附近偷聽朱一貴的計畫，報官換取好處但良心不安的自己，不離開但也不參與朱一貴的計畫，最後被朱一貴殺

害滅口的自己。

每一段故事他都沒辦法想得完整，畢竟可以改變故事發展的條件太多了。陳印從這些想像中感覺到自己的軟弱。他是這樣，當好人不甘寂寞，當歹人又沒本事，就連所謂的「好」、「歹」，也只是在形勢與人情之中左右為難罷了。

第一種做法怎麼想都是最穩當的，但他忍不住會想起四月有大難的傳言，如果那傳言是真的，府治發生很大的變動，那麼陳老闆的生意也未必做得下去。況且，他不正是因為看不慣陳老闆的做法才跑來朱一貴這裡解悶的嗎？

陳印直到入睡前都沒辦法做出決定，只覺得不開心，醒來時人已自動在做吃的了。生火、洗米、削番薯的時候他什麼也沒想，就專注在做菜這件事上頭，一如每一個熟悉的清早。

是朱一貴看到他還在時的反應，才促使他真正下定決心。

陳印心裡明白，自己就是想選第二種，才替其餘三種故事都設下最壞的可能性。然而他仍舊不想只有自己來擔這個決定。

三月十五日這天上午，住得較近的鄭定瑞和吳外先來到朱一貴的草寮，不久黃殿、王玉全、張阿三、李勇等人也結伴到達。他們看見陳印雖然都有些驚訝，但相識已久，也只是問他怎麼了突然來到這裡？朱一貴的椅凳少，屋寮也小，眾人早習慣一來就坐在地上，他們圍坐在草寮旁的陰影處聊天，問陳印府治最近的情況，陳印就把對朱一貴說的大略又對其他人說了一遍。不久，顏子京和楊來也帶了六個人來。院子裡一下子擠滿了人，連列隊而行的鴨子都不得不讓路，場面非常熱鬧。

在場眾人輪流介紹了自己的名字、居所和謀生方法。顏子京和楊來所帶來的人除了有他日前提過的五里林的莿瓜成，還有紅毛寮的康健、李孝、徐蓬、卓敬，跟一個看起來膽子比陳印更小的高永壽。

外號叫莿瓜成的人，本名陳成，和朱一貴都是來自漳州府長泰縣，他們並非同村落的人，朱一貴聽過他，但並不真的認識，莿瓜成說他是來到臺灣才聽到朱一貴的名號。

朱一貴心裡想，當然，因為我換了名字。

從莿瓜成口中說出的鄉音起初令朱一貴感到懷念，可是再多講幾句，朱一貴就發現那懷念又變回了生分，憶起自己原先跟家鄉人也並非都處得甚好。

莿瓜成說大家叫他莿瓜成，是因為他種的莿瓜有名的好吃，等莿瓜大出的時節他再多帶一些過來給大家吃看看。

「我還以為是因為你的臉長得像莿瓜。」吳外笑著說。

莿瓜成回他：「哇！你這個人嘴還真壞，我雖然生得醜，也是有娶妻的。」表面反擊，語調倒是沒有動怒。

「不好意思，是我開玩笑沒分寸，望你海涵。」吳外這個人吃軟不吃硬，見莿瓜成自承長得醜，他反而感覺過意不去，連忙道歉。

「那嫂子是跟你一起待在五里林嗎？」陳印好奇問起莿瓜成的妻子。

莿瓜成說：「當初想說反正眷屬也不能跟著渡臺，我又怕麻煩，就把她留在家鄉，但我們兩人

剛成親不久就分開，說真的也沒什麼感情，我在這裡過得自在懶得回去，有時想要回想她生做什麼模樣，就只剩一點印象，哪一天路邊相遇說不定也認不出來，她可能也不記得我的長相了，這親也結得沒意思。」

年紀最長的卓敬接著說：「我也是漳州人，聽親戚說臺灣的官庄有在招人佃，就跟著過來，我有妻子跟兩個兒子，一樣是留在家鄉。我很晚才成親，雖然我都五十二歲了，大兒子才十五歲，小兒子只有四歲，我是生完兒子才來臺灣的。」

卓敬話說完，眾人一陣笑。

跟卓敬同樣在紅毛寮耕田的康健、李孝、徐蓬三人卻反而跟卓敬不太熟悉的樣子。他們三人自成一個集團，都沒說個人的事，只說了對官兵欺壓百姓的行為義憤，這才跟顏子京來認識朋友。

至於那個叫高永壽的人一開口就結巴，眾人一時都聽不清他在講什麼，又是哪個地方的聲腔。顏子京代高永壽解釋：「高仔是潮州人，以前在笨港擔貨叫賣，曾經救過當時差點餓死的我，沒想到他輾轉來到南路做生意，剛好被我在街上碰到。我就把他帶來這裡了。雖然大家講話的聲腔不同，但講慢一點他還是都可以聽懂的。」[12]

相識之後，在場的十六人一起行了個簡單的結拜儀式。

香燭和結義酒是黃殿事先準備的，祭祀用的鴨肉是朱一貴料理的，鄭定瑞從家裡帶來醃好的鹹豬肉，李勇則到草寮附近的小溪邊設陷阱抓了幾條魚回來烤，這就湊足了三牲。王玉全則負責念誦敬告天地的誓言。雖然這十六人，依地緣關係跟結識順序拆分為幾群的話，有幾個人早就各自結拜

過了，然而他們對這樣的事總是熱衷，只要對象不是全部相同，他們就習慣一次又一次透過這樣的儀式來結交朋友。

十六個人結拜完，分成幾群，各自找了樹蔭乘涼，喝酒吃肉，談天說地，愛說話的人就說，不愛說話的人就聽。半天下來，玩得十分痛快。

卓敬起身拿東西時，朱一貴走到他身邊說：「我有一個問題想私底下問你。」

「好啊，你問。」

「你怎麼會想加入我們呢？你應該知道顏子京的打算吧？」對朱一貴來說，卓敬的年紀跟家累都並不適合參與舉事，因此他對卓敬的想法感到很好奇，但又不方便在眾人面前問，於是趁著卓敬一個人走開的時候問他。

「知道啊，顏子京都有跟我講。我都這年紀了，再怎麼種田也就那樣。想搏這次看看。」

「那你知道……就是成功了，也可能沒辦法回家鄉嗎？」

「不會啦，我們這麼多人，官兵哪知道誰做的，哪這麼倒楣還讓他認出臉來。」

「一貴，我把人找來，可不是要請你勸他們打消念頭哦。」顏子京打斷朱一貴和卓敬的談話，各拿了一顆棗子分別塞到兩人手裡。他對朱一貴說：「我剛才在你家外面採的。」

此時卓敬聽見有人在喊自己的名字，走開了去。

12　笨港為今雲林北港、嘉義新港一帶。

朱一貴對顏子京說：「我只是想確認一下他們的想法，免得有人突然反悔，錯估形勢。」

「我也很怕這種事。答應得很爽快，到了約定的時間卻不來。原先今天要帶來的人應該更多，不過……算了。像你這樣反覆考慮才點頭的，我反而放心。」

見附近無人，朱一貴湊近顏子京耳邊小聲問道：「對了，那個高永壽看起來很怕其他人，他是真有心要加入嗎？」

「高仔啊，我也發現了。把他叫來，是我失策。關鍵大事就不要讓他聽到了，我倆私下再講就好。你放心，他對南路不熟，我等一會兒帶他繞遠路回家，繞到讓他搞不清楚方向。保證他沒辦法再找到這裡。倒是你身邊那個陳印，看起來也不是羅漢門的人啊？」

「他很可靠。」

顏子京沒再說什麼，走開和其他人聊天去。

下午顏子京看看日頭，覺得時間差不多了便率著同行友人起身告辭。

在場的十六人約定好回去必須各自會人，找更多的人加入，至於起事的時間、地點則由朱一貴和顏子京兩人聯繫之後再另行通知眾人。

那一天，顏子京和楊來分成兩路走，顏子京故意帶高永壽在山裡繞路，繞了很久才走出羅漢門。

高永壽覺得疑惑，因為來的時候並沒有花費那麼多時間。他問顏子京這是怎麼回事？顏子京只一再說這條路更好。

高永壽心生恐懼，不再追問。

分別時天色十分昏暗，已接近入夜了。顏子京握住高永壽的雙手對高永壽說：「你當日救我一命，我一直很感激。所以我不會害你。今天講的事你若無心加入，我也不會再去打攪你。不管世事怎麼變化，我們人都平安就好。你明白嗎？」

高永壽微微點頭，雖能感受到顏子京但願好聚好散的態度，然而恐懼使他無法相信顏子京，深怕將來受顏子京連累。高永壽一出山區就問人官道的方位，野外露宿一夜後，天一亮就直奔位在興隆庄的南路營告發朱一貴等人結拜做歹的事。結果根本見不到南路營參將，顧守在參將署門口的兩個守兵說這事不歸他們管，揮舞著腰刀將他趕走。

高永壽不死心，又走到府治陸續找總鎮署、道署告狀，也都是同樣的結果。官府對這件事的不重視遠出乎他意料。

他想至少他盡力告官了，來來回回花費了好幾天的時間，走了這麼多路，如果真出什麼事，也能證明他沒有參與吧？沒料到道署衙門的胥吏這次可不是將他趕走了事，胥吏說府治最近謠言很多，造成民心浮動，容不得造謠生事的人。高永壽因此被關進牢裡好一段時間，最終挨了四十個板子，帶著沉重的傷勢同一批繳不出罰款的移民一起被送上大船，攆回原籍去了。

＊　＊　＊

古陳坑結義後，一個月來，朱一貴領著庄民、傭工有空就聚在一起練武，削竹子當尖槍。朱一

貴對眾人說世局混亂，趁亂打劫的人難免會有，不管將來會不會跟官府對上，都應該更加倍防守村莊的安全。以這個想法作號召，朱一貴將自願加入的傭工、庄民組織起來團練。為了讓大家仍能方便耕作，又依距離遠近分成幾組各自鍛鍊。

古陳坑一帶由吳外和鄭定瑞負責，黃殿庄一帶則交給黃殿、李勇、張阿三。朱一貴視情況支援。陳印因為武功底子較差，朱一貴讓陳印跟著吳外、鄭定瑞帶領的傭工一起練武。

朱一貴告訴陳印：「打架殺敵本來也不需要什麼花俏的招式，把下盤練穩，用刀不要怕，藤牌隨時要保護好自己的要害，這樣就夠了。」

陳印很訝異自己就這樣拋棄了陳老闆，起初他還會夢見陳老闆氣沖沖的罵他忘恩負義，要走也沒說一聲，後來他就很少再想到陳老闆了。他每天跟著這幫兄弟練武、四處閒晃，竟也沒有太多能夠感到無聊的時刻，一入夜他就累得熟睡。

時間一天一天過去，陳印感覺到前所未有的快樂，他矛盾的想，雖然眼前這一切都是為了將來跟官府鬥爭而準備，但真希望豎旗舉事的那天永遠都不要到來。

這麼多人組織起來每天團練不可能瞞得過田主鄭九賽，黃殿也帶著妻子鄭素娘一同前往說服岳父鄭九賽一起來支持對抗官府的事。鄭九賽一聽感到很猶豫，但抗繳田賦這一點對他有利，他又不必親自參與團練組織，只要不加干涉就好。聽起來雖合算，但畢竟是抗官違禁的事，黃殿來來回回走了好幾趟鄭九賽的家，加上鄭定瑞從旁勸說，也花費了數天時間才成功說服鄭九賽。

說服了也怕他反悔，黃殿吩咐鄭定瑞要多注意鄭九賽的行蹤、動向，雖然他知道鄭九賽不致出

賣自己的女兒、外孫，可是該防該留心的就還是不要大意。

李勇發覺鄭定瑞時常還要分心盯著鄭九賽，就對鄭定瑞說：「何不將他殺了省事，田產都你的了。」

「這是什麼話，我可是磕過頭，叫過義父的，怎能做這種負義的事，況且相處久了再討厭也有感情。你想過嗎？你若真這樣做，以後怎麼有臉面對我姐夫跟阿麟？勇仔，我真不懂你為什麼可以在兄弟之間很講義氣，有時卻又私毫不顧人與人之間的常情？」

被鄭定瑞數落一頓，李勇沒再提出殺鄭九賽的想法。他不想被鄭定瑞討厭。他心中只是殘留著困惑，困惑自己的情感是不是真有異於常人之處？他喜歡阿麟，所以他不會傷害阿麟，他討厭鄭九賽，所以他可以毫不猶豫地對鄭九賽動手，這兩者之間有必要因為鄭九賽是阿麟的外公就要把討厭的變成不討厭嗎？他且困惑鄭定瑞口中所說「相處久了再討厭也有感情」這句話，他煩心的想著，這句話是不是也等同於鄭定瑞對自己的看法？

這些思緒太折磨人，李勇決定收斂住自己的感情，花更多心力在團練上面，盡量不跑去看鄭定瑞在忙什麼，這樣他才能忍住不問，忍住不殺了鄭九賽那個礙事的老頭。

也是在這個月裡，朱一貴時常和王玉全商量，他們還缺少什麼？他們要怎麼彌補劣勢？朱一貴待過道署衙門，看過步戰兵在教場集合的規模。這些兵縱然軍紀渙散，也還沒到不堪一擊的地步。

對於朱一貴的顧慮，王玉全說：「我們要解決的第一個問題是人數，有人有武力舉旗造反才有勝算。光是靠現有成員每個人原本的人脈再去拉人，能拉到的人數有限。還得讓根本不認識的人主

動想加入才行。」

王玉全的方法是這樣的，他派出一些看起來和朱一貴不算親近的人到處去散布他們親眼所見發生在朱一貴身上的奇事。這些奇事雖有揑造的成分，但也不全然假。王玉全用省略細節的方式來讓一件平常事變得稀奇，他讓派出去的人說：朱一貴養的鴨子會聽朱一貴的命令列隊走路，又說朱一貴的鴨子不管怎麼吃都不會減少。

他只是沒說朱一貴善於用竹竿驅趕鴨子或是只要控制好宰殺的數量，新生的小鴨總是能補足被吃掉的鴨子這一類的細節。

對於這樣的做法朱一貴起初反對，縱然不算說謊，欺騙還是欺騙。他也懷疑這樣做的效果，真有人在意這些微不足道的「奇蹟」？

朱一貴說：「我的意思是你講的事遠搆不上呼風喚雨、移山倒海這種程度。」

王玉全說：「當然如果你辦得到，我也會講到那種程度去的。不過，人總是需要一點奇蹟來加添信心，它不需要多驚心動魄，只要夠奇就可以。身為一個帝王，也需要奇蹟來讓他看起來和普通人有所不同。與其說欺騙，不如說這就是當王的代價，您得滿足那些不認識您的人對王的想像才行。請給在下一次機會吧，讓在下試試看。」

朱一貴不再阻止王玉全，他也想看看人心是否真會像王玉全所講的那樣受到謠言影響？

而後，那些奇事就像自有生命一般，散布出去就會有人替王玉全創造的傳說加油添醋。到後來，當王玉全再從別人口中聽到這個原本由自己開始散布的故事，故事已演變成朱一貴有張皇帝嘴，天

地萬物都得聽他的命令，當朱一貴凝神望著水邊倒影時，發現水中的自己頭戴帝冠，身穿帝袍，因而得知了自己的天命……

在聽到這些又被傳回黃殿庄已然變形的謠言時，王玉全知道時機已至，他派出另一批跟朱一貴接觸較多的人，要他們告訴親友朱一貴其實是明朝皇室後裔的秘密，並且不要再把這件事說出去了。越不能說出去的事傳得越快。不到十天，每個出去拉人的庄民或傭工回報願意加入朱一貴一方的人數，全部加起來竟有一千餘人了。這之中有不少人是受到關於朱一貴的傳說影響，仰慕而來。對於這樣的結果，朱一貴在驚訝之餘，也感受到一種被太多人寄予厚望而難以放鬆的沉重壓力，他想這大概就是王玉全口中所謂當王的代價吧？

在王玉全設法拉人加入的這段期間，朱一貴也在想辦法增加可用的兵器。他和王玉全討論過，若將來拿下任何一個塘汛，就有機會搶到官兵的兵器，可是數量必然有限，不夠分給每個人使用。在此之前，還是必須有所準備。因此在王玉全忙著創造迷幻人心的故事的時候，他就蒐羅實實在在能傷人的武器。

朱一貴想過，只要分出一部分人力砍竹、削竹，就能製作很多的竹篙槍。竹篙槍可以代替長槍，而鐮刀可以代替腰刀，打獵用的弓箭本身就是武器了，還有防禦用的藤牌也得再編得更多。對於這些武器的運用，他們過去在團練時、驅逐土匪時都很熟悉了，但平日勤於團練且有對敵經驗的畢竟是少數人，跟這次要帶領的人數規模完全不同。

朱一貴跑去和吳外商量：「你想我們還拿得出什麼樣的兵器？」

吳外說：「你自己不是說過，柴刀、菜刀也能殺人。」

「不過不好使。」

「如果湊上棍仔呢？你想想看，勉強也像大刀或斬馬刀了吧？」

「有意思。」

「還有吊豬肉的鐵鉤拆下來湊棍仔也能做成鉤鐮槍哦！」

「這樣說起來，像鐵耙、鋤頭、斧頭，也能直接當作兵器使。」

「嗯，不管哪一種，夠利、好拿最重要，也要提醒眾人檢查自己的刀具有沒有需要磨一下。」

「這確實很重要。」

和吳外討論完之後，朱一貴將製作竹篙槍、藤牌和打磨、改造兵器的事交給吳外去指揮，另外找了懂木工的張阿三來幫他。找自己要用的兵器這件事如火如荼進行起來，怎麼運用農具變成大家茶餘飯後的話題，時常有人在田邊就開始揮動起鋤頭、鐵耙，試著把這些農具當作自己身體一部分的延伸。

朱一貴將吳外打造的腰刀佩掛在腰間四處巡看。吳外看見了很高興，對朱一貴說：「不錯，你看起來很有當頭的聲勢呢，若是以前，刀打造好了還得藏著，現在情勢不同了，能夠大方展給別人看真好。」

「是啊，這樣真好。」朱一貴說。他想，雖然還沒正面對上官府，但光是決定要舉事，似乎就多了一分自由。然而儘管反抗官府用的兵器日漸增加，他心中還是有掛懷之事。

陳印平日住在朱一貴的草寮，除了跟著吳外、鄭定瑞練武，有空便照顧那些鴨子，也替朱一貴分擔一些農事。朱一貴有事煩心，別人看不出來，他倒是察覺了。

有一天一起吃飯的時候，他鼓起勇氣問朱一貴：「你是不是在煩惱什麼？」

朱一貴說：「確實，我一直在想我們現在手上拿得出來的兵器跟官府比起來還是差太多，刀兵勉強湊得齊，但官府可是有鳥鎗跟火砲，而我們就是沒有任何可以點火的兵器。」

「如果我有辦法弄到火藥呢？這樣就能自己製作小的炸砲。對吧？」

「有可能，不過你要怎麼弄到火藥？」

「以前坐店時曾聽說安平鎮的水師營有人會偷賣火藥給百姓，不過不能大量買，要分批派不同人找不同對象買，才不會讓對方起疑心。」

朱一貴得知還有這個弄到火藥的方法，高興得跳起來抱住陳印，弄得陳印很不好意思，卻又有些小得意。

朱一貴派了一些人給陳印，讓陳印去籌辦買火藥的事。陳印對買賣方面的心思縝密，很快就有了成果。

如此一來，每個人各盡其力，還不到一個月，黃殿庄就堆滿了竹篙槍，以及陳印派人從安平買回的火藥。

而火藥錢自然是黃殿出的。

籌備舉事，黃殿負責提供銀錢和糧食，他每日看帳，控管耗費在這件事上頭的支出。卻不免憂心，這麼多造反證據擺在庄裡，若是還沒起事就有內賊去告官，豈不是難以免罪？察覺這念頭，他發現原來自己仍然沒有造反的覺悟。

＊＊＊

四月十五日，山路上真出現兩個穿官差服裝的人。李勇和張阿三巡山時看見，李勇連忙走捷徑回去通報，留下張阿三繼續監視那兩名官差的行動。

李勇回報時，朱一貴不在，就請黃殿決斷。黃殿尋思首先不知道官差的目的地是哪裡？如果跟自己庄頭無關就無所謂，但若有關呢？火藥危險，本就藏在庄外一處崁腳隱密處，可是竹篙槍還在庄內，若讓他們看見這些竹篙槍還得了。黃殿吩咐眾人各拿一些竹篙槍到竹林、工寮去藏，用乾稻草蓋住。接下來他又煩惱起自己不曾報官的隱田，懷疑難道是來調查隱田？又或是催收田賦呢？

黃殿腦海一下子湧出無數自己的罪證。

忽然聽見李勇問：「老大，要不要先將這兩人處理掉？反正在山上誰不見了也沒有人會去查。」站在一旁的王玉全開口建議：「在下認為，這兩人來得突然，先了解他們的意圖要殺再殺。如果怕被了解內部的情況，何不主動去迎接？」

王玉全的辦法比較妥當，黃殿想。

黃殿讓李勇領著他和王玉全往見到官差的方向走，果然在通往黃殿庄的路上看到那兩名官差。

李勇習慣往樹上看，看見張阿三躲在樹上比了個安靜的動作。

黃殿拿了飯糰請官差吃，請教官差來意，其中一名官差說：「我們是來催折銀的。」

黃殿陪笑道：「小的們一定會想辦法繳齊，請再通融一些日子。」同時塞了一些銀錢給那兩名官差。

官差拿到錢，沒多問什麼就離開了。

張阿三又跟蹤了那兩名官差一段時間，直到確認他們離山才回庄。

黃殿問張阿三：「有沒有聽到他們說什麼？」

張阿三說：「有點距離，不是都聽得清楚，只隱約聽到他們說被派來這荒山野嶺查案真倒楣。」

經歷這件事，黃殿愈發覺得起事時間絕不能再拖。黃殿找來朱一貴、王玉全，商討應對之策。

「我總覺得那兩個官差不像是真的來摧折銀，連缺多少銀兩都沒提。」黃殿說。

朱一貴問：「殿哥是擔心他們有別的目的？」

黃殿說：「嗯，畢竟我們的動作越來越大，要不完全走漏風聲也很困難。王先生有什麼看法？」

王玉全說：「官差能來一回，就有可能再來第二回，不見得每次都能這樣打發掉。雖然我們的準備還不算充足，但確實也不宜再拖延了。」

「根據顏子京派人傳來的消息，杜君英那邊最慢四月下旬一定會起兵，我們這邊到南路營的路程比杜君英遠，不能比他們慢。」朱一貴說。

「但我們這樣是先往南幫杜君英打南路營，再一起回頭往北打府治，他們順路，我們不順路，

感覺很吃虧。這麼多人長途跋涉，光是準備吃的、住的就是一件難事。莫說花錢，能不能讓眾人說走就走也是問題。」黃殿說。

古陳坑結義後，四月初時顏子京曾以杜君英信使的身分再次來訪，找朱一貴等人商議合作方式，顏子京當時就提過雙方一定要合作才有勝算。顏子京認為若能先攻下南路營再去打府治，也比較沒有後顧之憂，這是對雙方都有利的事。

黃殿對顏子京的提議一直有些疑慮，如今真要執行這個戰略，又忍不住再次提出他的擔憂。

朱一貴說：「我明白殿哥的顧慮，不過府治是重兵所在，不先拿下南路營搶到更多兵器，我們即使現在就去攻打府治，也沒有勝算。當初也是考慮到這點，才答應跟杜君英合作。」

「我知道，當初談合作我也在場，知道這是不得已的決定。我說這些也不是要反悔，就是有些煩惱要怎樣調動這麼多的人？怎樣才能全身而退？」

王玉全攤開他實際走訪調查所手繪出來的簡要地圖說：「在下這幾日也在想這個問題。如果調配得宜，或許我們並不需要讓所有的人都去打南路營，這樣就能減少長途行軍所帶來的問題。首先要先了解南路營在整個鳳山縣的布置。根據我之前的調查，南路營的主力在縣治興隆庄，守兵大約五百人。除此之外，在興隆庄的北邊，有康篷林汛、觀音山汛，這是我們會先遇到的阻擋，而興隆庄南邊，鳳彈汛和下淡水汛，離杜君英他們那邊近，可以交由他們處理。就算我們雙方沒有合作協議，杜君英想搶臺灣倉庫，也是非經過興隆庄南邊的這兩個汛防。如果速度一致，我們雙方兵力可在興隆庄會合。」[13]

王玉全準備之充分，令黃殿有些吃驚。過去王玉全為他辦事雖然辦得不錯，但總保持在一種既不會少做什麼也不會多做什麼的狀態。他過去認識的王玉全並不是這麼一個會事先準備到如此周全的人。

朱一貴說：「不過，興隆庄那裡住了不少人，房子街道密集，並不適合交戰。」

「確實。在縣治交戰，一來兵力容易分散，調度困難，二來擾民，一旦被說是土匪，能吸引前來追隨的人就有限。」王玉全說。

「嗯，跟隨我們的人主要都住在烏山一帶，如果我們沿著烏山的山脊往南走，很快就能走到岡山頭，這個位置進可攻，退可守，對我們是有利的。一旦離這裡太遠，就怕腹背受敵，失了退路。如果能把南路營的主力引出來，在大、小岡山下的平原決戰是最好，我們也不必奔波。」朱一貴說。

黃殿慢了一點才跟上朱一貴和王玉全兩人對話的內容，他思索了一會兒，恍然大悟：「我明白了。如果我們將大本營設在岡山，再派出前鋒配合杜君英的人，那麼要支援攻打興隆庄就不算太遠。」

王玉全說：「正是，不過這只是理想的情況。屆時若南路營的官兵決定先前往下淡水打杜君英，而沒有往北邊來，那麼交戰的地點就有可能是更南邊的赤山。」

「我們就先拿下岡山塘，再見機行事吧！」朱一貴說。

---

13 康篷林汛位在今高雄路竹，觀音山汛位在今高雄楠梓，鳳彈汛位在今高雄鳳山。

黃殿和王玉全都贊同朱一貴的看法，三人又討論了一些戰略細節、備用方案。最後由王玉全選了一個吉日，決定在四月十九日沿著烏山山脊往南走，出岡山，襲擊岡山塘。

事情討論完畢，王玉全先離開去找人通知杜君英他們預定起兵的日期。正廳裡剩下黃殿和朱一貴。

黃殿忽然拉住朱一貴的手臂壓低聲音說：「一貴啊，發兵時阿麟可能會想要跟，但我既然都要跟著大家出去闖了，我是希望阿麟能留在庄內管理農事。屆時也要麻煩你幫我苦勸他。」

朱一貴心裡有數，知道黃殿是不要黃麟出去冒險，點了點頭說：「好。我會跟他說。」

第八章、豎旗造反

曬穀場上，卓春緊握手中的木製短刀與藤編盾牌，蹲低身子，一邊挪動步伐，一邊改變身體重心，只等待關鍵一擊。然而如同對鏡一般，在她面前，黃麟也以相同的姿態面對她，始終保持一步的攻擊距離，站在隨時能夠發動攻擊，也隨時能夠閃避的有利位置。

朱一貴站在一旁觀察兩人的練習。

像這樣的練習，假想對方為侵犯村莊的外敵，將之擊倒。過去不知進行了多少次，如今因為準備對抗的對象是官府，黃麟和卓春練得比平常更加拚命。

卓春率先突刺，想透過形勢的變化尋找機會，不過黃麟的藤牌也立即擋住了卓春的攻擊。黃麟趁著距離拉近，手中木刀刺向尚未收勢的卓春，卓春舉臂護住心口，往後一躍，躲開了這一擊。

如此往復，不管是誰發出攻擊，都會被對方擋下，木刀在彼此的藤牌上劈出鈍重的響聲。體力在一次又一次攻守之中消耗，仍舊不能有個結果。情況又回到一開始僵持的狀態，兩人臉上都是汗水，都在等待對方因疲勞而鬆懈的瞬間。

突然黃麟護住心門的藤牌挪開了一寸，握刀的手勢也微微改變，那是攻擊前的準備動作，但是慢了，以致露出一絲破綻。卓春抓住這破綻的瞬間，傾盡全力揮刀，想結束這一回合。

刀快得能劃出風聲，眼前卻是一片虛空。黃麟不知在何時消失了蹤影。

錯身而過的陰影，卓春聽見身後黃麟蹬地而起的聲音。

沒有重新調整姿勢的時間，卓春順著揮刀的身勢，以那餘勁奮力一跳，讓腰腿旋轉起來。腦中只有一個念頭：快！要快！

一聲悶響。

卓春的腳背掃落了黃麟手中的木刀。

黃麟望著自己失落兵器的手掌傻笑起來，說：「是我輸了。」

卓春卻笑不出來，喘氣喘個不停，剛才那一記旋風腿，幾乎出自本能，耗盡了她所剩不多的體力。

她既不知道黃麟怎麼繞到她背後，也不知道自己怎麼會贏。這一切都是在一瞬間發生的。

朱一貴將黃麟和卓春喚至面前，他先是對黃麟說：「為何丟失兵器就認輸，難道手上沒有兵器就不能再戰？如果遇到真正的敵人，認輸等於把性命交給對方。即使是練習也應該當真。」

輪到卓春的時候，朱一貴接過黃麟手中木刀，重新示範了黃麟剛剛採取的行動，壓低身子鑽過卓春藤牌下方，身形錯動的同時，那一刀反手在卓春腰腹前劃了過去。

「方才是阿麟對妳沒有殺心，做了多餘的動作，他打算繞到妳背後再抵住妳的背脊。若是真的敵人，能鑽過妳的藤牌，也能這樣殺妳。」

「嗯。」卓春伸手揩掉臉上的汗。

「我還有一件事要跟你們說。」朱一貴說。

黃麟和卓春都認真迎向朱一貴的目光，等待他接著說下去。

「當我們離開庄頭，我希望你們兩個人能留下來負起保護庄頭的責任……」

「可是……」第一個發出不滿呼聲的是黃麟。他以為自己是理所當然應該跟著出擊的成員，但真要說什麼非用他不可的理由，他也說不出。

「你想想看，這次舉事我會帶走多少能夠保衛庄頭的人，可是庄頭裡仍然有留下來的人以及要照顧的田地。你能想像這種時候，任何一群土匪或是其他庄頭入侵會如何嗎？」

朱一貴的話讓黃麟想到眼盲的伯父，如果遇到這種情況，伯父根本連逃命的能力都沒有。黃麟心裡雖明白，情緒上還是無法接受。

「為什麼偏偏是我？」

「因為你和卓春都是我教出來的，我對你們有信心。你們一定要保護這個庄頭，要做得跟阿勇、阿三他們一樣好。」

此時卓春開口說：「教練，你放心吧！我和阿麟會繼續訓練留庄的人團練，不會鬆懈的。可是我也希望教練如果有需我們協助的地方，不要忘了庄裡還有我們。」

「好。」朱一貴露出了放心的表情。

朱一貴離開後，黃麟仍呆坐在屋簷下生悶氣。

卓春走到黃麟面前問：「你要氣到何時？」

「我不像妳，總是可以裝作很懂事的樣子。」

「我也不像你，老是把同門師妹看成無能之輩。」

「我……哪有啊？」聽出弦外之音，黃麟的聲量忽然小了一半。

「今天的比試我知道你是怕拿捏不好揮刀的力度，才採取了多餘的動作。你一直是個善良的人，可是我並不希望看到你連練習對打都要這樣善良。因為我想變得更厲害，我很認真的看待每一次練習。你明白嗎？」

「嗯，我明白。」黃麟微微點頭，又追補一聲「對不住。」

卓春坐到黃麟身邊，「其實今天我也很失望。」

「妳也想去？」黃麟嚇了一跳。

「嗯。」

突來一陣風，卓春閉上雙眼去感受，不想再多做解釋。

＊　＊　＊

卓春一直記得在那陌生的山林裡，她和父親。她不只一次告訴父親，她很怕，不想再走了。父親卻說，一定會有更好的土地，堅持要往前尋去。

父親倒落地面的時候，彷彿還在說話，還在鼓舞她，然而瞬間她就看不到父親的頭了。

父親，只剩下了身體。一個人提走了父親的頭，和同伴說著她聽不懂的話。血濕漉漉的滴了一路。

啊，原來頭是可以取下的。

那時她彷彿在作夢，恐懼到了極致連恐懼本身都感覺不到，所有的人事物、在移動、在進行著的全都退到了一個距離之外，而她只是旁觀者。

竟然產生了那樣的念頭。頭，是可以取下的。

父親是那樣被帶走的。

那個人的手十分有力，一刀劈下的時候也沒有絲毫遲疑，將父親的魂魄連同頭顱一併取走了。而血泊中殘留的穿著熟悉衣裝的那個軀體，卻很明顯是沒有父親在著的軀體了。

她連那個人的臉都沒看清楚，因為沒有勇氣在最近的時候直視。

等她回過神來，就只有背影。那群人像風一樣捲動細長的草葉，連同父親的頭，消失在幽暗的森林裡。

她想她應該有哭，然而那眼淚的記憶也模糊了，依然深刻的是四周空無一人的孤獨感。

她不知道為什麼只有自己沒被帶走，如果自己的頭也被取下，就能看見父親的頭最後到了哪裡。

像是被拋棄了一般，對於自己軟弱的雙眼、雙腿唯有深深的厭恨，恨自己不能追上父親魂魄的形跡。

關於父親的生死行蹤，她在所有人面前編織了謊言，很自然而然地說了謊。因為她不知道怎麼告訴別人那件事真實的樣貌。

而殘留在記憶裡的真相，頑強地佔據了腦海的一隅糾纏個不停，好像有什麼並沒有結束。記憶呼喚她，要她變得更加強悍，要她必須取得毫不遲疑的心志與力量。但其實她不知道真做到了又怎麼樣？

她試過各種讓自己看起來強悍的方法，比如讓斗笠下的臉孔露出來，比如揹起更多的草綑或藤條，比如在對打練習時擊敗黃麟，然而這些方法都無法真正抹消那股莫名的焦慮。每一次確實知道自己變厲害，至少在這山林裡算是個有生存能力的人了，她還是無法不覺得自己被遠遠拋在後方。可是不追比追還痛苦，所以她只能繼續追逐，追逐那稱之為強悍的感受。

朱一貴很強悍，至少是她所認識的人裡最強悍的了，所以她想跟在朱一貴身邊看看他追逐的道路，想從那條道路上找到更接近於自己想追求的某種感受。她靜靜觀察著朱一貴，逐漸發覺朱一貴身上似乎也有著某種匱乏，但她不知道怎麼走過去告訴朱一貴，我們可能是同一種人。

當朱一貴賦予她守衛庄頭的責任，她突然感覺到有一份重擔落下來壓在心上，知道自己仍有不能失去的東西。縱然和朱一貴分別使她傷心，令她感覺孤獨，但她好像又寧願這樣的傷心與孤獨……

或許那也是一種變強悍的方法。她想。

＊　＊　＊

黃麟一直以為他和卓春的關係，成婚就會好了，確實有變好，但是某些時刻黃麟仍會突然意識到他跟卓春之間始終存在的，像一堵牆壁那樣區隔內外的東西。

比方說對於那條必須披掛在斗笠上的布巾，當初卓春抗議的態度是相當激烈的，卓春就坐在長凳上，瞪視桌邊那條母親為她準備的布巾，緊握的雙拳始終擱在膝上，彷彿要將什麼捏碎一般的顫抖著，遲遲不肯將它戴上。

「一樣下田工作，女人總是要加一層布巾，而男人不必。這是為什麼呢？」

卓春在母親的追問下，吐露了這樣的心聲。

母親苦笑著說：「加一層布巾比較不會曬黑、曬傷。也有男人怕曬一樣加布巾在斗笠上，妳沒發現而已。況且女孩子家本來就比較不適合拋頭露面。」

後來是父親出面說這也不是什麼大事，就讓卓春自己決定吧，母親也就沒再堅持，但都還是會幫卓春準備。

卓春真的曬黑了，幾乎追上黃麟自己皮膚顏色的深度，兩人以拳腳互搏的時候卓春完全不在意肢體的接觸，非常蠻橫而粗魯的扳住他、踢他、掄拳就打，兵器對練的時候，儘管拿的只是練習用的木製短刀，那毫不遲疑的眼神也讓黃麟感到威脅。

突然某一天，卓春開始在斗笠上加一層布巾，問她怎麼了，她說沒什麼，想綁就綁而已。除了

這一點，卓春並沒有太大的變化，她的膚色漸漸轉白，雖然稱不上白皙，但也不黑了。

每回走山路，卓春總是很穩定的前進，有時喚她，她回過頭來，黃麟看見卓春的表情是那麼冷靜，近乎冷酷。黃麟就感覺心頭有什麼像鉛錘一樣的東西掉了下來。

曾經，卓春很喜歡聽他說她剛來到庄裡時，父親和教練之間的談話。卓春總反覆要他說說那段對話，彷彿那才是她生命真正的起點。他為卓春說了一遍又一遍，有時多一句、少一句，講得跟上次不一樣，卓春都要生氣，懷疑他記得並不確實。

然而他腦海中確實還保留著一段不怎麼可靠的談話過程。

他記得朱一貴是這麼問父親的：「若她醒來，也沒有別的去處，你能不能收養她呢？」

「我可以收養她。但你也得分擔一些責任。」

「你希望我怎麼做？」

「我希望你在阿麟能自立前都不要離開羅漢門，現在正是需要人的時候，我需要你的幫助。」

「你明知道，沒有這條件，我也能答應你。」

「那會變成我虧欠你，人與人之間，還是不相欠的好。」

「那麼，一言為定。」

但某些時候他又會懷疑自己的記憶，或許朱一貴當時說的是：「你明知道，我是個不喜歡受拘束的人。」

他不知道是什麼混亂了他的記憶。但後來卓春也不再需要他說這段故事了。

卓春總是像一個明確知道自己方向的人，在某些時機修正了自己想要或不想要的東西。他猜不準卓春的心思，卓春也不要他猜。

黃麟覺得他和卓春之間，似乎已經找到如何跟那面牆共存而仍能做夫妻的方式，雖然也並不是特別去做了什麼，比較像是一種碰撞久了之後產生的習慣，知道什麼時候該收手、該住嘴。

他也沒打算改變什麼。他想，大地震那一天他確實感受到卓春對他的擔心，這樣就夠了。

＊　＊　＊

到了四月十九那一天，願意追隨朱一貴的各庄頭、角頭代表齊聚在黃殿家中準備會盟誓師。黃殿家的院埕夠大擺得出排場，庄內參與的人又多，因此朱一貴選擇在這裡會盟起義。曬穀場上一早就擠滿了人，許多人都是天還沒亮就出發。有的人住得遠，已經把自己庄要參與起事的人都帶來了，有的人住得近，打算等會盟結束，出發的路上再回去叫人。

曾和朱一貴在古陳坑結拜的蒯瓜成和卓敬也都來了，兩人都揹了一大籃最近採收的農作物帶來給眾人加菜，裡頭有蒯瓜成上回提過的蒯瓜。

王玉全負責接待，站在最外頭，蒯瓜成一看到王玉全就說：「聽說你們今天會盟，我和卓敬都想跟你們這邊，顏子京那邊我會過了，他也說不要緊，反正雙方本來就打算合作。」

王玉全一一對這些加入的人說歡迎，並寫下各庄頭、角頭代表的名字以及他們能號召的丁壯人

數，以方便將來調度。這些人登記後，便散成幾群各自找認識的人閒坐聊天，等人會齊。

等待的過程氣氛相當輕鬆，不時傳來歡笑聲，彷彿眾人只是要一起出去玩樂。

時辰一到，王玉全請各庄各角代表往香案這邊移動，隨行的人則先退到院埕外圍。王玉全指揮主要人員排成數列立在香案前持香拜把，朱一貴一個人站第一列，黃殿、李勇、鄭定瑞、吳外站第二列，陳印跟張阿三還有幾個和黃殿庄較常往來的庄頭、角頭代表站在第三列，再往後便沒有特別區分，任大家隨意填補位置，有幾人相讓了一陣，都站好。

香案兩側豎立了十幾竿王玉全要陳印幫忙裁減縫邊的各色戰旗，旗幡上分別寫著「激變良民」、「大明重興」、「大元帥朱」等字樣，都是由王玉全書寫的。黃麟和卓春屋前屋後的幫忙準備茶水、點心和儀式進行所需要的物事，黃麟自知輩分有虧，兒子豈能跟父親結拜，儀式都要開始了也沒有站進行列裡。

結拜的人共有五十二人。

王玉全站在神案前，雙手攤開檄文，在香案前朗讀了起來。

雖然眾人都聽不太懂王玉全口中的艱澀詞句，然而雙紅香燭前，王玉全的聲調肅穆而神秘，就像一個道士在唱誦天書，營造出借助神力的氛圍，吸引了眾人屏息傾聽。

王玉全唸完，朱一貴接過檄文什麼也沒說就拿出剃刀割斷自己的髮辮，連同檄文一起丟進火爐裡燒化。這個動作刺激了在場的人，也紛紛借過剃刀或抽出鐮刀跟著割下髮辮丟進火爐裡，人群以火爐為中心圍攏了好幾層，黃麟好奇擠了進去，看見父親和朱一貴站在一起。

朱一貴看見黃麟，喚他過去，摟住他肩膀。

「阿麟，你看，那是我們身軀的一部分，卻也是我們被束縛的證明。」

黃麟想聽聽看父親會怎麼說，但父親什麼也沒說。他站在父親和朱一貴之間，注視那火爐，看那層層疊疊的髮辮逐漸化為灰粉融合在一起，突然想到自己腦後還留著一截髮辮，感到不好意思，又鑽出朱一貴的手臂，悄悄退了出去。

人牆外，黃麟聽見朱一貴宣布自己從今天起就是大明朝的中興王，也是這支義軍的大元帥。眾人聽到「義軍」這樣的稱呼情緒都頗為高昂，有幾個人「好喔！好喔！」的附和著。

忽然，人群安靜下來，並且慢慢散開，從原本挨擠在一起的狀態留出了一條通道。

黃麟看見通道盡頭，王玉全正在跪拜朱一貴，高喊「萬歲！」

王玉全又叩了兩次頭，每一次都很慎重其事。

顯得遲疑而無法馬上做出這個動作的人不少，黃麟發現父親也是其中之一，但隨著跪拜的人越來越多，父親最終也跟著跪拜。

黃麟心中湧起一陣酸澀，但他也不知道他是為了什麼？他有什麼好難過？他轉身想逃得更遠，逃開這感覺，卻讓卓春擋住去路，拉住他的手一起跪拜。

朱一貴在香案前，任命王玉全為軍師，並將參與起事的人分成東、南、西、北、中五營，各執青、紅、白、黑、黃五色旗來區隔。他派令李勇統領東營青龍旗、鄭定瑞統領南營朱雀旗、黃殿統領西營白虎旗、吳外統領北營玄武旗，自己則坐陣中營黃帝旗。這是借用了平時祭拜的五營神軍組

織，眾人聽了都很快理解。

至於營下副將，朱一貴讓各營元帥自己決定。中營的部分，朱一貴選了張阿三和陳印擔任他的副將。陳印出列時，有些微議論的聲音，說他武藝普通，跟張阿三不能比，但朱一貴並沒改變決定。

被派任為將領的人依序從朱一貴手中拜領旗幟、軍符，便開始召集自己營下丁壯，帶往庄口去。一些住得較近的庄頭、角頭代表也跑回去叫人過來庄口會合。

各營點齊人數，便陸續出發。

黃麟和卓春帶領一些留守的庄民在庄口相送。

黃殿對黃麟交代了一些平日要注意的事項，以往都是講過多次的，黃麟因此聽得不甚認真，只適時點頭說好。

「行軍之中可能無法任意傳遞消息，等安定下來，會再派人通知你們。」

黃殿說完這點，調轉目光對站在遠處相送的鄭素娘揮了揮手。鄭素娘已習慣不在人群前露臉，就是這種時候她也站得很遠。

黃麟看見父親對母親告別，感受到的卻不是離情，而是改變。

此後將改變的到底是什麼？黃麟想著這個。

「阿爹，保重！」黃麟躊躇許久，才把這句話說出口。

而黃殿只是再一次提醒他：「把家顧好、把田顧好、把庄頭顧好。」

＊ ＊ ＊

朱一貴在這天號召到的義軍約一千多人。朱一貴讓李勇的東營先行，自己的中營排在第二隊，其餘三營則讓他們保持間隙，慢一點再出發，避免同時有一大堆人擠在山路上。最後一隊出發的是黃殿的西營，按照他們的計畫，黃殿的西營將走到烏山尾段的袁交友庄就先做停留，袁交友庄也是這次響應起義的豎旗庄頭之一，黃殿將在那裡等待較慢前來會合的人，並負責糧食補給的後援。

烏山走到尾，就是岡山頭，兩山之間的缺口有一條岡山溪自山麓間流出，這條溪再往下游走會逐漸開闊，變成二層行溪，是臺灣和鳳山兩縣之間的界溪。[14]

朱一貴選了一處山坳安置先到達的東營、中營義軍，眾人紛紛就地取材搭棚休息，生火煮食。搭好營帳後，陳印跟著朱一貴走進帥帳內，張阿三則自願守在帳外。

陳印問朱一貴：「論武藝最高是李勇，為什麼選我，而不是選他當你的副將呢？有他在你身邊保護你會比較好吧？」

「正因為他強，所以要讓他去打先鋒。能打的留在後頭有什麼意思？況且我有阿三了。」

「你這是拐了彎說我不能打呢！」

「你若不服，可以自己去挑戰李勇，贏了我給你當一營元帥。」

14 二層行溪為今二仁溪。

「算囉！我還不知道自己的斤兩嗎？」

「你也太沒志氣了。」朱一貴微微一笑。

「單挑我是贏不了李勇，可是打仗也絕不是靠一個人的拳頭大小吧？」

「不錯。」

「我會盡量動腦筋來補足我不足的地方。」

「原來你還是有想與人爭的一面？」

「不是啦，只是覺得不能連累大家。這麼多人跟著我們，要是……」

「要是？」

「不能說的，說出來不吉利，你知道就好。」

「所以，非贏不可。印仔，一定要贏。」

朱一貴抽起一支令牌握在手裡，表情變得肅穆，那些令牌都是張阿三自古陳坑結義以來陸續刻的，他們為了這件事做足準備，時機也不容許再等待下去，在這種時刻，任何的等待反而令人害怕。

「嗯。」陳印點了點頭。

跪拜過朱一貴之後，陳印一直很擔心往後他要怎麼跟朱一貴講話才好，他要怎麼稱呼他才對？是要叫大元帥、王還是皇上？但像現在這樣說話，感覺也跟平常差不多，他不必特別去叫朱一貴的名字，朱一貴也還是叫他「印仔」。

陳印鬆了一口氣，走出帳外的時候，王玉全剛好要進入。陳印聽見背後一聲：「啟稟大元帥！」

心裡突然又悶了起來。

＊＊＊

入夜後，朱一貴命李勇帶一竿大旗的人襲擊岡山塘，並交代若有餘裕就留活口帶回來問話。一竿大旗的編制是五十人。這是朱一貴以前在府治時偶然看見教場的軍隊調動學起來的，他當時就很好奇官府的將領如何指揮這麼多兵丁，偷偷數算觀察過，每十人就有一個隊長領一桿小旗，而這樣的小隊每五隊就有一個負責執大旗的人跟一個管隊的人，於是他也用同樣的方法教李勇劃分自己營下的兵力，李勇營下有兩百人，就能分為四竿大旗輪流巡守或執行命令。

這是他們第一次出擊，雖然知道守塘的官兵向來很少，但為求謹慎，朱一貴還是叫李勇至少要帶一竿大旗的人去。

李勇和他帶去的人很快就回來了。

岡山塘內只有五個守兵，李勇怕有人通風報信，當場殺死四個，捆住一個。李勇帶去的人大部分沒事可做，說是要幫忙搬東西，塘裡面也沒什麼東西可拿，幾把腰刀、一些米糧、銀兩，還不夠去的人分。岡山塘規模小，並非什麼大營寨，李勇沒有派人留下，決定先退回岡山頭通報。

被李勇捆回來的那名守兵剛好是漳州人，語言能通。那名守兵一下子就供出南路各個營汛的人數，李勇將他帶進朱一貴的營帳，報告審問結果。

朱一貴對那名守兵說：「反正你也做了背離官府的事，要不要加入我們義軍？將來還可能成就更高。」

那名守兵一聽有活路立刻就答應了，當場割了辮子，跟其他義軍成員退了下去。

帳中剩下朱一貴、陳印、李勇、王玉全。

根據那名守兵提供的訊息，岡山塘的實際守兵應該是七名，因為兵餉太少的緣故，這些守兵為了養家活口，約定好平日輪流讓兩個人出去打些零工賺錢。所以李勇攻擊岡山塘時，其實有兩個人是不在的。

陳印說：「恐怕他們回來後，就會去通風報信。」

李勇懊惱的說：「可惡，我真該派人留下來，就能把剩下的那兩個人一併解決。」

王玉全說：「那也不一定。留下來的人要是反過來被抓了走漏消息，也對我們很不利。這些塘汛就建在官道上，即使把守塘的人全抓回來，官府還是早晚都會知道。」

朱一貴說：「嗯，軍師說得對，跟官府對上是早晚的事，這不妨礙我們接下來的計畫。從岡山塘沿著官道往西南邊走就是康篷林汛，塘只有守兵，汛防是有將領在的。康篷林汛應該是這一帶布置最多守兵的營寨，又是官道要衝。我想如果我們能直接拿下這個地方，不但有機會得到更多的兵器、火藥，附近的幾個塘也就不足為懼了。」

王玉全問：「這次大元帥想派誰去呢？」

朱一貴問李勇：「你需要多休息一天嗎？」

「不需要。今天的任務並不費力。」

朱一貴說：「剛剛玄武旗和朱雀旗的兄弟也到了，明天晚上就讓李勇和吳外各挑選東營、北營裡頭比較能打的，分成前、後隊。同樣採夜襲的方式，前隊要選最能打的，但人數要少，不能超過一竿大旗的人，這樣才能誘使官兵出營柵。後隊藏在外圍觀望，等官兵被誘出後，負責包圍敵人，所以人數要多，至少三竿大旗的人吧。軍師認為這樣安排如何呢？」

朱一貴雖沒讀過兵書，卻能從王玉全平常說書的故事中融會貫通作戰的方略。王玉全聽了很欣喜：「在下贊同。這樣派出的兵力很恰當。不會太多也不會太少。」

陳印問：「兵力還有嫌多的嗎？」

王玉全答：「如果都是訓練有素的精兵，倒不會嫌多。但是我們人數雖多，卻默契不足，有些人根本稱不上戰力。一旦太多人擠進戰場，命令反而不容易傳達。需要撤退時也很容易發生混亂。」

「原來還有這層考量。多謝軍師解答。」陳印說。

王玉全對陳印拱手一揖，表示不必客氣。轉頭又對朱一貴說：「啟稟大元帥，因為要誘敵，又要適時包圍。在下建議先派幾個人去觀察一下康篷林汛周圍的情況。要派去攻打的人也得在這裡事先演練一下培養默契，不必急著出兵。」

「這提議很好。」朱一貴說。

朱一貴讓陳印去將吳外叫進來。

陳印告退之際，李勇忽然問：「還有我的事嗎？」

朱一貴說：「你可以先去休息了。」

「嗯。」李勇有些彆扭的對朱一貴行了個鞠躬禮，也跟著陳印走出去。

王玉全等他們走出後，對朱一貴說：「他們還不習慣君臣之禮。」

「有什麼關係呢？自己人。」

「是。」

李勇走出帥帳的時候，看見鄭定瑞獨自一人坐在帳外的篝火邊。他方才聽見朱一貴提到朱雀旗的兄弟到達，他就在猜鄭定瑞必定會來找他。

「你在等我嗎？」李勇欣喜的問。

「哈，我只是隨意坐在這裡。不過，恭喜旗開得勝。」鄭定瑞說。

「對手只有五個人，而且我還犯了一個失誤。」

「對手會越來越多吧？能平安回來都是好事。」

聽了鄭定瑞的話，李勇不自覺把手伸過去想攬住鄭定瑞的肩膀。那原也只是個兄弟之間極平常的動作，鄭定瑞卻閃開了去。

「別這樣。」鄭定瑞說。

「你怎麼……」

「如今我們各領一營，需要樹立威信。不要有讓人說閒話的機會。我回去睡了。」

李勇凝望鄭定瑞離去的背影，心情有些失落。一直以來，他很積極地想說服黃殿、說服朱一貴起事，是因為他知道自己一個人的力量是不夠的，要有許多人的力量在一起才有可能改變原來存在於世間的規則，那種有人就是有權有勢可以想要拿走別人的什麼就拿走什麼，而有人就是低賤無力永遠要被榨取，被榨乾了，什麼都交不出來了還要被痛打一頓、安一個罪名。

那一天朱一貴問他為什麼對舉旗起事那麼積極，他後來認真想過，答案其實很簡單。他就討厭這些看起來好像永遠都不會改變的關係。

他以為他冒著生命危險反抗官府爭的是自己的地位，有了地位就能安心跟鄭定瑞在一起。但如今兩人之間反倒有些生疏……

剛接獲軍令的吳外走出帥帳，看見李勇，便問他：「在發什麼呆？」

李勇想起鄭定瑞交代的話，搖了搖頭說：「沒什麼，只是等待太無聊了。」

「是嗎？我倒是很緊張。」

「你可不要扯我後腿。」

「哼！那當然，我還想吃到一百二十歲呢。」吳外露出不服氣的表情。

李勇想，瑞仔的意思應該是還沒成功之前都要忍耐吧，那麼，只要打進府治，讓一貴真正登上帝位，只要那一天到來，他就可以得到他想要的地位，就再也不用管別人的眼光了吧？他可以這麼

期待嗎？

＊＊＊

四月二十日，兩名離營兼差的守兵回到岡山塘赫然發現四具同袍的屍體，還有一人不知去了哪裡？塘內原有的軍械、糧食也都不見了。兩人驚嚇之餘，立刻商議起來。

「要通報嗎？」

「這當然要通報吧……」

「可是張把總若是問我們為何不在？」

消失的同袍不知生死，也不知是否先回去報信了？兩人都擔心現在回去會被發現擅離職守的事。

「輪流去打工，我們七個人都有分，應當不會說出才是……」

「這樣好了，被問到就說是在附近巡邏，並沒有遇見匪徒。」

「嗯，就這麼說。」

商議好說辭，兩名守兵不敢再耽擱，急忙往康篷林汛的方向走。

鎮守康篷林汛的把總名喚張文學，隸屬南路營，是福建福州人，康熙五十七年被調來此地就任，與家人長久分離，轉眼即將三年，如果沒有任何意外，就快要能夠換班回到原本駐守的標營了。張

文學的日子是一天過得比一天鬆散，只想早日返回福州，也好探望家人。

聽到岡山塘兩名守兵的通報，張文學無心指責眼前兩個下屬，只覺倒楣。他來臺灣之前雖人人都說這裡動亂多，但這幾年還真沒遇過什麼大事，頂多幾個地棍流氓惹事。在這節骨眼遇到這種事，實在出乎意料。弄不好，不知要遭到上頭怎樣的責罰。好不容易當上把總，雖然也就一個小小的武職，好歹是管人的，油水也多，這鳳山縣北諸如大湖街、半路竹街等官道沿線的鬧街，商人們無不主動示好捐輸，要他多生照看，維護地方治安。這拿了錢，多少要辦事，是他做人的原則。

他想了想，留在汛裡的步戰守兵不到四十名，而康篷林汛周圍的六個塘，如今岡山塘已覆沒，剩下的五個塘，大湖塘比較近，其次陂頭塘、半路竹塘，府底塘和瀨口塘那是在二層行溪對岸了。

守塘的步兵人數向來少，派出最多人駐守的半路竹塘也才八名，主要是作為耳目和傳遞訊息的飛腳。全部叫回不但費時也沒有多少幫助，並且他心知許多守兵並未老實堅守崗位，而是各自偷偷做起副業，賺些閒錢。如今分出人力去召回這些人，不要說白白失去據點，能不能找到人本身就是個大問題。

首先必須知道賊人到底有多少？是臨時起意的搶奪，還是有其他目的？通報的人因為事發時根本不在場，也說不出賊人的人數多寡。

張文學決定先確認這是小事還是大事再說。

他要這兩名岡山塘的守兵偕同一個百隊長返回岡山塘調查，尋找線索。

康篷林汛仍很平靜，張文學登上草樓，瞭望這附近的狀況，草埔還是草埔，田還是田，山還是

山，近處幾輛牛車正緩緩前行，感覺一切跟平常沒有什麼不同。

或許是私人糾紛引發的尋仇也說不定，如果是這樣就好。張文學忍不住誦唸佛號，求佛祖保佑太平無事。

等待派出的人回報，又耗掉大半天。入夜後張文學派出的百隊長才返回對他回報探聽的結果，說是從昨天開始就有人在大、小岡山附近的各庄頭散布朱一貴豎旗的消息，那個朱一貴說自己是明朝後裔，自稱中興王，號召各庄豎旗響應。

「恐怕攻擊岡山塘的就是他。」

「這個朱一貴是哪裡人？」張文學問。

「不知道，抓了幾個百姓拷問，也問不出來。我們本想追蹤賊兵躲藏的地點，可是岡山塘附近都是草埔，腳印在進入草埔後就斷了。我們不知賊兵的數目，也不好盲目亂追。」

那就是造反了，張文學想。無論賊兵的勢力大小，按規矩一定要回報上司。如果想靠一己之力來對抗賊兵，萬一輸了反而要擔這個責任，贏了也沒個人證證明自己確實平定一場足夠造成威脅的動亂。因此不但要回報，還要求援才穩妥。

張文學盤算，雖然以身分來說他歸屬南路營，應該先向南路營守備報告此事才對，但南路營遠在七十里外，守兵也只有四百九十人，而府治此去約四十里，距離近得多，並且臺灣鎮標三營平常少說也有兩千個兵吧，兵力上能調撥出來的人也多。

既是求援，當然希望援軍來得越快越好。隊伍行軍不比平常傳遞公文的飛腳，人數一多加上糧

食錙重，一天能走的距離很有限。若想用最快的速度平定叛亂，應該先向府治的總鎮署調兵才是。總鎮署的右營游擊周應龍是他福州同鄉，兩人是舊識素有往來，並且總鎮歐陽凱是福建漳浦人，怎麼說都是自家本省同僚。反觀南路營那邊的上司參將苗景龍、守備馬定國都是陝西人，平日回興隆庄報備軍情，連語言都不太能相通，越想越不可靠。不過越級報告，弄不好得罪人也很麻煩。

張文學思來想去，決定還是兩邊都通報再說。他派出兩批人，一批前往興隆庄的參將署求救，另一批則往府治的總鎮署去了。

第九章、爭鬥

張文學派人送出的警報在四月二十一日到了臺灣鎮掛印總兵官歐陽凱手裡。歐陽凱召集了隸屬臺灣鎮標的左、中、右三營游擊前來總鎮署商討對策。

官廳裡，歐陽凱問：「你們當中誰能帶兵前往平亂？」

中營游擊劉得紫邁出腳步率先請命：「啟稟鎮臺，卑職願前往。」

劉得紫是直隸文安人，出身正紅旗漢軍，去年七月因為原來的中營游擊羅萬倉升了北路營參將，原任汀州鎮右軍游擊的他才被調來補羅萬倉的缺，待在臺灣的時間還不滿一年。而在場其餘三人，左營游擊孫文元、右營游擊周應龍和總兵官歐陽凱都是康熙五十七年來到臺灣赴任，在臺灣的資歷至少三年。

看見劉得紫請命，右營游擊周應龍也說話了：「南路口向來是我們右營負責守衛，劉游擊想搶個頭功也要看地盤吧？」

「我只知這是聖上的王土，可不知有誰的地盤。」劉得紫說。

劉得紫擔任過侍衛，因箭術高明，曾多次隨行康熙帝射獵。跟一般行伍出身的人不同，身上有股出入過皇城、久居京畿重地的傲氣。然而也是這份傲氣使周應龍見不得他出頭，周應龍本來懶得去，但劉得紫既然要爭這個功，他就不想讓。

周應龍語帶嘲諷的說：「原來我們三營平時分配守界都是分假的？」

「鎮臺是問誰願領兵到鳳山縣支援，跟平日的戍守範圍無關吧？真要論守界，三營的防線都在臺灣縣之內。」

「好啊你……」

見兩人之間有了火氣，左營游擊孫文元連忙出言緩頰：「應龍，我相信得紫也是想出一份力。派兵的事，我們還是請鎮臺指示吧！」

孫文元是雲南人，性情溫和、不擅言辭的他，和喜歡高談闊論、氣焰逼人的周應龍剛好互不衝突。雖說不上要好，但當同僚倒也平安無事。自從劉得紫到任，因劉得紫和周應龍同是喜歡作主的個性，中營、右營之間的衝突就多了起來。孫文元夾在兩人之間時常得扮演勸和的角色，心裡也感到十分疲乏。

歐陽凱不想聽他們爭吵，很快就做出決定。

「確實這次出事的地方理應讓右營負責，得紫你有中路口要顧守，我們還不知道這次叛亂的大小，不宜越矩調兵。就先讓周游擊去處理吧！」其實歐陽凱真正顧慮的是劉得紫來臺灣的時間太短，派他領兵南下他實在不放心。

劉得紫應了個諾，退到一旁。孫文元也鬆了一口氣。

歐陽凱接著問周應龍：「應龍，你需要多少兵力？」

周應龍想了想說：「至少五百。」

「嗯，出兵作戰，難免損傷。為保各營戰力，這樣吧，左、中、右三營加上道署那邊的道標營各調撥一百名步戰兵，這樣加起來也有四百人。很接近你要的數目了，出去的人吃的、用的，都要花錢，萬一只是個小動亂，卻勞師動眾，也並不妥當。」

「啟稟鎮臺，其實我跟鎮臺也是一樣的想法。我想請番社也派人協助，四大社土番若能派出一百人隨我前去平亂，不但增加戰力又能減少軍餉支出。」

周應龍口中的四大社是指位在府治北方的新港、目加溜灣、蕭壠、麻豆等四個番社，四社青壯平日就時常以服勞役的性質替官府辦事，對番社來說這種臨時調撥人力的做法會干擾到番社內部例行事務的運作，他們抗議過數次，除了少數官員曾代為反應，大部分的官員還是無視這樣的聲音，甚至把徵調番人服勞役當作一件雙方互利的事。周應龍的提議正反映了這樣的想法，官府不必付軍餉給番人，還能告訴番人這是恩惠，因為只有番人能以服勞役的方式減免賦稅，而漢人不行。

「番人並不是我們綠營的人，調動他們需要道臺同意。剛好道標營的調動也需知會他一聲。我先給你一封任命箚付，加上調兵文書，你一併帶去道署請示吧！」

臺廈道和臺灣鎮總兵官分別是臺灣官階最高的文、武官員。總兵官的官階是正二品，論品級高於正四品的臺廈道，但文武有別，依官場倫理總兵官仍需受臺廈道制衡。儘管幾乎不會被拒絕，歐陽凱還是按照慣例寫了文書給臺廈道梁文煊。

周應龍拜領歐陽凱給的任命箚付和調兵文書之後，便離開位在鎮北坊的總鎮署，乘坐竹轎前往西定坊的道署衙門請求臺廈道梁文煊的授命。劉得紫和孫文元也各自返回營盤調遣周應龍所需要的

兵力、軍需。

梁文煊看過周應龍遞上的文書後寫了一封公文給臺灣縣丞馮迪，要馮迪去向四大社調人，周應龍又拿著這封公文前往東安坊的縣丞署拜訪馮迪。

再等馮迪從四大社調到人，這一天的白日都將近要結束了。

周應龍在北教場點齊兵番，領了十竿旗幟，分給隨軍的千總、把總，浩浩蕩蕩的出發。然而行軍不久，天空就飄起了細雨，道路變得泥濘，不利牛車運行。鳥鎗和火藥怕水，不能讓雨淋濕，周應龍見天色也晚了，便決定在半路店駐紮。[15]

半路店又被叫做中路口，距離府治才五里，是東邊山區的人要進入府治的官道要衝。中營營盤就在這附近，因此周應龍命令一出，從中營調撥過來的班兵們就有些議論的聲音，他們今天等於是從中營走到鎮北坊的北教場集合，然後又走回了中營附近。

府治和南路之間有兩條官道相通，一條近山，一條近海，起點都位在府治東安坊的春牛埔街。若想走近山的那條官道就會經過中路口，對周應龍來說，靠山的官道走起來比較涼爽，樹蔭也好找，而要進入鳳山縣時從靠近山區河面較窄的岡山溪過河，也會比已近出海口河面寬闊的二層行溪來得容易。他一開始就打定主意要走中路口了。

看見我率領的軍隊從他守的中路口離開，想必劉得紫此刻的心情十分複雜吧？

15 半路店位於今臺南永康。

周應龍想起白日劉得紫不悅又緊繃的面容，忍不住笑出來，心頭感覺很暢快。

雨在半夜停了。

隔天一早周應龍命令四大社的番人隊伍先出發，要他們走在前頭把往南路的官道修整好，以方便軍隊的車馬通行。

官道的路況比預期中糟糕，花費了不少時間修整，整支隊伍行進的速度並不快。過午又因為天氣太熱，周應龍的部隊待在雜樹林裡躲避日頭小憩了一番。傍晚時，他們抵達角帶圍準備駐紮，距離事發地點岡山塘，只隔著一條二層行溪了。[16]

周應龍對這樣的速度已是滿意，從中營徵調過來的把總李碩卻有些意見。李碩脫離隊列請示周應龍：花了一天時間走不到三十里，這樣的行軍速度會不會太慢？

周應龍以「班兵們太久沒作戰，也需要時間培養默契。」為理由將李碩打發走。

周應龍並不急著和賊兵對壘。他認為這本是南路營的事。他更希望等南路營跟賊兵交戰之後，他再加以援手。既不費力，也比較不危險。

那天晚上，卻有康篷林汛的傳令兵過溪來向他們求援。說是康篷林汛受到賊兵攻擊，抵擋不住了。周應龍這才大吃一驚，召集此次隨軍的千總、把總們一同商討對策。

將弁們一致認為夜裡過溪危險，恐怕有埋伏，只能等天亮再行動。曾提出行軍太慢的李碩也認同此時確實不能再冒險了。

於是周應龍只派了哨兵偕同番人過溪去探，帶回的消息是康篷林汛已陷，大湖街亦遭到洗劫。

直到清晨張文學帶著十幾名殘兵相當狼狽地出現在周應龍面前，說是躲在溪邊的草叢裡，等天亮過溪這才得救。其餘兵士混亂中散去，不知所蹤，南路營也沒派人前來支援。

周應龍將張文學和他帶領的殘兵編入隊伍中，讓張文學負責領路，一同繼續往南而行。

周應龍和張文學兩個福州同鄉聚在一起便說起福州話敘舊。表面和諧，但張文學心裡對周應龍感到十分失望。如今他丟了康篷林汛不免要受罰，周應龍卻不一定有責任。

張文學原先想把責任推出去才向鎮標跟南路營同時求援，豈知竟誰也沒來，現在他倒想趕快再一次遇到朱一貴，立一件大功來抵銷前罪。

周應龍問張文學：「怎麼打輸的？」

張文學含糊帶過，只說敵人很多。

張文學其實是中了誘敵之計，被一支看起來不到三十人的賊兵隊伍誘出營柵，後來反被包圍。賊兵前後出現的人數落差之大，他至今餘悸猶存。但他不想告訴周應龍這些細節，深怕話傳出去了難收，將來免不了被上級官員當作證據論罪。

* * *

16 角帶圍位於今臺南仁德。

康篷林汛大捷，李勇和吳外不僅得到汛防中留存的軍械，諸如腰刀、鳥鎗、藤牌，進一步也掌握了附近嘉祥里倉廒內的米。嘉祥里這座倉廒是附近幾個庄頭的管事合資雇人自建自修，李勇、吳外營下，黃殿庄的幾個傭工都曾受黃殿派遣，參與過修屋、運糧。如今能直接取用其中的米，用做義軍的糧食，眾人既是歡喜又有些恍若隔世的感嘆。

然而也是在同一個夜晚，吳外清點兩營人數時，發現好多人不見了。吳外領著幾個兄弟沿大路找，很快就看見自己人一個個都抱了滿懷的布匹器物，隨便拉一個過來，身上一搜錢袋都是滿的，一問才知道幾個大哥帶著親信兄弟去搶劫附近的大湖街。

「莿瓜成和卓敬帶頭的。大元帥的結拜兄弟都搶了，我們就想那應該沒關係吧！吳元帥您也趕快去搶，去得慢了就搶不到東西了，大湖街的人真正有錢哩！」

這小兵回答吳外的問題時也不知害怕，反倒鼓勵吳外趕快去搶。吳外心想：不妙啊，出兵前，一貴才交代過不許有騷擾或劫掠百姓的行為，違者要重罰的，但現在是要怎麼阻止這些人……

吳外憂悶的回到康篷林汛，見李勇正在安排駐紮事宜，連忙將李勇拉到沒有人的角落，悄聲對他說了方才見到的劫掠情形。

李勇聽了沒有太驚訝，只說：「如今一貴不在這裡。我也不知道這事能不能馬上處理？處理得不好可能人要跑光。你想，現在是用人之際，我們能聚集這麼多人也是大家認為跟著造反會有好處。說起來，不算大事，睜一隻眼閉一隻眼也就罷了。」

「嗯，我也怕特地派人回報這件事反而驚擾主軍。那就暫且不處理，等跟一貴會合，再告訴他

這件事，讓他裁斷。」

既然決定暫時不處理了，那天晚上吳外也只能以需要協防的理由傳令下去，要求眾人立刻返回康篷林汛，一點沒提有人劫掠大湖街的事。

汛防裡，人群陸續歸來。吳外看見有人滿臉笑容數算收穫，也有從未離開的人皺起眉頭盯著那些滿懷財貨的人。吳外越想越不開心，不斷問自己：這樣果然還是不對的吧？

* * *

朱一貴在岡山頭收到李勇先派人傳回的捷報，擔憂的心情總算能夠稍微放鬆下來。前一天因為下雨，朱一貴把計畫往後延了一天，深怕失了先機。如今順利攻下康篷林汛，也增添他不少信心。雖是深夜，眾人應該都睡得沉了，但他聽見帥帳外留營的兄弟們發出了陣陣歡呼聲。

稍早，李勇和吳外出兵前，顏子京、楊來舉著杜君英的旗幟，帶了一百人來到朱一貴的駐紮處。顏子京一看到朱一貴便笑著說：「大元帥請看，我真有一大批兄弟，不是誇口騙人的。」

顏子京說自己是奉了杜君英的命令前來。杜君英在收到朱一貴出兵岡山的消息後，便要他和楊來帶一批兄弟前來會盟，表達善意。為了閃避官兵，他們不走官道，一行人沿下淡水溪河岸入阿猴林山區潛行到這裡，這一路可辛苦得不得了。[17]

朱一貴稱讚顏子京和楊來帶兵潛行的能力，並命人把主要的將領都叫來，眾人齊聚。在顏子京

旗下，朱一貴看見一個多月前在古陳坑結義的康健、李孝、徐篷，但沒看見高永壽，顏子京說高永壽這個人後來就不見了，大概是無緣吧。

顏子京看見莿瓜成跟卓敬投靠在朱一貴這邊也沒生氣，還是走上前跟兩人打招呼，正如莿瓜成自己當日所說的，反正雙方本來就要合作了。

王玉全備了水酒，眾人以朱一貴和杜君英雙方的合作為前提，又拜了一次把。拜把儀式結束，李勇和吳外帶人去攻打康篷林汛。人群一下子都跟去送行。顏子京仍留在原地，站在朱一貴面前。他看張阿三也站在朱一貴身旁，就問張阿三：「你可以走開一下嗎？」

張阿三說：「不行，一貴大哥現在是我們的王，我要保護他。」

「是王，你就不能叫他一貴大哥啦！」

張阿三不再回顏子京的話，但也沒走，只稍稍退開一步。

朱一貴對顏子京說：「你想說什麼就直接說吧，阿三也是我們的兄弟。」

「好吧，其實只是很無聊的想法。我在想，連同今天的話，這是我們第五次見面吧？卻與你喝這結義酒第二次了。這個月來，我也和許多人都喝過結義酒，有時覺得現在我朋友很多，我真有力，有時又會突然覺得這一切人情得來的太輕易，好像都不是真的。你相信結拜過的兄弟就會為彼此賣命嗎？」

「有的會，有的不會。不過，人並不是為了互相犧牲而結拜的，而是為了那個共同的目標。我只希望我們都能走到最後。」

「嗯，這我認同。另外，還有一件事，剛剛人多嘴雜一直沒機會說。」

「你說吧！」

「我們原先結盟的庄頭、角頭這幾日已開始在檳榔林聚集，準備在四月二十六日過溪攻打南路營，屆時希望兩軍能合力。這是杜老大要我帶給你的訊息。」

「我明白了，多謝你。接下來就等李勇和吳外的捷報吧。」

當天夜裡真傳回了捷報。一切都按照計畫進行。雖然如此，朱一貴仍隱約有些不安，他們畢竟不是正規軍隊，這條路真的可以走得很遠很遠嗎？

朱一貴走出帳外，看著滿天星斗與半邊殘月，想起王玉全曾多次向他提醒的想法：「誰說平民百姓就不能當皇帝呢？戲曲裡多少平民翻身的故事，淪落或是騰達，並不是看血統，而是看命數，沒有人天生血脈比別人珍貴，不過是後來的地位使一個人看起來高貴罷了。」

「命數嗎？」朱一貴不禁喃喃自語，他想，或許命運真是站在他這一邊的。

他又聽見了一陣歡呼聲。而王玉全遠遠向他走來。

隔天一早，黃殿也因為收到拿下康篷林汎的消息，按照原定計畫帶領西營的人推進到岡山頭和朱一貴會合。朱一貴留下黃殿和鄭定瑞的兩營兵力在岡山頭，委任黃殿代自己主持此地的事之後，

17 下淡水溪為今高屏溪，阿猴林為今高雄大樹。

就親帶中營主軍和顏子京的支援兵力，前往康篷林汛和李勇、吳外會合，為後續和杜君英合圍南路營的計畫作準備。

朱一貴抵達康篷林汛的時候，吳外私下向朱一貴報告義軍搶劫大湖街的事，朱一貴當下臉色很難看。

朱一貴問吳外：「有哪些人去搶東西？」

吳外腦海中一下子閃過很多臉孔，第一個就是莿瓜成，但他不敢說出來，因他從未見過朱一貴這麼生氣的樣子，怕說出來就不可收拾了。

吳外正想著要怎麼化解朱一貴的怒氣，王玉全在一旁開口說：「啟稟大元帥，這種事真要處置，也一定會有漏網之魚，最壞的情況是指認錯人，冤枉了無辜。不管怎麼處理都沒辦法公正的事，寧願不要去做。我們現在實力還不夠穩固，必須避免發生瓦解內部團結的事。」

「我們可是打著義軍的旗幟！」朱一貴深深覺得有愧這個名字。

「不錯，所以不能再發生這樣的事。如果不能讓老虎不吃肉，就把老虎放在沒有肉的地方，大元帥認為如何？以後駐紮的地點都要遠離鬧街，減少擾民的可能。而大元帥您完全不知道大湖街發生的事，這件事只有我知道，是我隱瞞您所以您才沒做處置的。」

「嗯……」朱一貴發出了不像是認同也不像是反對的一聲悶哼。

王玉全接著又對吳外說：「吳元帥稍等請給我您記得的那些搶劫百姓財物的兵丁名單，我會再研究看看要把這些人調動到哪一營哪一隊。」

吳外對王玉全應了個諾，又偷看了一眼朱一貴。

他感覺到王玉全講話的過程，朱一貴都在強忍怒氣。王玉全的話雖然有道理，但朱一貴看起來仍是很鬱悶。

最後朱一貴將東、北、中三營的兵力都移屯到岡山尾，也就是小岡山的山腳下，這附近沒有任何鬧街。

必須再建立一個穩固的營盤，跟岡山頭串連起來，這是朱一貴原本的想法。本來小岡山就是他屬意的地點，只是沒想到會把三營的兵力都移過來，並且放棄了康篷林汛這個現成的營盤。

然而不在他預期中的事不只這一件。

他們才剛開始紮營的工作沒多久，就突然有人來報說：「官兵打來了！」

＊　＊　＊

攻擊朱一貴陣營的官兵，是鎮標左營千總陳元和南路營把總張文學所率領的前鋒部隊。

周應龍架橋過岡山溪後，就命令他們兩人帶三百人組成前隊先行，設法找出賊兵的行蹤。

周應龍心裡清楚，剛丟了康篷林汛的張文學肯定會急著要找出朱一貴，而陳元剛好也是福州人，就派陳元去配合張文學。

陳元和張文學一路察看，討論情勢，卻沒看見半個賊兵蹤跡。派探子出去，岡山塘、康篷林汛、

陂頭塘、大湖塘、半路竹塘都空無一人，原本守塘的士兵不是昨夜已逃到周應龍麾下，就是失蹤。奇怪的是，也沒有賊兵霸佔這些塘汛。

他們改往街上去看，看見大湖街上有些百姓聚坐在屋簷下說話。那些百姓看見這麼多官兵，起初有些警戒。後來有人認出張文學，知道他平常是照管這街上的，馬上趨前向張文學訴苦，抱怨昨夜賊兵劫掠財貨的事。

「平常都有按時節孝敬大人，還請大人多關照一下我們街上的安全。」

「這個我心裡有數，但是不知道賊兵藏在哪裡，我也沒辦法。」張文學說。

「賊兵嗎？今天有人看見他們有一大批人往岡山尾的方向去了。」

「你確定是賊兵嗎？」

「雖然不是我看到的，但聽說都拿著竹篙槍，還有人舉著反旗。還聽說他們頭上都包著布巾，沒有辮子的樣子。」

那人說完，旁邊的人也跟著附和說，聽說是在岡山尾沒錯。

張文學意外獲得賊兵下落，立刻和陳元帶人過去查看，果然在小岡山的山腳下發現有許多人聚集在這裡。

他們不敢太過靠近，蹲在遠處的草埔中觀望。

張文學伏在草埔中對陳元說：「我運氣也太好了，那些百姓沒一個親眼看到的，竟然真讓我們找到了。」

「他們怕你回頭找麻煩，所以才不肯說是自己看到的。」

「原來是這樣……」

「現在怎麼辦？動手嗎？」

「先通知周游擊吧，對方的人數看起來比我們多。」

「嗯，通知是要通知……」陳元馬上指派身邊的親信回報周應龍這個消息，回頭又說：「但我不認為我會輸給他們。」

「別衝動啊，他們的厲害我見識過。」

「我看他們的走動還很混亂，有些人剛到不久的樣子。這時候不打，等到他們整頓好就麻煩了。」

張文學試圖阻止陳元，但陳元像是被什麼吸引住了，非要打打看不可。張文學忽然理解到陳元可能是很需要這個戰功的。

「你可以不去。」陳元撇下這句話，就帶著自己的人衝了。

草埔中只剩下張文學，和張文學自己原本帶領的兵丁。

張文學看見衝殺向前的陳元讓步戰兵配合鳥鎗隊發動襲擊。指揮調度看起來很有本事。對方的陣營似乎也因為這波奇襲而顯出很慌亂的樣子。

但情勢卻在陳元等人被藤牌兵包圍住的時候產生逆轉。那些藤牌兵是從營區外圍的竹林竄出來的，這個營區看似沒有防備，其實一直有人監看著外圍。一開始因為張文學和陳元離得夠遠，所以雙方都沒有發現彼此。此時，陳元越過了那條防守線，就像踩進了陷阱一般。

鳥鎗的彈丸雖然可以射穿藤牌，可是從四面八方而來的藤牌軍使鳥鎗隊原來的橫排陣勢被破壞，一時間持鎗者不知該瞄準哪一個方向發射，加上填充火藥費時，鳥鎗隊被沖散開來，很快他們就放棄了使用鳥鎗，而是拔出腰刀和賊兵互相砍殺。

爭鬥變成單純的砍殺。

張文學目睹這一切，發現理應受過訓練的班兵在用刀方面的素質，竟比不上那些平日用鐮刀工作的村夫。並且隨著賊兵的人數越來越多，陳元明顯落於下風，陷入了苦戰。

突然鳥鎗發射的火藥爆鳴聲再次傳出，一名兵丁跌倒在地上。

賊兵手上也有鳥鎗？張文學腦中閃過這個念頭。

當他還在懷疑的時候，又有一名兵丁倒了下來。

或許是這兩聲槍響擊潰了陳元的信心？

張文學看見陳元帶著剩下的殘兵倉皇往自己所在的草埔撤退，他連忙吩咐身邊的兵丁組成陣形掩護陳元等人撤離。

幸好對方沒有緊追不捨。張文學再次活了下來，也順利的和周應龍的後隊會合。

張文學同陳元向周應龍報告交戰情況時，陳元請求周應龍能再加派人手給他，陳元說只要人夠多，他一定能拿下勝利。不料周應龍卻說：「問題就是人不多啊，你說這不是空話嗎？我看，還是讓四社番人去打頭陣吧，他們可比步戰兵厲害多了。」

陳元受到羞辱，臉色顯得有些蒼白，主動告退下去。

周應龍忍不住又對張文學抱怨：「這陳元真沒用，丟我們福州人的臉。」張文學只能勸慰周應龍，說陳元已經盡力，確實是賊兵太厲害了。一邊勸慰，心裡卻也不太愉快，感覺自己其實也受了批評。

* * *

官兵襲擊小岡山營盤時，對官兵擊發鳥鎗的人是陳印。

吳外和李勇在康篷林汛所得到的鳥鎗，陳印見到很欣喜，一早就拿來研究。他跟陳老闆到處跑生意的時候，曾見番人用過，那時好奇請教過對方，對方也很熱心一個手勢一個手勢的教他，因此他確信自己很快就能學會。他測試、摸索，跟吳外一起拆了一把鳥鎗，研究裡面的構造。又測試另一把鳥鎗是否真能發射。

成功射出第一發的時候，他高興得跳起來。

聽見大家正在蓋營盤，他本要放下鳥鎗去幫忙。朱一貴跟他說不必，你先學會怎麼用，再來教大家。

「需要練習就練習，不要擔心浪費火藥。但是不要傷到自己，火藥這東西畢竟危險。」朱一貴說。

雖然如此，陳印知道自己這是在賭運氣，他也不知道自己從哪借來的膽子，其實他很快就喜歡上鳥鎗擊發的聲響，這聲響使他感覺自己變得強壯，而他明明知道火藥的風險。

他想，傷了就傷了吧，應該也不至於會死？

並且他實在太想替朱一貴做點事情了。

反覆練習中，官兵來襲，他情急之下試了那兩槍，沒想到真能成功。

官兵撤退後，眾人撿拾官兵遺落的軍械，全擺到他面前，讓他看看有沒有好用的。這種被同伴認可的感覺也很令陳印開心。

然而享受勝利的時光卻很短暫。同一天傍晚，他們在小岡山的營盤再次受到襲擊。這次官兵派來的人更多，而且讓番人打前鋒。

那些番人打仗相當厲害，手起刀落，毫不遲疑，使用鳥鎗又非常精準。義軍豎旗起事以來，這是第一次出現嚴重死傷。

陳印來不及教其他人使用鳥鎗，自己一個人使用能對敵人造成的威脅也有限，還得麻煩別人掩護他。

會抵擋不住？當陳印察覺到雙方在戰場上的氣勢已從一開始的勢均力敵，逐漸變成有明顯的強弱之分，他也聽到了敲鑼的聲響，那節奏是朱一貴和眾人說過的撤退信號。

他們在反覆的鑼聲中分散開來，往山的方向藏躲。

夜幕垂落時，已聽不見任何爭戰的聲響了。

陳印扛著鳥鎗，帶著自己負責的兵丁在黑暗的山路中點燃一只火把，悄悄往約定的地點走去。

「這條路……確實對吧？」他有些不安的問著身旁的同伴，每隔一會兒就問一次，好像又做回

了原來的自己。

＊＊＊

周應龍在後隊收到消息，知道敵軍分路撤退，也不敢分兵而追，怕有埋伏。他想，至少毀壞了敵人在小岡山下的營盤，算得上軍功一件，若是再追擊受了什麼不可挽回的損傷，反而會把原來的軍功都弄丟。便決定先收兵回到二濫駐紮。二濫位在半路竹街和阿公店街之間的官道上，距離鳳山縣治興隆庄三十五里，周應龍心裡只盤算著趕快跟南路營的軍隊會合，到時再來慢慢清算躲進山裡的賊兵。[18]

周應龍在眾將弁面前宣布他的決定時，陳元面帶憂愁的說：「但卑職認為這些賊兵實在是撤退得太快了，這一戰他們並沒有被損傷到根本，我們也沒抓到任何一個賊目，如果他們埋伏在我們行軍的路上襲擊我們……」

周應龍打斷陳元的話：「我倒覺得他們經過這一次失敗，肯定是躲在山裡不敢出來了。不過你的顧慮也不是沒道理，那就派出番人去追查這些逃匿的賊兵。反正只要官道附近沒有埋伏就夠了吧！至於其他，就等到了興隆庄再跟苗參將商議。」

18 二濫位在今高雄路竹。

周應龍當場傳令：四大社的部隊如果能殺死叛賊首領，一名賞銀五兩，殺死賊兵的，一名賞銀三兩。

番人原是沒有軍餉，像這樣隨軍行動頂多就是豁免該年的丁賦或田賦。如果告訴番人們可以論功領賞，周應龍認為一定能抓到不少賊兵。

陳元不敢頂撞周應龍，心中卻非常氣憤，他認為周應龍太依賴番人了，簡直是把綠營軍當作廢物看待。

更令他生氣的是，在場其他千總、把總包含南路營的張文學也都沒有意見。好像只有自己一頭熱。

走出營帳，陳元等周應龍底下右營的人離開後，叫住了也剛離開營帳的中營把總李碩，他問李碩對這件事的看法。

「之前你不是也主動提過行軍太慢的問題？眾將弁都很佩服你的勇氣，這回你卻沒有意見？」

李碩只說：「周游擊對每一件事情都有他的看法，你我就不要多言了吧！」

陳元聽不出李碩對周應龍是褒是貶，話不投機，兩人很快就分頭而去。

因為周應龍的軍令，原本期待受官兵保護的居民再一次遭遇了更慘烈的攻擊。誰是賊兵本來就看不出來，加上番人和漢人之間語言未必相通，更加難以解釋澄清。許多朱一貴陣營的人因為割截髮辮，所以綁著頭巾固定散髮，不管是番人還是綠營軍，都有人誤以為這就是賊兵之間互相聯絡辨

認的方法，導致有些百姓只是綁著頭巾耕田就被誤認為是賊兵。也有一些綠營兵丁趁著番人在前頭清剿，後續尾隨幹起土匪的勾當，再把這些惡事賴在番人身上。這一天掃蕩下來，有四個人被殺，有八個人被清村時放的火燒死，還是明面上的帳。

番人們提著人頭向周應龍請賞。

周應龍沒有馬上發錢，因為他還沒想到錢要從哪裡來，他命人將番人們的功績記錄在簿冊中，並告知番社代表等事情結束就會發與賞金。

這一路順利的前進讓周應龍覺得自己很快就能回去府治覆命了。

* * *

朱一貴的義軍自小岡山撤退後，也派人通知大岡山的守軍一起往山內撤。千餘人的軍隊借住在烏山尾的袁交友庄，而顏子京和楊來則率領原本帶來的人回下淡水，為了躲避官兵，他們走的時候一樣是經由阿猴林的山路回去。

之前黃殿的西營已在袁交友庄停駐了四天，如今很快又回來，並且帶回更多人，還是打了敗仗回來的。雖然庄主表面上說沒關係，其實朱一貴心裡清楚，庄人們怎麼會是心甘情願的呢，這麼多外人住在這裡，必然會造成麻煩。他將王玉全叫來，要他留意是否有義軍擾民的情況，隨軍的米糧也都要分一些給庄民。

軍紀鬆散，待在這裡又無所事事，總會有人說要回家一趟看看就沒再回來，不知躲到哪去。朱一貴只能交代各營將領繼續到山裡的庄頭招人，充足義軍兵員。

四月二十五日，一整天持續下著忽大忽小的雨，有時還有閃電雷鳴，震懾著人的心魂，像這樣的日子行軍打仗都是不方便的，也消磨人的志氣，不容易拉到人加入。

這樣一個雨日，朱一貴不抱任何期望的等待著，然而卻陸續有一庄又一庄的丁壯頭戴斗笠、身披蓑衣結伴來向他投誠。這些來自各庄的丁壯們或者向朱一貴控訴受到兵番騷擾、襲擊的情況，或者說因為聽聞別的庄頭的遭遇，感到恐慌，前來尋求結盟壯大。他們都有一個共同的希望，就是庄頭能得到義軍的保護。

朱一貴原本派出去招兵的人，也因為兵番攻擊民居的消息而得到許多人響應，準備好的旗幟都發完了，陳印趕忙在屋寮裡製作新的，讓大家來了都能領到旗幟。

王玉全派人放話出去：「響應朱一貴的村落，都能得到朱一貴的保護，插上朱大元帥的旗幟，就是一種保證。」消息散播得極快，入夜前，願意歸附朱一貴的，已集結兩萬多人了。

這樣的發展，朱一貴始料未及。他以為自己的路要走盡了，卻又突然看見希望。

他想到顏子京曾說過杜君英準備在四月二十六日過溪，雖然現在過去必然會延遲，但也不是差太多，仍有機會合力。朱一貴抖擻起精神，找來軍師王玉全和各營的元帥、副將，商討前往和杜君英會合的計畫。

他們決定離開袁交友庄，再度移動到當初在岡山頭搭建的營盤。

＊＊＊

周應龍率領的軍隊在四月二十五日傍晚抵達了楠仔坑。[19] 周應龍一抵達楠仔坑，就收到南路營參將苗景龍的警報，苗景龍的警報上說下淡水汛被劫，新園街也遭到賊人肆虐。賊兵很可能會趁勢過溪，要周應龍盡快到達南路營協防。

苗景龍的官階較高，周應龍不敢拖延，隔日再進十五里，抵達南路營位於興隆庄的教場，至參將署拜見了參將苗景龍。苗景龍派出南路營的一個千總跟一個把總率兵兩百人，和周應龍的軍隊一同前往支援鳳彈汛。

張文學歸隊南路營時，被苗景龍痛罵一番，罵他丟了康篷林汛，罵他竟然好意思派人回南路營求援，南路營這邊都快要被下淡水溪對岸的反賊煩死了。苗景龍說話一急，開始交雜許多陝西話，張文學聽不懂，只盯著他的嘴一開一合。

南路營平日負責分兵守衛的四個汛防，由北而南分別是康篷林汛、觀音山汛、鳳彈汛和下淡水汛。下淡水汛緊鄰下淡水溪東岸，鳳彈汛則位在下淡水溪西岸通往鬧市下埤頭街的要衝上。

下埤頭街雖不是縣治所在，卻比縣治所在的興隆街還要熱鬧，房屋多達數百間。下埤頭街之所以這麼熱鬧，跟它得天獨厚的地理位置有很大的關係，從下淡水溪東岸那邊要過來西岸平原的人，

19 楠仔坑為今高雄楠梓。

首先會面臨赤山、鳳山這兩座和溪流走向相同的丘陵阻隔，丘陵的存在是天然的險阻，而下埤頭街就正好位在兩座丘陵頭、尾間的缺口，因此下淡水溪兩岸的貨物交流都集中在這個缺口處。

東岸的下淡水汛失守，苗景龍首先就擔憂只相隔一溪，西岸鳳彈汛這一帶的狀況。因此苗景龍連接風宴都沒辦，只催促周應龍趕快出發，一路上再由南路營隨行的千總、把總向周應龍說明這裡目前的情勢。

周應龍都還沒喘口氣就又要前進，心中只能叫苦。他又恢復拖延的本性，慢慢走著，軍隊只走到草潭，就收到鳳彈汛把總派人傳來消息說今天過溪來的人很多，大批賊軍正在赤山山腳下集結。「鳳彈汛快守不住了！」信使趴伏在地上請求援助的緊張模樣不像假的，周應龍也不敢再拖了。

當周應龍率領大軍趕到赤山時，他看見賊兵的旗幟上面寫著「杜」字，還有一些旗幟寫著「清天奪國」，發覺這和他當初在小岡山擊退的對象不同。然而也跟當初在小岡山交戰的經驗一樣，這些賊兵只要一看到情勢不利，撤退的速度非常快。一下子就四散而去，再追捕也追捕不到幾個。被抓的人又總說自己是冤枉的，要不然就說自己是被迫的，根本搞不清楚誰才是真的賊兵。

為防堵過溪來的賊兵，周應龍命左營千總陳元、中營把總李碩和右營把總吳益組織了一支前鋒隊伍在赤山下紮營，自己則帶著後隊退回興隆庄，與南路營的守備馬定國一同守在龜山下。

四月二十七日，朱一貴、杜君英的軍隊分別出現在赤山的北側和東側，兩路夾攻官府的前鋒部隊。因為賊兵的人數實在太多，官府的前鋒部隊很快就居於劣勢。中營把總李碩受傷逃回，告訴周應龍，陳元戰死了，南路營派來的一個將弁也戰死了，其他將弁則不知去向。李碩對周應龍說：「敵

人是從兩側進攻，若周游擊您能帶後隊包圍上去，就有機會化解這圍攻之勢。」

然而周應龍一聽到派出去的前鋒死的死、傷的傷、失蹤的失蹤，根本沒有繼續前往戰場的打算。也不願派出任何援兵造成自己兵力的短少。傷兵、逃兵不斷跑回南路營，遠遠可看見朱一貴和杜君英的旗幟漸漸往南路營而來，形成環攻南路營的陣勢。

一片混戰中，周應龍右手臂受了傷，見情勢不妙，立刻宣布撤兵，要底下的人以最快的速度撤回府治尋求援軍。

撤退的路上，周應龍又遇見了張文學。張文學率領南路營的兵丁也急急忙忙的走在路上，張文學告訴他：「南路營被攻破了。」

周應龍說：「你這個人還真是命大。」

獲得勝利後，朱一貴並未進入興隆庄，而是派鄭定瑞的朱雀旗去蒐羅南路營的軍械糧食。朱一貴自己則率領義軍的主力繼續往北追擊撤走的官兵，追擊的過程朱一貴要將領們持續給對方壓力，但不必真的全力追上，主要還是擒抓走路速度較慢，落在後頭的散兵，勸說他們加入義軍。

朱一貴並沒有真的打算要再一次跟官兵決戰，任何人到了性命交關之處，反撲的力量都驚人，自己的人也需要休息。他主要的目的是讓義軍順勢回到岡山頭，也避免劫掠百姓的事再次發生。

夜裡，鄭定瑞返回岡山頭，向朱一貴報告進入興隆庄的情況。

鄭定瑞說：「因為杜君英的人都忙著在搶興隆街上的財貨，所以我們很順利就得了軍械庫裡面

的武器，南路營的規模果然不一樣，我們這次還拿到可以用車運載的火砲。可惜的是南路營有一個將領特地跑回火藥庫點火，引發了很大的爆炸，火藥都燒光了。」

朱一貴問：「那名點火的將領呢？」

「跑出來的時候被我們圍住，手上的刀子就往自己脖子上抹，血噴了一地，就這麼死了。兄弟們看了都有些害怕。興隆庄的百姓有人認得他，說是叫馬定國，是南路營的守備，便給了些錢請那人幫他葬了。」

「可惜了，是個好漢。沒想到官兵裡也有這樣的人。」

「是啊……」鄭定瑞也有些感嘆，「不過幸好，幸好之前陳印有向安平水師營的人買火藥，不然我們得了這些火器也沒什麼用。」

「嗯，只是量有限，但願能撐到我們進入府治。而且會用的人也要夠多才行，你幫我叫陳印、吳外他們去研究一下火砲怎麼用。」

「遵命。」鄭定瑞屈膝告退。

朱一貴連忙將他扶起，「兄弟之間私底下講話不必這麼拘謹。」

「不成，軍師會罵人的。軍師說了要是我們這些將領眼裡沒有王，其他士兵眼裡也會沒有王的。」鄭定瑞微微一笑，走了出去。

朱一貴突然發覺，今天一整天都沒有人喊他名字，李勇、吳外、陳印、張阿三，甚至黃殿，即使沒有外人在，他們也沒有像平常喊他的方式那樣喊他。

***

赤山之役勝利的隔日，朱一貴沒有任何行動。表面上義軍的情勢大好，跟杜君英相比，也佔了一個離府治較近的有利位置。但朱一貴卻反而停步了。他指示眾人加緊練習陣勢調度的默契，以及使用火器的方法，練習夠了就休息，除此之外，沒有宣布任何攻入府治的計畫。

小岡山的戰敗和赤山的戰勝，都讓他更深刻的感受到義軍現在的勝算還是不夠的。赤山一役，尚且要跟杜君英合力才能打敗官兵。他亦擔心若自己先衝撞府治兵防和官兵打了個兩敗俱傷，較晚到達的杜君英可能會坐收漁利。

他本想把黃殿、李勇、鄭定瑞、吳外、陳印、張阿三、王玉全都找來，眾人聚在一起商量像最初一樣，但後來某種莫名升起的疲憊感令他沒有這麼做，他只一個人默默坐在帳中思考。

王玉全來見他，猜出了他的想法：「如果我們沒辦法光靠自己拿下府治，就只能維持和杜君英的合作，其他的等進入府治再說。」

「確實，我想也只能這樣。我只是有點搞不清楚我在對抗的究竟是什麼……你懂嗎？不，你不會懂，你不是為了對抗什麼，你只是追求著勝利帶給你的滿足。」

「在下不能說自己懂，但提高勝算是追求勝利的人應該要做的事。大元帥想要對抗的東西沒有勝利也是沒有用的，不是嗎？這兩者之間並沒有互相違背。」

「不，還是不太一樣的。但這不是現在我想討論的問題了。軍師還是告訴我，除了杜君英，你

還有什麼能夠提高勝算的方法？」

「是還有其他方法。在下在府治有些內應。昨夜已經派人進入府治聯繫他們，順便探聽府治現在的狀況，很快就會有結果。」

「他們帶回的勝算能讓我不理會杜君英嗎？」

「勝算無論如何還是越高越好啊……」

「那就是不能了。」

「那些內應都是在下過去幫黃元帥辦事時結交的，或者交心或者交利，該用的方法都用上了，但這些內應能不能發揮效果，沒到最後誰也不知道。畢竟大家都只是小人物而已。」

「你以前不是都叫殿哥一聲老大嗎？為什麼現在改口了？」

「關係變了，稱謂也會跟著改變。這是很自然的事。就像大元帥您叫在下一聲軍師，在下就知道自己的責任。」

「我說不過你，有任何進展再來找我吧！」

朱一貴走至乾草堆旁，整個人躺了下來，閉上了眼睛。

「屬下告退。」

一天後，四月二十九日傍晚，南路營參將苗景龍的人頭被送到了朱一貴手中，送禮人的名字並非是杜君英，而是杜君英手下一個叫郭國正的以自己的名義送禮。

送禮的信使說他們是在萬丹港附近一處嵌頂蔗園抓到躲藏了快三天的苗景龍。

王玉全請教信使關於郭國正的背景，信使說郭老大是在草潭豎旗的，有自己的旗色，後來才跟了杜君英。

信使被請去吃飯後，朱一貴問王玉全：「為什麼他不送給杜君英，卻要派人走這麼遠的路送給我？」

「看來他和杜君英之間的關係並不穩固，所以想拉攏我方。」

「嗯。那就收下吧！」

也是這一天，王玉全派出去探聽消息的人回來說：「府治現在都在傳中興王的義軍即將到達的消息，不少人提起之前曾有人預言會改朝換代的事，街上的氣氛十分浮動，好幾個官員攜家帶眷等在渡口準備逃命。不過兵力倒是還沒撤走，春牛埔外圍布滿營帳，從東安坊南側的社稷、山川兩壇到東側的半路店剛好形成一道防線，實際多少兵不能確定，從親眼看見的、以及府治裡百姓談論的來看，一、兩千跑不掉吧。百姓之中雖然也有人開始處理家產，但目前看起來持觀望態度的人比較多。」

聽完情報，朱一貴問王玉全：「軍師相信那個四月有難的傳言嗎？」

「嗯，四月確實發生了很多事呢！」

「這種謠言散播的方式很像軍師的手法。」

「確實。」

「如果放謠言的人是你，那豈不是陳印和我都被你玩弄了？這謠言可是在我們都還沒有想舉事之前就傳開的。」

「為什麼大元帥認定這是謠言，而不是天命呢？」

朱一貴沉默了一會兒，然後說：「真正的天命會出差錯嗎？四月已經要結束了吧？」

「唉呀！這可不妙，大元帥我們還是趕緊出兵好了。」王玉全難得說了笑話。

「嗯，是該出兵了。」

朱一貴的表情卻很嚴肅，沒有一絲笑容。王玉全偷偷瞧他，確認他並不是在生氣，只是在思考，心裡鬆了一口氣。

對於四月有難的謠言就是自己放出去的這件事，王玉全不知如何解釋。當初他只是想趁著地震、海水泛漲這些天災對人心的影響，丟出一個假消息，看看言語對人們可能造成的影響。他買通了一個人剃光頭髮偽裝成和尚，讓他代替自己去散播這件事。

農人插秧讓稻子生長，而他播下謠言，等待謠言抽長結果。

他並不知道後來朱一貴會起事，他只是試著抓住所有可能，推動一件事的發生。

朱一貴可能識破他了，察覺他心中並沒有道德或理念那種很堅固的東西，他只是在享受攪動這世間的快樂。他曾在許多地方說書，對人們說了那麼多驚心動魄的故事，從聽眾的眼神裡看見人們對這些英雄故事的嚮往。可是他厭倦了只是重複陳述，他希望自己不只是旁觀朝代的更迭，更要有推動王朝崛起的能力。

誰說這不可能呢？

他的父母曾散盡家財送他去讀書、去參加童試，寄望他能光耀門楣。有很長一段時間他也這樣想像著自己的未來，但他最終讓父母失望了。過了某個年紀，只會讀書這件事就不再是讓人喜歡的事，父母開始對他閒言碎語，有一天母親說隔壁一個兒子去替大戶人家坐死牢，一條命換一場富貴，現在過得比我們還好。

他再也沒辦法忍受那個家。

剛來到臺灣的時候，他發現讀書在這裡更沒有用，開墾土地最需要的是單純的身體健壯，最好還要擅長打鬥，這樣才能保衛庄頭。他比不上別人健壯，更不擅長打架，他一開始也當傭工，時常受人嘲笑因此感到自卑，就在他絕望到極點的時候，他意外發現大家喜歡聽他說故事，他也發現他能幫忙雇主處理契約文書方面的問題，他能做的事情越來越多，心也越來越大。

現在他想要把朱一貴推上那個尊貴的位置。

第十章、皇上

朱一貴搭乘牛車走在近山的那條官道上。對朱一貴來說，近山的官道他本就熟悉，離原來活動的地方也近，遇到狀況隨時可將人撤進山裡，原就是比較好的選擇。而他從投降的官兵口中得知周應龍當初行軍南下所選擇的路線也是這一條，知道周應龍為了行軍運糧順暢，已將這條官道沿路修整好。如今義軍北上剛好拿來利用，行軍起來速度相當快，沿途經過的村莊也有不少人聽到消息趕來響應加入，紛紛在自家村莊裡掛起朱大元帥旗。

整條官道上滿滿都是人和牛車，隊伍拉得極長。

朱一貴問同坐在牛車上的王玉全：「他們為什麼要跟著我？他們甚至不認識我。」

「大元帥想聽實話嗎？」

「當然。」

「在下認為有一部分的人是崇拜大元帥您做了他們不敢做的事，另外還有一部分只是不想站錯邊，因為大家都跟去了，所以也要跟。因為別的庄頭豎旗了，所以也要來領一個旗子自保。不過，不管原因是什麼，人多總是對我們比較有利的。因為比較多人的那一方總是能吸引更多的人……」

「有一半以上的原因都跟我沒關係呢？」

「這只是在下的推測罷了。」

「其實我喜歡你的答案。」

「多謝大元帥。」

朱一貴忽然想起小時候，也時常有一群小孩跟著他。

＊　＊　＊

「有好幾萬人。」

臺灣鎮總兵官歐陽凱派出的哨探、飛腳，穿著平民的衣服混在人群之中，見到這幕驚人的景象。他們立刻向歐陽凱回報了這個消息。

「好幾萬？到底是幾萬呢？」

「啟稟鎮臺，沿途不斷有人加入，人數一直在增加，實在無法確定。不過，卑職認為至少有三萬人。」回報的哨探很惶恐的回答。他們無法精算人數，只能依沿途都是人的情況和隊伍的長度大致推估。

而這個消息很快就走漏了。不知是誰說了出去。原本歐陽凱好不容易安撫下那幾個想逃命的官員，好說歹說勸回來，要他們待在衙門辦公穩定軍心。如今騷動再起，又有人跑去渡口邊待著。

歐陽凱越想越惱，都是周應龍這廝把小事處理成大事，狼狽而回後也沒提供幾個有用的消息，

整日意志消沉躲在營裡說是需要養傷。歐陽凱忽然感覺到自己是離死亡這麼近，深知要是丟了臺灣，他也沒臉回去見皇上了。

他盯著臺灣府、臺灣縣的地圖，思索戰略。

他派出中營游擊劉得紫鎮守在半路店，左營游擊孫文元則守在社稷、山川兩壇附近，這兩個位置分別是兩條官道進入府治的關卡，都能進入東安坊的春牛埔街。無論如何，這兩個關卡都要守住，若守不住，春牛埔街極可能就是最後大會戰的地點。

歐陽凱決定親自率兵鎮守春牛埔，然而兵力仍是個大問題。雖然百姓肯定是烏合之眾，嚇嚇他們就能散去不少，但人力相差太過懸殊時防線很容易被衝破。

陸路軍防扣掉鎮守在各處汛塘的兵力、周應龍帶出去折損的，以及遇缺未補、請假養病、奉差接餉的，可以調用的步戰兵只剩一千多人。若不是臺灣水師協標的副將許雲從安平帶了五百名水師營的戰兵前來支援，情況會更嚴峻。

這兩日臺灣變動的謠言甚囂塵上，歐陽凱聽說開始有漁船開價載人離開，說是再不離開可能連船都沒得搭，要是被困在臺灣，而官府也放棄這裡，往後的日子會變成怎麼樣呢？這樣的說法逐漸影響到軍心，夜裡甚至發生有兵丁脫逃或是未按軍令到指定地點伏擊賊兵的狀況。軍令無法確實執行，軍心渙散。

聽到府治危殆，主動帶了轄下兵員從笨港前來支援的水師左營游擊游崇功，也在鹿耳門看見許多官員眷屬正準備搭船逃到澎湖。

「若將士看到這些官眷都逃了，必然會認為大勢已去。還有誰會盡力打仗呢？」游崇功說。

游崇功所說，正是歐陽凱這兩日來所擔心的事。

歐陽凱前往道署拜訪臺廈道梁文煊，向梁文煊說明目前情況：「若繼續這樣下去，真不知到了明天還剩多少人？」

梁文煊身為臺灣最高層級的文官，也很怕事情會難以收拾，便找了知府王珍、海防捕盜同知王禮、臺灣知縣吳觀域，以及近期剛好待在府治公館辦公的諸羅知縣朱夔等官員一起來捐錢穩定軍心，眾人磋商一番後，共捐銀一千五百兩，由梁文煊帶著官員們一起到春牛埔各營勞軍，目的是要讓將士兵丁知道他們沒有要逃的意思。這個做法暫時穩定了軍心，但浮動不安的氣氛仍在軍營中散布。

＊＊＊

四月三十日，朱一貴和李勇領著前鋒部隊先來到春牛埔外圍親眼勘查官府的布陣。杜君英的先鋒林曹也到了。

兩軍會合在廣闊的草埔上，遠遠能看到一排大砲列在莿竹林外，形成一道保護府治的防線。

林曹原在下淡水耕田，本來是下埤頭的一個角頭首領戴穆請託他幫忙招人入杜君英的夥，他不甘願白白替戴穆拉人，乾脆自己也在新園招了一路人立一個旗幟，籌措好自己的勢力再去入夥，因

此成了杜君英手下一名大將，和本來要收他當手下的戴穆平起平坐，甚至爭取到這次當先鋒的機會。

林曹身旁兩個副將林騫、林璉原來分別在北路的鐵線橋和笨港種甘蔗，兩人因為缺錢結伴到南路下淡水欲找認識的人討些銀子花用，剛巧遇到各路角頭都在招人，正不知如何選擇，見林曹同姓，多一層親，就跟了林曹一起在新園豎旗，三人也因此結拜為兄弟。[20]

林曹的表情志在必得，身旁兩個副將林騫、林璉倒是露出有些畏懼那大砲的眼神。

朱一貴派人試著驅趕一臺無人的牛車前進，那牛差點被發射的大砲轟死，土塵草屑飛濺滿天。

「火砲威力太強，我們得先想對策。」朱一貴說。

林騫、林璉點了點頭。

林曹卻不願意退，「這砲雖然厲害，但炸得不準。未必能打中我們。」

王玉全說：「今天是月裡的最後一天，俗稱晦日，不吉，兵書上說應該閉營休息，不宜出兵。」

林曹說：「打仗拚輸贏哪有在看黃曆的！」

王玉全說：「林先鋒說的也很有道理。」

李勇看不過，想頂林曹幾句，卻讓朱一貴阻止了。

朱一貴悄聲在李勇耳邊說：「看就好」。

林曹看朱一貴沒有要打的意思，也不打算再問他意見。哼了一聲，命林騫、林璉帶人衝進去，想搶個頭功，當第一個佔領府治的將軍。卻一時大砲、鳥鎗齊發，才知道官兵武器厲害，沒有多久，派出去的人就死傷大半。根本無需林曹下令，光聽到砲聲，林曹手下的人就本能的抱頭往後退，不

願再進，連本來衝在最前頭的副將林騫、林璉也退了回來。

林曹自知差距太大，立刻喊退兵，其實也沒有人留在戰場上了。

朱一貴和林曹一同帶著前鋒部隊撤退，藏在一片菅蓁林後紮營。

當天下午，杜君英的主力終於抵達府治外圍，一直到晚上都還有各路勢力前來會盟。這是朱一貴第一次和杜君英面對面，那是一個精明的老人，他並不隱藏他的自私與貪婪，他也很明確地讓朱一貴知道這個規則，他必定是要有所得的，否則他就不會來。

朱一貴從杜君英身上感受不到絲毫英雄魅力。他很失望，只簡單跟杜君英寒暄幾句，連同雙方軍師，定好明天一早一同發兵的戰略，也就不再多做閒話。

倒是杜君英身邊有一員身材高大、面貌英挺的猛將，朱一貴第一眼見到就很喜歡。那個人也不跟別人說話，只坐在角落有火把的地方，一個人靜靜地丟骰子。

朱一貴讓護衛自己的張阿三留在原地，走到那個人身邊問他叫什麼名字？

「翁飛虎。」那人說。

「跟我猜的一樣。」

「哦？」

20 鐵線橋為今臺南新營鐵線橋。

「聽顏子京說過，杜君英身邊最會打架的人是翁飛虎，他說楊來只輸過你。」

「你用看的就知道我會打了？」翁飛虎冷冷地說。

「嗯，用看的確實不準。不過你的腳步很穩，身形也不會亂晃，拋接骰子的時候手勢漂亮不說，也沒有亂用一分蠻力。」

「那麼，你想跟我打打看嗎？」

「今天不行。明天還有一場硬仗，受傷了麻煩。之後，或許可以。」

「哈！是說再怎麼會打架也沒有用，把自己想作英雄好漢不過是自我安慰，一大群人圍上來打，再厲害的人一樣被打得鼻青臉腫。」

「確實如此。」朱一貴說。

翁飛虎將目光自朱一貴身上移開，盯著碗裡的骰子準備再拋一把。

朱一貴指著那骰子問他：「你感覺無聊嗎？」

「不，我只是在跟自己賭博。」

「自己做莊，自己當賭客，這輸贏要怎麼算？」

「有兩個我，一個我負責決定押大押小，另一個我負責猜這回合我會贏還是輸？我若猜自己會輸，卻贏了，那我還是輸。」

「那麼這到底該算高興還是不高興呢？」

「至少，輸的錢不必還。」

「這倒是。因為賭博傾家蕩產的人很多。」

「我就是你說的那種人，因為這樣我才變成杜君英身邊的一條狗，我的命、我的身體都不是自己的。」

「那麼明天的戰爭能夠替你爭取翻身的機會，你這麼喜歡賭博，一定要把握。」

翁飛虎深深看了朱一貴一眼，不再說話，又埋頭丟他的骰子。朱一貴也起身離開。

＊　＊　＊

五月初一日黎明，朱一貴和杜君英兩路人準備合力攻下春牛埔。雖然兩軍合起來有數萬人之勢，但府治四周種植了茂密的莿竹林，無法讓大量的人快速通過，加上這數萬人有不少人是跟著來看熱鬧或者混飯吃的，實在稱不上有什麼作戰能力。於是大部分的人只能先留在春牛埔外圍替前鋒部隊壯壯聲勢。

針對春牛埔外排設的砲陣，朱一貴將日前在南路營得到的活動火砲裝在木車上，列陣對抗。陳印這幾天也訓練出一批能夠使用鳥鎗的義軍成員，雖然他們使用鳥鎗的熟練度不如官兵，手上火藥的量也有限，仍是發揮了部分制衡的效果。

在已方砲火掩護下，朱一貴和杜君英分別派出李勇、翁飛虎為前鋒，領精銳猛攻春牛埔街的兩個出入口。李勇負責攻擊南側社稷、山川壇外的守軍，翁飛虎攻打東側阻擋在半路店的守軍。

官兵為分別對付兩路人馬，活動砲臺分散開來，砲火無法集中。加上朱一貴和杜君英這次派出的人相當多，閃過火線的機會就大，一下子眾人就推進到無法用砲火壓制的距離。

李勇先攻破了南邊路口，數萬人陸續衝入春牛埔街。總兵官歐陽凱、水師副將許雲、水師左營游擊游崇功和他們所帶領的兵丁很快就被這湧入的人潮團團圍住。

歐陽凱還想一搏，後背卻瞬間感到劇烈的疼痛，使他整個人失去平衡墜落到馬下，還來不及爬起身，周圍便有數不清的尖刀利刃紛紛插上他的身體。

最初刺傷他的人是和他一同作戰的外委把總達家勇。

達家勇隨即割下歐陽凱的頭顱，並擒抓住那頭顱髮辮的部分在手上繞了兩圈，跳到馬上，高舉展示歐陽凱的頭顱，不停大喊：「總兵官已死！總兵官已死！」

達家勇平日跟在總兵官歐陽凱身旁效力，王玉全過去跟他本就有私交，這一次起事，王玉全更是派人與達家勇聯繫，買通他為內應，要他必要時臨陣刺殺歐陽凱。

「作戰時人最不會提防自己人。若成了，你是頭功。朱大元帥必有豐厚的獎賞，勝過領那微薄的軍餉。這樣的機會可不是人人都有……」

王玉全要帶口訊的人如此轉達他的意思給達家勇。

眼見王玉全排布的計畫成功。義軍裡少數知道王玉全計畫的人見狀也高喊「總兵官已死！」大部分不知內情的人紛紛跟著喊。聲音越傳越遠，剩餘的兵丁聽見總兵官已死的消息，半信半疑，一時進退無據，亂成一團，甚至四散逃命。

杜君英在後方聽到手下回報李勇已攻進春牛埔街，也不管翁飛虎還在半路店鏖戰，自己另帶一批人從李勇攻出的破口進入府治，準備先去找出官府的倉庫。

翁飛虎那頭跟把守半路店的劉得紫正僵持不下。劉得紫手下兵丁打仗厲害，並不好對付，雙方各有死傷卻誰也不退，因此戰了許久也未能分出勝負。劉得紫騎在馬上放箭，移動速度極快，射傷不少翁飛虎的人，加上有幾個持鳥鎗的兵丁掩護他，翁飛虎根本近不了劉得紫的身，再高的武藝也只能砍傷一些近身作戰的步兵。

忽然，劉得紫不知何故急忙收兵往春牛埔方向而去。翁飛虎趁勢追趕，追到春牛埔剛好跟李勇的兵力合圍劉得紫。

劉得紫是得到春牛埔被攻破的消息，才急忙殺回這裡救援。然而他仍是來得太晚，遍地死屍中，劉得紫從軍服認出了失去頭顱的總兵官歐陽凱，他也看見水師副將許雲、游擊游崇功，他們都死狀甚慘。

劉得紫忍住驚愕，重整現場殘兵迎戰，然而強烈的求勝意志最終還是抵擋不住人數的差距，他騎乘的戰馬被人用長刀砍倒，當場落馬被擒。

＊　＊　＊

一開始派人通知劉得紫春牛埔失守消息的人是鎮標左營游擊孫文元。孫文元在南邊路口被李勇

突破之後，隨著進逼的洶湧人潮，一路撤回春牛埔街，正好目睹歐陽凱被自己人刺傷那一幕。孫文元派人到半路店通知劉得紫這個消息，自己也騎馬奔赴大井頭渡口換搭小船趕至十里外的安平鎮請求援兵。

孫文元知道水師營在安平鎮還留有一千多個守兵，大部分住在船上，有些負責守紅毛城和鹿耳門的砲臺，只要他們願意全部前往，絕對是有戰力的。他找到安平水師營留守的兩個游擊，告知他們總兵官歐陽凱戰死的消息，請求他們出兵春牛埔支援臺灣鎮標營的兄弟。沒料到那兩個游擊都說如今賊人勢大，再去也只是徒增傷亡，不如一起撤退到澎湖，向上頭請求支援，再做打算。

身上早是傷痕纍纍的孫文元此刻才感覺到傷口的疼痛，他眼見水師營四十幾艘戰船聽到春牛埔失守的消息，不但不幫忙抵擋賊兵，反而陸續揚帆出航，心中亦逐漸被一種絕望的感受包圍。孫文元走到大港邊，抬頭看看天上的太陽，已是日正當中。

突然，孫文元看見一艘水師的哨船經過，有人在船上對他揮手，竟是道標千總許自重。許自重曾跟著周應龍南下征討賊兵，從南路營戰敗而回後就不見人影，眾人都以為他戰死了。孫文元沒想到許自重會出現在這裡。

許自重大聲喊著孫文元的名字，問孫文元要不要上船？孫文元搖了搖頭，許自重也就不再喊他。目睹許自重搭乘的哨船往鹿耳門的方向越開越遠，坐在海邊的孫文元，彷彿再度聽見賊兵衝殺而來的聲音。他已經沒有力氣回到戰場，又無法想像背叛皇帝的下場。他既焦慮又歡喜地欣賞著眼前的海天美景，開闊無垠的青與灰，還有不斷撞碎的白浪……

不久，孫文元縱身一躍，沉進海裡死了。

＊　＊　＊

府治淪陷時，因為有傷在身的關係，中營把總李碩一開始並沒有參戰，而是留守中營營盤。有傳令兵回來通報，敵人太多，總兵官叫剩下的人不管有沒有受傷，都趕快過去春牛埔幫忙。起身離開營盤的李碩看見許多轎子還有載運家當的牛車在路上走，心知不妙，還沒到春牛埔，就看見越來越多傷兵往渡口的方向逃。戰場在東邊，渡口在西邊，要逆著人潮前進反而是困難的，李碩決定不再前進，而是跟著那些受傷的人一起往渡口跑，擠上所剩不多的小船到鹿耳門求生。

李碩在鹿耳門看見周應龍上了一艘漁船。他想跟周應龍說話，周應龍卻不理他，身上也沒穿軍服。

李碩問旁邊一個正在幫忙搬運行李的挑夫：「大哥，那艘漁船是要去哪的您可知道？」

那男人答道：「應該是泉州吧，這趟不捕魚，剛剛船夫說了要逃難的人只要能付得出船錢都能上船直奔泉州。走的不是平常的船路哦！」

李碩想若是搭上那種船就是逃兵了，難怪周游擊不理我，還是去搭軍船比較安全。

李碩尋找可搭乘的軍船時，看見很多認識的同僚，還有眼熟的官轎跟班。他問那跟班才知道，卯時一開戰，那些大人們就都往這裡來了，而行李家當是昨天半夜就放上船的。

「咦？都有哪些大人？」

「你想得到的頭兒都在了，道臺、府臺、縣臺，嘿，我剛剛看到連海防同知都上船啦。這戰看來是打不下去了。你如果要上船要趕快哦，他們怕留在港口的船會被賊人拿去利用，那就連逃到海上都不安全了，所以正在把商船、漁船都趕出鹿耳門呢。動作太慢的，肯定一艘船都搭不上。」

李碩聽了轎班說的，連忙想找個水師營裡認識的人幫忙他上船。他忽然看見道標千總許自重對他揮手。

許自重對著李碩喊：「水師左營的萬守備願意讓鎮標營的人上他的哨船，這是最後一批軍船了，趕快上來吧！」

李碩也就一起搭了。上船後，李碩看見許自重繼續四處張望有沒有可以載上船的人，很是熱心的模樣。李碩只是悶悶待在船艙裡不想看見外頭的人。

出航後，許自重走進船艙裡找李碩聊天。

「你知道嗎？還沒遇到你之前，我在安平有看見左營的孫游擊。」

「哦？他也在這船上嗎？我怎麼沒看見他？」

「哼，他不肯上船。裝什麼忠臣啊！」

許自重對孫文元的行為冷嘲熱諷了一番。李碩敷衍應承幾句，心裡卻開始懷疑是不是不該上這艘船？到了澎湖，又會面臨怎樣的處置？

李碩在澎湖下船時，澎湖海邊也擠滿了人。人聲擾嚷，仔細一聽都吵著要往廈門、泉州去。然

而有一名軍官帶了一隊人馬守在大船前方，不允許任何人繼續上船。所以才擠了這麼多人在跟他吵。那名軍官不理會群眾的抗議，命令自己的部下將那些已經上船的官員家屬們都請下來。他的部下大概是怕得罪官員，一時不願動手，仍呆呆站在原地。

軍官騎在馬上，怒目瞪視擠在最前緣的那群人，拔出佩刀說：「朝廷將海外封疆交付我等顧守，正是要我們在這種緊急時刻能夠派上用場，可不是養著我們吃白食，只謀身家安全。如今我們的刀刃一滴血都沒有沾到，大家就想相約逃離，將來有可能不在市曹中並列首級嗎？大丈夫不死則已，要死就應該死於忠義！請所有人員整兵配船，撤離那些不是水師營的人，這些船是要留著守禦澎湖要害，不是拿來逃難的。將來跟賊兵決一死戰時，等我林亮戰敗而死，你們再走也不遲。」

那些部屬聽了都說：「我等願意死守。」

李碩聽了心想，原來那個人叫林亮，話都說到這份上，那些下屬再敢說不願意也是殺頭的罪了。不過，他的心裡又確實被那個叫林亮的人打動，忍不住想要是昨天在鹿耳門海邊，也有像林亮這樣的豪傑，情勢或許不至於此。而自己終究不是豪傑。

林亮的一番話緩住了逃難潮。港口被封閉起來，無法離開的人在港邊等著看港口何時再開放，不停抱怨。李碩想起周應龍上了那艘漁船，覺得周應龍真是聰明，現在人大概已快到泉州了吧。

李碩在軍船上時，萬守備反覆叮囑船上的將士兵丁到了澎湖，千萬要說自己是「退澎」，不能說自己是「逃」來的。李碩越聽越覺得不對勁，猜想或許孫游擊就是這樣才不敢上船。

果然一到澎湖水師營報到，他跟其他從臺灣來的將弁就被軟禁起來，說是形式上必須調查「退

澎官兵」，需問一問口供。李碩想，若是真心要查，就不會讓他們關在一起串口供，想來自己也不會有什麼事了，一顆懸著的心又放了下來，心想還是萬守備聰明。

＊　＊　＊

春牛埔激烈交戰之時，杜君英本來趁亂先找到臺灣倉庫，正想動手開倉庫，卻被鄭定瑞帶了一大隊人包圍住，阻止他動手。鄭定瑞說：「戰爭還沒結束，貿然開倉庫會引發混亂，請杜老大稍等。」

杜君英見打起來未必對自己有利，只好先去臺廈道署衙門看看有沒有什麼可搬可拿的。

臺廈道署位在西定坊，靠近熱鬧的大井頭街和渡口，是面西的府邸，大門正好對著海的方向。還沒走進，杜君英光是覷了覷門外左右兩側照牆後的鼓亭、轅門、辦事廳，就覺得氣派。從大門走進去跨過儀門還有一個主廳堂，廳堂上的牌匾寫什麼字杜君英不認得，但見廳堂左右延伸出去的側翼房間許多，有些可以住人，有些放著書冊、字畫和筆墨紙硯，有些不知藏著什麼東西都鎖著，杜君英心想等一下都撬開。

庭前種了四株榕樹，綠蔭招風，站在樹下十分涼爽，杜君英在那裡發了一會兒呆，覺得榕樹沒什麼，檳榔林多得是。他繞到署後去看，發現還有一個小室和幾個草亭，周圍遍植綠竹芭蕉，其中一個草亭旁邊築了一座高臺，登上之後可以聽濤望海。杜君英看了十分喜歡，叫兒子杜會三一起登上高臺看風景，已開始想像往後住在這裡的生活。

戰爭在午時左右結束。朱一貴聽到消息，前來臺廈道署和杜君英會合，且將這次結盟的各路頭兒全都叫來。杜君英和朱一貴分坐主廳堂深處的兩把太師椅，其他人各自入座，沒位置的就請人再去別廳搬椅子過來。

杜君英覺得肚子餓了，問朱一貴：「你叫來這麼多人，是打算先吃飯還是先解決住的問題？」

朱一貴說：「中午的飯食已在準備了，請大家稍等。利用等待的時間，我想先確定一件事。眾所周知，從起事以來，我想的就是拔除貪官汙吏，恢復明室。今天入了府治，我一人登基無用，還需建立朝廷規制。在場的各位，有意願留下一同復興大明朝的都可以留下，若只是想拿了倉庫裡的東西就回家的，也不勉強。但無論如何，為了能長久待在府治，民心的支持是需要的。我朱一貴醜話說在前頭，騷擾百姓者斬。若有意見，現在可以提出來。出了這個門，希望就沒有背後話。」

杜君英說：「府治是我先進來的，怎麼就你當王？」

「我也可以說官兵的防線是我們李勇先攻下的，而且之前若不是我等你會合，今日你連坐在這裡說話的資格都沒有。」

「話人人會說，沒有我杜君英你打得下府治？」

「應該說在場的每一位首領都有功勞。因此，在場除了杜老大，有誰認為自己比我更適合稱王的，現在也可以提出來。」

杜君英看了一下廳內，翁飛虎沒來，雖然和自己結盟的角頭、庄頭代表也占了近一半，但是他和這些人平常的關係並不緊密。

這時，郭國正突然打算開口說話的樣子，杜君英一見是自己這方的人，心裡滿是期待。

郭國正說：「治國這種事跟平日打架討債不同，這場戰爭的過程相信大家都有看到誰才是最適合領導眾人的。雖然我一路跟著杜老大，但我覺得朱大元帥確實天生有當王的命格，大家看看朱大元帥的面相，面目端正，格局開闊，況且還是明朝後裔，人家說做什麼都要名正言順，我沒說錯吧，我們若不拱一個有皇室血統的人，而是任何一個庄頭、角頭代表，那麼其他人恐怕也要出來爭著當王，大家天天爭來爭去，誰都沒好日子過啦！」

郭國正這番話說得眾人點頭稱是，只有杜君英和他的兒子杜會三滿臉怒氣。感覺被自己人背叛。大部分參與起事的人本就沒有建立朝廷的想法，只想分到錢財回家，繼續當在地的土霸王，也無意跟朱一貴爭這個位置。

在沒幾個人支持杜君英的情況下，朱一貴順利成為眾人的共主。

杜君英想不透自己是何時得罪郭國正了，就如同他也想不透為何最後願意出來支持自己的人那麼少，連顏子京和楊來都沒挺他。

當日中午眾人飽餐一頓後，杜君英被請出臺廈道署，搬到鎮北坊的總鎮署居住。不知何故朱一貴堅持臺廈道署比較適合當王府，他既稱王，就要住在這裡。

眼見本來自己先佔的道署也要讓出來給朱一貴，杜君英滿腹怒氣瀕臨爆發。然而他冷靜想了想，眼下還是拿倉庫的東西比較實際，不宜在此刻就動刀動槍。幸好總鎮署也很舒適，大門、儀門、廳堂、廂房、花廳俱備，另設有箭道、箭亭，門外一樣設置了鼓亭、轅門，還圍了柵欄。大概因為

是總兵官在住的，多了一些武勇氣息。杜君英在總鎮署裡兜轉一圈，稍作休息後，又率領心腹和顏悅色的出門，前去和朱一貴會合。

兩人一同打開倉庫時，裡頭的庫銀多到嚇人。

杜君英先拿了幾錠紋銀，還未放進錢袋裡，朱一貴就說：「兄弟們都有分的，分配好再來取吧。」「我只是掂一掂重量。」杜君英只好又將手上的紋銀放了回去，眼睜睜看朱一貴把倉庫關起來，重新上鎖，還留下一批義軍顧守。

杜君英心裡頭很不暢快，覺得這下倉庫也完全掌控在朱一貴手裡了。

他正要抗議，朱一貴又說：「我們去紅毛樓看看。」

杜君英好奇是否還有其他財寶，先按下心中異議，跟著朱一貴前往荒置已久的紅毛樓。

紅毛樓舊稱赤崁城，樓臺雖已衰損，某處門額卻還殘留著幾個精鐵鑄成的紅毛文字。他們一群人走進去的時候，驚動了許多蝙蝠飛出來，大白天的卻有恐怖陰森的感覺，四處都有蛛網牽絆、野草亂竄的，樹木的枝條亦吃進樓臺裡。他們往上找沒找到什麼，往下走發現了一處地窖。

杜君英本以為這裡也藏有財寶，眾人合力打開一看，卻全是火藥軍械，有大小砲位、刀鎗、硝磺、銑鐵、鉛彈，堆積如山，卻也有生鏽吃水的現象，看起來是很久都沒有人動過了。

王玉全蹲在一管銅銃前，撥開上頭厚厚的土塵，藉著開口透進來的微光檢視了一下上頭銘文，讀出「國姓府」三個字，「應該是東寧軍留下的。」

杜君英抱怨：「真是白歡喜一場。」

朱一貴倒是很有興趣的模樣，對在場眾人說：「雖然看起來很舊，並不是都能使用，總還是能挑一挑。」

他們從紅毛樓走出來的時候，朱一貴帶眾人去看紅毛樓附近的倉廒，這裡有數十間官倉，存放著百姓繳上來的米糧，規模非常大，朱一貴早都派人顧守著。

朱一貴說：「米也是明天再發。」

之後他們一同前往南教場祭拜今日之戰死去的兄弟和官兵。負責清理戰場的人將一具具遺體蓋上草蓆用牛車運來，不分敵我的擺在一起。

朱一貴雙手持香，領著在場的將領對著死難者默默祭拜了許久。

杜君英被香薰痛了眼睛，嘆了口氣。他不愛看人死去，但人總是會死，死別人也好過死自己。還活著已經佔便宜，要說有多傷悲那是假仙，因此他向來不會讓自己太過傷心。

＊　＊　＊

府治有南北兩個教場，分別位在寧南坊和鎮北坊，南教場是道標營操閱的地方，臺灣鎮標營則使用北教場。朱一貴暫時將軍隊分別安置在這兩處，再一一配置居所。

對朱一貴來說，進入府治反而是困境的開始。朱一貴雖極力要求部將約束士兵不可騷擾百姓，不過他也知道光要求無用，人一旦鬆懈無聊又或者過分暢快都難免會犯事。

這一天，他們盡快分配好各營臨時駐紮的位置，清點糧倉銀庫、軍械庫，整夜沒有休息。隔日開始發米發錢。消息一傳開，附近庄頭想加入義軍的人越發多，紛紛派一些壯丁前來領旗依附。留在府治觀望的商家也開門做起生意。

一時之間，府治彷彿又恢復到平常作息，但平常之中也有不尋常，街上實在擠了太多閒人，人一多，就開始有些零星的紛爭發生。朱一貴擔心這種情況久了必然要亂，決心盡快登基，好重新劃分各營的駐守位置，建立新的朝廷秩序。

五月三日這天，朱一貴選擇在紅毛樓旁的大天后宮登基稱帝，國號大明，年號永和。

這裡原是前朝的寧靖王府，寧靖王不知何時捨宅成了天妃宮，康熙皇帝又晉封天妃為天后，成了現在的大天后宮。如今宮裡還有兩座石碑記載施琅當年的平臺事蹟，朱一貴見了刺眼，遣人先將之搬下，暫時鎖在倉庫裡。

選擇在舊日的寧靖王府登基，也是王玉全的建議，認為這對於打著反清復明旗號的義軍別具意義，正好能宣誓正統。

然而登基的場面，可不能再打赤膊或是穿平常的衣服。時間匆促，君王和臣子們該有的穿戴都還不及訂製。

陳印曾經在榮盛布莊當夥計，布莊的陳老闆在府治易主之後也主動找到陳印。陳老闆絲毫沒責怪陳印的離開，反而讚他聰明，想透過他捐一批上好的布料給新朝廷的皇帝和官員。陳印對陳老闆適應新局面的能力感到有些訝異，但陳老闆對自己有恩，他也不好意思不幫忙居中牽線。布料都有

了，裁縫也不難找，陳印認為自己有這個責任要為大家訂做體面的新衣，問題是朱一貴沒辦法等待那麼久。

朱一貴對陳印說：「何必麻煩呢？穿戲服就好啦！」

「這樣好嗎？這可是登基大典呢，應該更慎重一點比較好！」陳印覺得不太妥當。

可是朱一貴不喜歡在這種事情上面浪費時間，他只想趕快建立他的朝廷，做一些真正對百姓有用的事。

「當然好。很適合啊，你想想看，唱戲的戲服、穿戴，像是黃袍、紗帽、戰甲、金冠這些全都很齊全啊，而且很多還是前朝樣式。」

朱一貴派人到處去跟戲班借戲服，借來穿戴在準備聽封的人身上，其餘兄弟則一律用色緻鮮豔的綾布裹頭，將覆在神案上的刺繡仙采拿來披掛在身上，就成了出席盛典的禮服。一群人打扮好色艷奪目的出現在街路上，有的搭乘牛車，有的步行，加上熱鬧的鑼鼓聲助陣，場面彷若迎神賽會，吸引了不少百姓走出家門圍觀尾隨。

朱一貴身披黃袍，頭戴金冠，足穿厚履。踩過大天后宮陛石上的三爪雲龍浮雕，在媽祖娘娘的神案前登基。他因不願僭越寧靖王，如今中興有成，登基後只改稱自己為義王。

雖未自稱帝，眾人仍敬稱朱一貴為皇上，這是王玉全起的頭。

廟內外擠滿了準備聽封的人和看熱鬧的人，順著那聲勢高呼萬歲。

明朝初開國時，太祖朱元璋曾封協助他定天下的六大功臣為國公，魏國公徐達、鄂國公常遇春

都是流傳民間的有名人物。朱一貴一口氣封了二十幾個國公，包括他自己最親近的兄弟黃殿、李勇、鄭定瑞、吳外、陳印以及當初居中牽線的顏子京、楊來，還有杜君英和他的兒子杜會三等眾多南路首領。原先他也要封張阿三為國公，張阿三卻說自己年紀太輕不該跟其他大哥平起平坐婉拒了這個位置，朱一貴改封了他為都督。國公之外，王玉全被封為國師，杜君英的軍師洪陣則封為太師，剩下的將軍、侯、尚書，還有這之下許許多多的文武職，只要稍微有帶過人、領過兵的都有官職可做。然而這些官職的品級眾人也分不清高低，除了朱一貴是皇帝最大，其次國公，國師似乎跟國公一樣重要，都督似乎比國公、國師要小一點，再來就很難分辨上下位了。受封後的慶功宴席上，眾人還是按原來在地方上時的主從關係入坐。

宴席結束後，朱一貴將眾人身上的戲服收回疊在一起交給陳印，要他幫忙歸還戲班。他告訴陳印：「現在你可以請人慢慢去做那些體面的官服了。」

陳印看著朱一貴脫下那一身燦黃的皇帝戲服，換回平常的衣著。他又想起了那個夢，那個朱一貴在戲臺上當了皇帝的夢。

＊　＊　＊

才剛受封為國公的鄭定瑞交還戲服後，也正準備點召部將兵丁，帶兵前往安平鎮。這是朱一貴給他的任務，要他守住沿海的砲臺和港口，監視海面情況，巡查進出港口的船隻。

李勇來找他，忍不住抱怨：「以前總是想見就能見到，現在竟覺得跟你相隔好遠。」

「安平鎮離府治又不遠。」

「一貴要我守南路口，我也不能隨便離開。不過，等我把手下訓練好，應該就能放開手去找你了。」

「不急，順其自然吧。」

「你為什麼不叫我和你一起去安平？你跟一貴開口的話，他會答應的吧，還是我去說，找個人頂替我，然後我去幫你……」

「一貴哥可以真正信任的人又有幾個，不能把重要的人都帶走。」

「好吧，我也不是不明白。」李勇這回很安分的接受了。

「打幾場仗，你也變得有些不同了。」

「哈，從舉事到現在才幾天，我能有什麼不同？你要多保重，我有空就去找你。」

「嗯。」

那一天，鄭定瑞帶了十尊火砲和三千人離開。因為船隻不足的緣故，他們沒有走水路，而是先走陸路南下到瀨口，再從瀨口上去七鯤身，準備沿著這一塊塊如海上鯨背的沙洲一路往西北去，走到安平鎮所在的鯤身頭，等到了那裡再分兵到更遠端的北汕尾、海翁隙，守住兩個沙洲之間的鹿耳門水道。[21]

鄭定瑞將自己的行軍計畫告訴李勇，這是他和幾個熟悉安平的部下討論出來的結果，跟朱一貴

亦報備過了。

因李勇要守的是南路口，亦是往南邊走，又多送了鄭定瑞一小段路。

除了他們兩人，吳外去守府治北邊的柴頭港，中路口的半路店朱一貴交給了杜君英旗下的翁飛虎，府治內的巡防則交給陳印、張阿三，新的布防逐步完成，卻還是有許多人沒有事可做……[22]

* * *

春牛埔之役有不少清軍將領被俘。朱一貴告訴王玉全，要是這些人都能降，協助訓練義軍，對義軍會是很大的助力，希望王玉全能以他的口才去勸降這些清軍將領。

而這些將領之中最讓朱一貴留心的人是總鎮標的中營游擊劉得紫。

朱一貴那日在春牛埔見識到劉得紫的豪勇，對他很是欣賞。無奈劉得紫個性倔強，連王玉全幾次去說都沒有用。

劉得紫對王玉全說：「我是天子命官，不能守住府治，今天也沒有活的道理。我只求能埋葬鎮臺的屍首，那麼我就是死也瞑目了。」

---

21 瀨口位在今臺南南區建南里。

22 柴頭港位在今臺南北區正覺里。

王玉全回應他：「這不難，皇上本就交代要厚葬。」

「皇上……他竟敢讓別人那樣叫他嗎？」劉得紫冷笑數聲，但並未激怒王玉全。

王玉全找了一些人守衛，將劉得紫帶到歐陽凱的棺木前，因他勇猛，外出時多上了木枷鎖著。劉得紫雙手受刖勉強靠在棺木邊哭了起來。上完香，也只是說想死。王玉全只好叫人將他暫時羈押在學宮朱子祠，並要看守的人注意提防，別讓他自盡。

往後幾日，看守的人跟劉得紫說話或者送上吃的食物，他都不理睬，存心要絕食而死。

王玉全回報朱一貴，像這樣固執的人是否就給他一個痛快算了。朱一貴卻仍想試試看。

「我可以對他更好。」朱一貴說。他認為劉得紫的求死之心只是一時的，要王玉全多找一些人去勸說。

王玉全起初找了一些官衙中的文員俘虜去勸說都無效，劉得紫一樣不吃東西，後來只好將南路營的把總張文學也關進這裡，讓軍人去勸說軍人看是否會比較有成效。

張文學見劉得紫不吃東西，日漸虛弱，問他：「你是不願意吃賊人煮的飯嗎？那麼我煮的粥總可以吃了吧？」

「問題不是這樣，如果接受賊人的同情而活下來，我有什麼面目見家鄉父老呢？」

張文學勸他，「話不是這麼說，你打定主意想死，難道是認為朝廷不會再打回來了嗎？賊人既捨不得殺你，你就應該保全有用之身，他日王師來了，才能報效國家啊！」

這番話真對劉得紫起了效果，他開始吃粥，恢復體力。

旁邊一起關押的一個文員趁劉得紫睡著，偷偷對張文學說：「很多人輪流勸過了都勸不動呢。張把總您真是劉游擊的知音。」

張文學嘆了口氣說：「看他這樣不吃，我也沒臉吃。為了好好吃飯，也只能想一些辦法勸他啦！」

張文學想著自己一路失敗，先是丟了康篷林汛，後來在興隆庄戰敗，逃回府治後，春牛埔也沒守住，最後被抓到這裡。安慰劉得紫的話說得斬釘截鐵，但他自己真不知道能不能活著走出這朱子祠，卻是要他降他也不甘心，自己名譽事小，最怕連累家鄉的親人。

朱一貴竟能忍他們這些不願投降的軍官至此，他也非常驚訝。以為是什麼殺人不眨眼的魔頭，結果出乎意料的溫和。不只讓一般百姓可以帶東西來探望軟禁在朱子祠內的人。聽說也允許一些被擒的千總、把總在東安坊的黃蘗寺出家為僧。

跟劉得紫關押在一起的第六天，張文學又煮了一鍋粥餵身體尚虛弱的劉得紫吃。

張文學幾日觀察下來，已有了脫逃之計。這朱子祠不是真的監牢，他身上也無枷鎖，加上賊兵的守備鬆散，逃走的機會很大。但見劉得紫那虛弱的模樣，想逃也逃不了，也就沒有告訴劉得紫自己的計劃，避免互相連累。

那天晚上，張文學摸準時機，趁著顧守的人交班，換上事先託人偷送進來的僧服、竹笠，翻牆逃走了。

他走的時候，劉得紫睜著眼睛看他，誰也沒說再見。

第十一章、海上來的消息

五月五日端午節這一天，北路有一群人帶來了北路營參將羅萬倉的首級，他們將這個首級獻給朱一貴表示效忠。為了取信朱一貴，他們還扒了羅萬倉的軍服，連同令牌一併呈上。帶頭的主要有四個人，老大叫賴元改，是個體格、相貌皆普通但看得出做事謹慎的人。他告訴朱一貴他們聽說南路起義，便也招了數千人約好初二日在下加冬豎旗，初三早他們打下北路營，現在已掌控了縣治諸羅山，官道上幾個主要汛塘的隊目兵丁也跑得不見人影。[23]

本來朱一貴也正煩惱是否要派人過新港溪去攻打北路的汛防，才派了一些探子出去調查諸羅縣的情況。如此一來，正好少了進攻北路的麻煩。[24]

朱一貴封了賴元改和他的兩個結拜兄弟為國公，還有一人就當將軍，賞賜了豐厚的錢財米糧讓他們仍回諸羅縣治去鎮守。像這般大肆封賞，朱一貴一開始還會猶豫，但才兩天下來，已經顧不了那麼多，時常是封了那個就不能不封另一個，而府治實在是容不下第三種勢力了，只要能請這些人離開，雙方也能達成結盟的效果就好。

宴客完畢，安置好讓北路來的朋友休息的地方。朱一貴找了陳印一起出去走走。兩人都綁著頭巾、穿著平常的衣服走在街道上，又沒帶隨從，路上的行人竟也沒發現他們的身分。

朱一貴看見各處門前都懸了艾草、蒲草。陳印不知去哪裡要來五色長命縷送他，讓他纏在手腕上。朱一貴笑：「這是小孩才綁的。」

陳印說：「避邪不分長幼嘛！」說完自己也綁了，不忘叮嚀一句：「等一下記得要丟進水裡流走。」

大井頭街附近有一條和海相連的河流，他們沿著河道邊走。陳印想起剛認識朱一貴時也曾來這裡看熱鬧。

彼時河道上頭有許多小舟，舟上載滿人，隨著鼓聲，齊一划槳，準備搶奪懸掛在終點的錦綺。也有些遊船並不參與競爭，只順流而下，船頭有人唱歌跳舞，船篷裡自奏自的音樂。那是陳印記得和朱一貴一起看見的景象，往後他自己也每年都來看，景象其實都差不多。

今年船隻卻少了很多，僅有幾艘竹筏泊著，遊人也少。偶然有樂聲、唱曲聲從街坊中傳來，卻覺得遠，不知藏在那間屋子裡，聽著像是南管曲。

朱一貴說：「留下來的船實在太少了。」

陳印才發覺朱一貴不是來看熱鬧的。

他們一路逛到港口邊，看見水仙廟，走了進去。兩人當年遊逛此地時，這間廟因為有漳泉商人

---

23 下加冬為今臺南後壁下茄苳，諸羅山為今嘉義。

24 新港溪為今鹽水溪部分河段。

合資出錢正在重建，現在則是蓋好的模樣。

來拜拜的人倒是很多。廟裡主祀大禹王，配以伍員、屈原、王勃、李白。

陳印感嘆地說：「當年與你一同在這一帶遊逛，好像還是昨日的事。」

「時間過得真快。」朱一貴也有些感慨。

兩人沒帶祭祀的東西，只用手拜了一拜就走了。

回到被作為王府的臺廈道署，朱一貴吩咐王玉全替他準備一些祭品去祭拜水仙廟。

王玉全應承後說：「但有一件事要先讓皇上知道才行。」

「什麼事？」

「皇上外出的時候，有人來說國公戴穆強娶民女的事，並且說這事皇上也是允的。」

「我已經明令禁止淫掠，也從沒聽說過戴穆要娶妻，怎麼可能答應這樣的事。」

朱一貴當場大怒，派張阿三去將戴穆綁來問話。

戴穆是杜君英旗下大將，他當國公才兩天就被捆來也是怨氣沖天，他反問朱一貴：「打仗我也死了不少兄弟，如今既沒有金山銀山，連想娶個美人都不行，這犧牲還有什麼意思？」

朱一貴說：「你要娶妻可以，但是要對方同意。」

「我是國公耶，要個女人還要經過對方同意，真是笑話。」

「你既覺得自己有理，為什麼還要偽造王令？那女人的父母拿著王令來找我求情，然而我並沒

有下令。」

「那是太師洪陣多事，他說弄了這個王令，你不好意思收回，事情就成了。」

「是嗎？我為什麼不能收回偽造的王令？」

朱一貴派人押回洪陣，讓王玉全去查清楚偽造的過程。

王玉全發現洪陣不只替戴穆偽造王令，還做了很多假的箚付在賣官。洪陣欺騙這些人說現在還有很多官職虛懸，要把握機會，將來府衙蓋好了就能上任。很多拿錢跟洪陣買箚付的人都以為自己就此當了大官，實際只是廢紙一張。

幾日調查下來，許多功臣們的的劣行都被揭發而出，一個又牽扯一個。朱一貴之前說過的重話，這些人根本不怕。他們都認為朱一貴需要他們，不可能真的處分。

五月九日，朱一貴決定在街市中央斬首戴穆、洪陣，讓百姓知道他的決心。這一次，王玉全沒有阻止他。

杜君英聽到消息，想要阻止朱一貴，但朱一貴誰也不見。

處決結束後，朱一貴問王玉全：「杜君英的反應如何？」

「聽說他親眼見到自己手下的軍師、愛將人頭落地後，就返回宅邸閉門不出。」

「如果他能約束好底下的人不再惹事就好。」

「以臣之見，其實惹事也未必不好。」

「怎麼說？」

「引發民怨，皇上制裁他就是為民除害，而不是誅殺功臣。」

「其實你不說出來，也可能會有同樣的結果。但你說了，這件事的意義就改變了。」朱一貴很不愉快地走開。

隔天杜君英就惹事了。

杜君英擄了七個民女關在宅邸中陪他飲酒作樂，其中一個就是吳外的表妹。吳外從家人口中得知此事，匆忙離開柴頭港，先是跑去向杜君英要人但沒要成，雙方還差點打起來，只好再跑來求見朱一貴，請託朱一貴出面調解救人。

除了吳外，府治被強擄走女兒的幾戶人家也都聚在王府外頭，想向朱一貴申冤。

當時下淡水的幾路首領，最適合當說客的顏子京剛好被朱一貴派往笨港找船，設法增加新朝廷的海戰戰力。朱一貴只好先找他最信得過的楊來，又找了看起來還算機靈的林璉，讓他陪同楊來一起去跟杜君英說，要杜君英將所有強擄來的民女都放了，事情他可以當作不知道。沒想到代表朱一貴前往調解的楊來、林璉竟被杜君英派人當場捆起來。

杜君英命人鞭打楊來和林璉，羞辱他們，罵他們是叛徒，打完了也沒放人。

兩人的手下趁勢逃走，向朱一貴通風報信，求朱一貴救人。

朱一貴聽了一拳重重捶在桌案上，一口氣不知往哪裡宣洩好。

不只杜君英對朱一貴的忍耐到了極點，朱一貴對杜君英的耐性也用盡了。

* * *

五月十二日，朱一貴秘密找來李勇、郭國正要他們整兵突襲杜君英，將杜君英趕出府治。

杜君英沒料到朱一貴竟有再次挑起戰爭的決心，但他也並不是全無準備，做那麼多刺激朱一貴的事還是留有後手的。受到襲擊後，杜君英稍作抵擋，便趁勢帶著親信舊部離開府治。

杜君英對於待在府治不如在檳榔林威風早感到厭倦，但他又無法輕易扳倒朱一貴。他盤算過，如果要全力扳倒朱一貴，他所需要付出的代價太大，各路角頭首領並不可靠，就算成功，換取的也未必是他原先想要的東西。他本來打算返回檳榔林，想說當個南路霸主也不差，卻被李勇事先在南路設下的埋伏截去退路，不得已而北轉。

杜君英、杜會三父子被李勇和郭國正的陣勢逼著往北走，一路也總是有人脫離陣營逃跑或是向李勇、郭國正投誠換個陣營繼續。

杜君英宣稱自己帶走了數萬人，定要讓朱一貴後悔。然而實質上並沒有那麼多人跟他走。雙方陣營所能指揮的人數也一直在改變。

在這場分裂的戰爭中，很多原來歸屬杜君英的勢力歸附了朱一貴。下埤頭原有兩股角頭勢力，一股戴穆為首，一股江國論為首，兩人在豎旗之初本為合作關係，如今江國論成了戴穆被斬後的最大獲利者，合併了這兩股勢力，成為下埤頭的唯一代表。他很快就表態支持朱一貴。新園的代表林曹則因為結拜兄弟林璉被杜君英打了認為杜君英不給他面子也跟著響應。

包括杜君英手下最強悍的大將翁飛虎。他不像其他人有那麼明確的獲利可能和恩怨糾葛，也不是觀望到最後才決定立場的旁觀者。翁飛虎一開始就留了下來，選擇效忠朱一貴。他告訴朱一貴他終於得到自由。

朱一貴對翁飛虎說：「這樣很好。你得到的最多。」

朱一貴仍讓翁飛虎繼續替他守中路。讓林曹代替吳外去柴頭港把守，吳外則更往北過新港溪去守木柵仔，木柵仔原是北路官道上的一個汛防，有它在戰略上的重要性。朱一貴一直希望能增加在北路實質控制的範圍。因為這場分裂，讓兩派人重新選擇了立場，他反而能更放開手腳地布局。25 他讓江國論和林騫、林璉加入黃殿的白虎旗，聽從黃殿指揮，跟著去支援北上追逐杜君英的李勇、郭國正。

宣布這項命令後，朱一貴私底下去見了黃殿一面。這是兩人自起事以來難得的單獨會面。朱一貴告訴黃殿，眼前的調度雖是為了圍堵杜君英，但他希望在勝負的局面確定後，白虎旗的兄弟能留在灣裡溪附近找一個合適的地點建立大的營寨，做為將來進一步掌握蕭壠、麻豆、西港仔的據點。26

「我相信殿哥能幫我開闢北路，面對清朝這樣的強敵，我們必須掌控得更多。賴元改他們雖然掌握了諸羅山和下加冬，但和我們之間的距離太遠，我們一定要補足這一段布防上的空缺，而更北邊的淡水營還有清軍，我已經派人拿錢去策反附近的庄頭。你能想像嗎？將來有一天，不管是北路

還是南路，都不再有清朝的官員和軍隊……」朱一貴對黃殿訴說著自己對北路的企圖與想法，說他在道署衙門那些上鎖的房間裡找到好多張地圖。他認的字有限，不懂的就問王玉全，他著迷於這些溪流山川汛防街道的名字，有好多都是他原就知道的、聽說過的，「可是畫在圖上就不一樣，好像每一個地點都產生了關聯。之前我們準備起事，國師不也畫過南路的地圖，但那些地圖比國師畫的又要更漂亮一些，有些還畫了茅廬、竹林、牛車、野鹿、人……」

黃殿看著朱一貴越發覺得這是一個陌生的人，但他又說不出哪一點不像原來的朱一貴，除了話多了一些，朱一貴還是叫他殿哥，還是像他們並肩而眠那一夜那樣充滿想法。對了，想法，黃殿心中閃過一個念頭，問題或許就出在想法，朱一貴的想法實在跑得太遠，跑得他追不上了。

「皇上這樣隨便給別人錢，又是去那麼遠的地方，那些人很可能拿了錢就走的，不一定會替您辦事。」他並不是出於惡意講這樣的話，但講出來的時候確實澆了朱一貴一盆冷水。

這盆冷水讓本來鬥志高昂的朱一貴像是從一場迷夢中清醒過來，走出了想像的國度，他的眼神一樣清澈，流露的情感卻從天真轉變為一種自律的沉著。他對黃殿說：「我知道委託策反這種事成功的機會不大，但總要試試看。我們不可能每個地方都用武力去打，所以我才希望是當地的百姓自己願意起來反抗，但殿哥說的我明白，我會再斟酌。」

25 木柵仔位在今臺南新市。

26 灣裡溪為今曾文溪部分河段。蕭壠為今臺南佳里。

那大概不能算是不歡而散，但黃殿感覺自己毀壞了什麼。

黃殿後來在蘇厝甲建立了朱一貴口中的北路據點，開始另一段新的生活。[27]

＊ ＊ ＊

李勇是在虎尾溪畔停止追擊的。

郭國正問李勇：「為什麼不繼續追？」

李勇說：「皇上交代過不必趕盡殺絕，況且他們也沒剩多少人了。我倒是好奇你跟杜君英有什麼過節？」

「過節？我們沒有過節？我只是不喜歡他而已，他那個人做事挺狠的，又有點目中無人，搞不清楚當初是有大地主柯妹挺他，大家有好處拿才依附他的。」

「就這樣？」

「嗯，就這樣。怎麼，你覺得我應該很怨恨他？」

「不是，正好相反。我覺得這樣的理由足夠了。就算是你沒有任何理由也沒關係……」

李勇話講到一半止住，突然理解當初瑞仔為什麼會指責他，他不過是提議要殺了鄭九賽。現在他竟也對郭國正的做法產生質疑，連他自己都覺得奇怪。難道他真的像瑞仔講的有些改變了？

杜君英渡過虎尾溪之後，伏竄了幾日，都沒再看到朱一貴底下兵丁。發覺自己真甩掉了李勇、郭國正，杜君英安心在猫兒干駐紮下來，沒東西吃時，就跑遠一點往半線那一帶去劫掠村社，避免讓人猜出自己的隱藏之地。然而老是這樣搶劫不是辦法，哪天遇到勢力比自己大的說不定就被滅了。[28]

杜君英派出一批心腹去探返回下淡水的山區路徑，有意從山區潛行回去，等了數日都要放棄希望了，派出去的人終於回來，回報說雖山區有路可走，但下淡水的地盤已被客庄的人佔了。杜君英沒有把握能否一舉將地盤搶回，只好繼續當土匪。

＊　＊　＊

五月初二、初三那兩天，福建水師提督施世驃就陸續聽到屬下回報有臺灣難民船抵達廈門港的消息，根據海防的紀錄，前後加起來竟有數百艘。

施世驃是泉州府晉江縣人，他在十七歲時就曾跟隨他的父親施琅在臺澎海域征討鄭軍，雖然後來也參加過征討噶爾丹的戰役，做過陸路軍防的將領，官場幾度升調，最終還是回歸到他最早學習

27 蘇厝甲為今臺南安定蘇厝。
28 猫兒干為今雲林崙背。半線為今彰化。

軍務的這片閩省海域，擔任父親做過的職位。一轉眼，他已經五十四歲了，在福建水師提督這個位置上也待了九年。

因為不曾接獲任何警報書呈，施世驃一開始認為這大概是地方上的小動亂，很快就能平息，直到五月初六收到臺廈道員梁文煊自澎湖發出的求援文書，才知臺灣府、臺灣縣、鳳山縣都失守了，諸羅縣情況不明，事態遠比他想像中還要嚴重。

不過比起臺灣，施世驃更擔心廈門。

萬一有賊兵混在逃難的人之中，趁機上岸煽動廈門百姓，甚至擴及漳、泉二府，那麼情況就會變得相當複雜，變亂的層級也完全不同。

施世驃立刻命人嚴查難民身分，同時派人將臺灣變動的軍情快馬飛遞給在福州部院辦公的閩浙總督覺羅滿保。

總督一職管轄一省或多省的軍事、民務，又握有察舉地方官吏的權力，雖然品級視有無加上兵部尚書頭銜又分為從一品與正二品，但無論歸屬哪一種品級，在文官職裡有封疆大吏之稱的總督，在官場上的地位仍是高於武官職裡從一品的提督。更何況覺羅滿保還是以愛新覺羅為姓氏的皇室宗親。

如若出兵，施世驃絕對需要覺羅滿保的後援與共同承擔。不管是為了自己的官途，還是官場慣例，他都必須盡快向覺羅滿保報告此事，求得回覆。

覺羅滿保的答覆很快回到廈門，覺羅滿保要施世驃盡速整舟出師，設法在一個月內平亂，並表

示自己已在移師廈門的路上，將留在廈門坐鎮指揮，屆時也會派出支援的舟師到澎湖提供施世驃運用。

接獲覺羅滿保的軍令後，施世驃點召部將，整備軍需，在五月十三日率領舟師自廈門港出發前往澎湖。船隊的航行受到季節南風的干擾，七更水程的距離，超過一日夜的時間才抵達。

施世驃到澎湖的第一件事便是會同澎湖水師整頓軍備，聽聽撤退到澎湖的臺灣官員、將領說明事發過程。

其中有一個並非擔任要職的年輕人，在臺廈道梁文煊的引薦下，跟著其他官員一起出現在施世驃面前。這名年輕人是臺灣水師副將許雲的兒子許方度，才剛滿二十歲。在眾多退澎人員中，許方度是少數和賊兵浴血奮戰過的人，梁文煊深知這一點，因此才將他一起帶來面見施世驃，透過許方度的情報來掩飾大部分人當時的不在場。

一般來說像許方度這樣的年輕人，看到水師提督都會害怕得說不出話來，但是許方度卻敢直視施世驃，有問必答。

許方度官話、漳浦話夾雜著用，對施世驃轉述了春牛埔戰場上，總兵官歐陽凱如何遭內賊刺殺，賊兵人數又是如何之多。

身為泉州人的施世驃儘管多年軍旅，漳州腔、廈門腔皆難不倒他，但有時許方度講到激動處語速太快，他便有幾個詞忽然聽不清。他幾次要求許方度慢下來，重說一次，追問他的意思。但他仍舊聽得入神，想起年輕時的自己。

「有一部分賊兵手上拿著官兵的武器，應該是之前在南路的戰役中搶奪的。他們人實在太多，而且總鎮遇害之後，我方陣勢瓦解。父親看情勢不利，要我先去破壞鹿耳門的砲臺，以免砲臺被賊兵利用。我到水師營傳達父親的命令，和水師營的人一起將所有的砲管封釘，並將泊在港灣的民船都趕走，卻始終等不到父親……後來才坐水師戰船來到澎湖。」許方度說完伏跪在地上磕頭：「求軍門讓我隨大軍前往臺灣平亂，找我父親的下落。」

「快起來，現在是用人之際，一定會有用得到你的地方。」施世驃說。

許方度又磕了個頭，應了諾。這才站起來，退到一旁候命。

梁文煊此時開口道：「當日因為怕海邊的民船也被賊兵拿去利用，所以不只軍船撤離，民間的漁船、商船也一律趕走。朱一貴除非再去其他港口調船，否則幾乎無船可用，應該不用擔心他攻來澎湖，到臺灣平亂的事我們可以從長計議。」

施世驃心想他可沒有時間從長計議，他並不信任梁文煊，光是臺灣民變的情報那麼晚才遞送到廈門，就令他深感不滿。朱一貴有沒有海戰的能力這點至關重要，必須確認清楚才好。

施世驃才想派人調查，五月十九日那天就發生了一件和朱一貴有關的事。

起因是一個叫做吳良的把總，這吳良原是澎湖水師的右營把總，本來在臺灣修船，剛好遇到府治動亂，相隔超過半個月的時間才搭著一艘漁船回到澎湖。漁船的船主叫做洪慶，是吳良的親戚，船上除了吳良、洪慶，還有幾個洪慶找來的舵工水手。吳良說是受到這些人仗義幫助才能逃出臺灣。

吳良回來的時間和府治變亂相隔太久，施世驃心中起疑，但不動聲色，先派人送酒飯給吳良和

他的親戚朋友們吃，讓他們好好休息一番，又派人暗中監視他們的行動，偷聽他們談話的內容。

當天晚上吳良喝了很多酒，一酒醉，說話越發大聲，直跟同行而來一名叫劉好的說：「你真是給我出了難題，澎湖海邊那麼多艘戰船，我們怎麼拿得下來！」

劉好說：「是你自己說打澎湖不難。現在可怎麼辦？講話小聲一點。」

劉好要吳良小聲一點。吳良卻聽若未聞，繼續大聲嚷著：「好啦好啦！總之先找一些可以信任的人把這些錢發一發，對吧？」

「對啦！別說了，讓人聽到不好。慶仔，你也幫忙勸一下。」

「良仔從以前喝酒就會變這樣，聲嗓特別大，酒醒就好了。」洪慶說。

「問題不是這樣……」劉好越發焦急。

吳良忽然降低聲音問：「是說我們就是吞了這筆錢不回去又怎麼樣？」似乎恢復了冷靜。

「這不好吧！受人之託，就應該把事情辦好。」劉好說。

吳良又大聲起來：「哇，原來你還真有心想立功啊！你……」

吳良的醉話還沒說完，一直在外面偷聽他們談話的千總蕭永華帶了一隊兵丁，將吳良、劉好、洪慶三人抓住，也將隔壁房裡的同夥全都抓起來，一併押到施世驃面前，說是聽見他們談論要謀取澎湖的事。蕭永華也從吳良房裡搜出將近一百張的偽朝劄付和五百兩白銀，顯然是朱一貴要吳良等人在澎湖拉人策反，製造澎湖的混亂。

被抓之後的吳良一開始還茫茫然不知道害怕，酒醒之後見這以提督為首的審訊陣仗以及一旁的

刑具，嚇得直冒冷汗，連忙說出事情原委。他說自己五月初一那天，被臺灣水師協標的許雲許副將叫去幫忙守春牛埔，也是跟賊兵拚過命的，然而春牛埔一役戰敗，許副將和游游擊都戰死了，他也被賊兵抓了，差點就被拿去殺，是劉好求情才逃過一死。因劉好對他有救命之恩，所以他才答應劉好一起到澎湖來辦事。他是為了報恩，不是存心跟著賊人做歹。

劉好則說：「小的原在南路種田，當初也是那幫賊兵來我們庄上強拉壯丁，才被迫入夥，無奈跟從賊兵一起走闖。那日看賊兵要殺吳良，我心中不忍，想說多救一人是一人。會來澎湖，全是被一個叫楊來的賊國公脅迫的。五天前，楊來說打算要搶奪澎湖，要我想辦法先到澎湖打探澎湖有多少兵馬，但我又不懂舟船的事，而且當初動亂海邊的船不知何故都走了，要找到肯載人去澎湖的私船非常困難。這才去找吳良商議。吳良跟小的說他有一個親戚洪慶有辦法弄到船隻。我們三人一同領了一支允許出港的令旗還有劄付、銀兩，連同九個舵工水手，搭上小船，這才來到澎湖。」

施世驃又問：「那麼現在府治的情況如何？你們可要老實說。」

吳良和劉好又東拼西湊說出朱一貴和杜君英正在鬧分裂的事。

施世驃命人抄錄完每個人的供詞，就先將這些人押進大牢裡關著。吳良、劉好、洪慶等人被拖走時，一路喊著饒命。但對施世驃來說，這些人已經死了。

按照大清律例，吳良等人毫無活路，差別只是死法罷了。這種事他這輩子看得太多，起初還會同情，因為知道他們不是真的壞，甚至比一般人還天真，但就是數量造成的麻痺，到後來就沒有任何感覺。

現在對施世驃最重要的是意外獲得的情報，顯然朱一貴是無船可用才會想用這種方法顛覆澎湖，這大大增加他征討朱一貴的信心，少了朱一貴海上戰力的考量，照理說他應該非常高興。不過他心中卻也閃過一絲莫名的憂慮，他不明白何以一介平民奪得府治之後，不是耽溺享樂，而是懲治騷擾百姓的同夥，還考慮到澎湖將是威脅，試著將人放進澎湖擾亂。

從這一點見識來看，朱一貴和他以往遇過的山賊、海賊都有很大的不同，一旦時日拖得太久，有了長足羽翼的機會，恐怕會變成難以剪除的勢力。

施世驃決定只等覺羅滿保承諾的支援舟師一到，就出兵平臺。

＊　＊　＊

八旗之中有所謂的「上三旗」，是指由皇帝當旗主的鑲黃、正黃、正白三旗。閩浙總督覺羅滿保就出身上三旗中的正黃旗。八旗子弟多走上軍旅一途，覺羅滿保卻是棄武從文，走上參加科舉這條路。康熙三十三年，二十二歲的覺羅滿保在甲戌科殿試金榜第三甲留名，得了個「賜同進士出身」的名銜，獲選進入翰林院學習，此後當過國子監祭酒、內閣學士，都是中樞的官職，三十九歲當上福建巡撫這才開始他的外放官員之路，短短四年的時間就升任閩浙總督，雖然還沒獲得兵部尚書的頭銜，但也算位高權重了。

然而人爬得越高，重重摔下的機會就越高。自從遠離中樞，每次要給皇上寫奏摺，覺羅滿保就

感到一陣莫名的緊張。每封奏報他都寫得熱切，然而一來一往間，未必總能得到溫情的回應，有時皇上的反應很冷淡，有時他甚至遭到皇上責罵，雖從未釀成大禍，卻也夠心悶了。

比方說他擔任福建巡撫期間，有一年四月，家人自京城返回時帶了一匣御賜的西瓜籽，傳喻說是皇上讓他在福建試種。他便將這些西瓜籽分成兩批，一批在泉州、漳州試種，另一批派人送到臺灣。臺灣百姓九月、十月收割完芝麻後才會種瓜，因此臺灣的試種得十月之後才有辦法進行。此事他在施行時就曾回稟過皇上，皇上並沒有特別說什麼。

到了七月，漳泉試種的西瓜先收成，他進呈一些外觀看起來比較好的西瓜給皇上，並在奏報裡說等十二月臺灣西瓜熟成了會再向皇上說明試種的結果，但這次皇上就不高興了。皇上說又沒要他進呈西瓜，幹麼為了這樣一件事就寫奏報，又說種在漳、泉有什麼用，是要讓他都拿去臺灣試種的。

後來在臺灣試種的西瓜收成了，外觀卻都不大，並沒有長得很好。他戰戰兢兢選了一些看起來還可以的進呈給皇上，解釋雨水偏少與水土尚未調和對西瓜成長的影響，並請皇上再賜他大內的西瓜種籽繼續試種。皇上這次就沒生氣，又賜給他一批西瓜種籽。往後就變成慣例。他向皇上報告西瓜試種的情況，皇上賜給他新的西瓜種籽，西瓜變成君臣間固定的話題，直到他升任閩浙總督這習慣也沒改。有一年西瓜受風災影響，收成很差，他在奏摺裡請罪，皇上還安慰過他。

至今他仍不能覺得自己有辦法猜測皇上的想法，他好像知道什麼事情會令皇上開心，能引起皇上的注意，但是做過頭了或是做得不對，又會挨罵，好像他都只是在浪費皇上的時間。但又不能不多寫奏摺，以免和皇上生疏了。奏摺內容除請安與雨水、收成、糧價等例行奏事，講些地方上的

特殊風土民情是相對安全的話題。他曾幾次派親信挑選臺灣善跑的、能用鼻子吹奏樂器的熟番帶入京城讓皇上閱視，也曾分別獻上番樣的樹苗、樣仔曬成的乾果條讓皇上試種、品嚐看看。像這一類的事皇上除非有特別喜好，往往看過一次就會表示不需要再送，甚或直接在進獻清單上批示「無用」，比如那隻他也喜歡能唱番歌的五色鸚鵡。但他想，至少這能表示他有用心在觀察自己任職的地方。[29]

有時「有用」的政策還比「無用」之物來得可怕。有一回，也是擔任福建巡撫的時候，他興高采烈寫奏摺向皇上報告說諸羅縣有很多未開墾而肥沃的土地，已交代新調往諸羅縣當知縣的周鍾瑄盡力招工開墾。

他本認為這將是對地方有益，又能增加錢糧的好事，一定會受到皇上嘉勉，所以特地寫在奏摺裡想讓皇上開心。卻沒想到反而被皇上告誡了一番，說在臺灣招募很多人開墾只是眼前的利益，將來會變成福建地方無窮之患。讓他和其他官員再好好商議一下。

皇上的回應令他膽戰心驚，好似一條繩索把那些還未發生的禍患跟自己圈綁一起。他趕緊在下一封奏摺裡向皇上認錯道歉，終於知道皇上是不要臺灣人多的。

這次接獲臺變的消息，覺羅滿保寫了一封很長的密摺給皇上說明臺灣奸民聚眾起事的狀況，寫的時候儘管仍有聖心難測的緊張感，但他知道他不能在遣詞用字上考慮太久，這種要緊事如果讓其

---

29 樣仔：芒果。

他臣工搶先奏了，他就有失職之嫌。

密摺拜發的日期是五月初八，覺羅滿保計算過，這封密摺送抵京師大概也要六月了，因此他在密摺中說自己會在一個月內解決此事，請皇上寬心，也是考慮到皇上收到密摺時的心情。然而送出之後心頭卻又忽生不安，雖然情報說對手只是一群連正規武器都沒有的鄉野刁民，不足為懼，但畢竟有一海之隔，海況多變，而且這幾日總下雨，四處道路泥濘，多處山路斷絕，他人還在福州呢，這種天氣也不知得花幾日到得了廈門？

他設下這個時限真是搬石頭砸自己的腳，要是未能達成，怎麼對皇上解釋？於是又在回覆給施世驃的公文中，加上一個月平亂的要求。公文送出鬆了一口氣，好像重量分擔出去，這時再回想自己方才的憂慮竟感到好笑，他想皇上還是喜愛有決心有實力的人，密摺那樣寫並沒錯，是能討皇上歡心的。

他正要利用這個機會證明自己的實力給皇上看，他今年四十九歲，官還沒到頂，還能往上爬。他將幕賓們都叫來，聽取他們的意見，又找了福建巡撫呂猶龍、布政使沙木哈商討糧餉軍需的籌措方式，決定從浙江、廣東和本省的延平、建寧這些米倉調買米糧運到廈門，以穩定廈門未來可能因為戰爭軍需而大幅提升的米價。他且發了數道公文點召閩省水陸各標營將弁兵丁到廈門會合聽他調遣。

然而要請誰帶這支水陸大軍支援施世驃，當施世驃的副手呢？這個問題，覺羅滿保認真思索了一下。

考慮地緣關係的話，金門鎮總兵官黃英和南澳鎮總兵官藍廷珍都是可以考慮的人選。不過這兩天又接獲北路營失守的消息，如今臺灣北界最後的防線只剩淡水營，不能再失。金門鎮總兵官也還是要放在隨時支援淡水營或澎湖水師協的位置比較恰當。因此最佳人選還是南澳鎮總兵官藍廷珍。

南澳鎮是一個剛好位在閩、粵兩省交界上的海島，這裡的總兵官需掌管閩粵水路，如此水路要衝之地，能擔任這個要職的人本就不是簡單之輩。前朝的鄭芝龍就曾當過南澳總兵，掌握海權，通吃商人與海盜。

藍廷珍出身福建漳浦藍家，和施世驃相同，都是和康熙二十二年征臺戰役有些淵源的家族。

藍廷珍的族祖藍理當年跟隨施琅征臺，被飛砲炸得肚破腸流還奮戰不止，活命回來時，因這英勇事蹟很受皇上讚賞，一路當到福建陸路提督。藍、施兩家族的後輩若再度攜手合作，倒也似命運的一環，說不定還能再受天運眷顧，畢竟人力有限，征戰這種事不只講智略實力，還得講點運氣。

然而卻有一樁舊事浮上覺羅滿保心頭，九年前他初任福建巡撫，察覺藍理貪瀆盜案贓款八萬兩，參劾了他一筆，皇上不忍殺藍理，只沒收他全部家產，允他慢慢還錢。

藍廷珍是藍理帶出來的人，而自己和藍理這項過節是否會對藍廷珍造成什麼影響？雖然再怎麼有私怨，藍廷珍也不可能拿自己的前途開玩笑，不過，要是這次的戰爭讓他立了功，給他機會爬上來，那就不好說。

他還是發了命令要藍廷珍前來廈門。

覺羅滿保五月十日自省城福州乘坐竹轎出發，出發時雨仍未停，五月十二日他停歇在泉州塗嶺

時，接到藍廷珍的來信，信中獻上平臺之策，提供許多海面情況和臺灣現況分析。覺羅滿保同時感覺到藍廷珍的野心和示好之意，書信中的文字流暢精練又頗有殺伐之氣，跟平常讀到的官場虛文不同，他想藍廷珍身邊肯定有厲害的幕賓。

畢竟，當下最重要的是解決問題。

* * *

覺羅滿保在五月十五日抵達廈門。

廈門表面無事，卻散發著一股躁動不安的氣息，臺灣發生變動的事已經傳開，人人一見面就是交換各自聽到的情報。

廈門郡邑中的居民擔憂受到戰事波及，也怕太多官兵聚集在郡邑裡擾民，有不少人帶著眷屬躲到山裡避難。對他們來說，官兵和賊兵是沒什麼差別的禍害。而泉漳兩府山中無業無地之民反而因為朱一貴成功的消息大受鼓勵，湧進郡邑裡來探聽情況。他們四處散播朱一貴的事蹟，也想效法朱一貴揭竿而起。市街上一下子多了許多陌生臉孔。

而海上那些受令前來奧援的軍方船隻也不斷在港灣內聚集。雖然大部分的士兵礙於軍令只是待在船艙裡，但每天都會派代表上岸買些菜、米、鹽之類的生活所需。

於是，任誰都能感覺到大軍即將出動的氣氛了。軍糧籌備波動了米價，加上百姓預期缺米而搶

米囤米的情形，米價開始往上喊，幸好不久覺羅滿保當初在福州要求各路運載的米都運到了，總共有數萬石的米聚集在廈門，米價才又回到平常的價格。

覺羅滿保鬆了一口氣，米是重要的糧食來源，若穩不住米價，就容易發生動亂。接著卻又是船隻的問題，受徵調的各營將弁兵丁還未全數到達，能載人的軍船卻都已滿了。為了解決運兵船隻不足的問題，覺羅滿保開出價格招募廈門民間的商船、漁船，並在告示上說如果有人願意免費提供船隻就發予銜劄鼓勵。

港口邊解說告示的人告訴百姓：銜劄，那是寫有功績和頭銜的官府證明，頭銜寫什麼得看功績大小，可能是實差也可能是虛銜，主要是嘉獎受劄之人的忠義。商家、漁家們一聽倒覺得有一張官府的銜劄在手將來比之金錢更有用，何況哪敢真跟官府收錢。消息散布出去，手上還有多出來的船，願意免費提供給官府使用的船主紛紛出面。

五月二十七日，曆書推算這一天是今年的夏至。南澳總兵官藍廷珍率領舟師來到廈門向覺羅滿保報到。

覺羅滿保問藍廷珍：「依藍總兵之見，征臺大軍一出發，廈門這裡穩得住嗎？」

藍廷珍說：「啟稟制臺，卑職認為如果漳州總兵和金門總兵兩邊合作的話，應該可以穩住。只是太多游手好閒的人了，這些潛在的危機跟臺灣的情況很像，得盡量給他們找事做。」

「比方說像什麼樣的事？」

「我們既然要遠征，不如直接在廈門招募丁壯。強制徵兵反而會騷擾百姓，又不一定能徵到有

辦法上戰場殺敵的。如果用招募的，經過適度的刪選，剛好可以吸收那些潛伏在山中的草莽、時常與人械鬥或者整日閒蕩無所事事的人。」

「不過，你要拿什麼吸引他們呢？」

「可以讓他們以軍功特例換取入軍籍的機會，將來有穩定的軍餉可領，必然會吸引有能力的人前來。」

覺羅滿保聽了心想，這方法雖好，但養兵太多，會耗掉太多銀兩，皇上恐怕事後會追究。可是若不用這個計策，他確實也擔心廈門的情況。且不管這些人打臺灣派不派得上用場，把這些游手之人從廈門移出去確實對廈門有好處。不如，讓藍廷珍去招募，到時候皇上不答應，也是藍廷珍的事。心念把定，覺羅滿保又問了藍廷珍對平臺戰略的分析，聽了之後頗為滿意。

「對了，你之前給我的那封信是自己寫的嗎？」

「說來慚愧，是我說了意思之後，請族弟鼎元代筆。」

「藍鼎元，原來鹿洲先生是你族弟。我曾聽鼇峰書院的師生提起他，可惜我擔任福建巡撫時他已不在書院講學。」

「能得制臺關心是吾弟的榮幸。」

「既然你已有了鹿洲先生，我再助你一人如何？」

「不知制臺所指是哪位先生？」

「漳浦縣監生陳夢林近日遊歷至此，現下正好在我這作客。」

「原來是他齋先生。卑職久仰文名。」藍廷珍雖然不確定自己是否讀過陳夢林的文章，但同鄉名人的稱號還是知道的。

「他齋先生曾參與《諸羅縣志》編纂，對臺灣的事知道不少，他聽說臺灣動亂，表示願意隨軍獻策平亂。關於臺灣的事，你可多請教他。」

「多謝制臺相助。但不知此回領軍的將領會是誰？」

「藍總兵，相信你也很清楚我為何將你從南澳叫來。港邊我們的大軍已經集結得差不多了，八十幾個將弁，八千多個兵丁，動用到四百多艘船隻，四千多個舵工水手。這背後花的錢可怕啊！拿這樣的陣仗讓你去打鄉野村夫，再有什麼差池可就不能饒恕了。」

「謝制臺信任。卑職此行必會戰戰兢兢、小心謹慎。」藍廷珍恭謹作了一揖。

「嗯，謹慎應該，戰戰兢兢倒不必。用兵講究的是結果。過程再好，結果不對，那是不行的。」

「制臺高見。」

覺羅滿保正式發了一道軍令，委任藍廷珍統領征臺水陸大軍前往支援施世驃。

六月一日，藍廷珍祭江誓師，準備出航。廈門港擠滿了大大小小的船隻，舉目眺望，風篷相接不盡，竟似無端多出一塊陸地。覺羅滿保親自送行，命人捧酒在側，與藍廷珍共飲一杯。藍廷珍放下酒杯時，對覺羅滿保說：「制臺大人請不用擔心，卑職一登上臺灣海岸，大人就可以向聖上奏報平亂的好消息了。」

覺羅滿保看了看藍廷珍，感覺藍廷珍今日多了幾分豪氣。這次他喚了藍廷珍的字：「荊璞，不

可令我失望啊！」

覺羅滿保也曾替自己取了一個漢文的字，叫「鳧山」。鳧是一種住在湖泊邊長著長翼能飛翔的野鴨，當他來到廈門，聽到有些臺灣難民說朱一貴是「鴨母王」，他不禁失笑，更想要見到這個宣稱能夠指揮鴨子的一介平民的淒慘死狀。

覺羅滿保站在海邊直到藍廷珍搭乘的主船離開廈門港才回返公館。他想，算算時間那封奏聞臺灣奸民聚眾起事的密摺也該送到皇上手上了。

＊　＊　＊

藍廷珍的舟師抵達澎湖和施世驃會合是六月十日的事。

兩人官場寒暄一番，施世驃忍不住抱怨了一句：「藍總兵來得好慢。」

藍廷珍被人戳中痛處，心裡不悅，礙於軍階之分，無法動怒，只能陪笑解釋：這是因為他所率領的舟師只開到青水溝就遇到颱風，只能順著風勢先將船隊帶往銅山島的港口歇息避風，六月八日風勢穩定下來，才再次從銅山島出發。

藍廷珍到達後，後續領命從閩省各標、協、營前來支援的將領、戰兵也陸續到達。前後合計，這批援軍的將弁諸如參將、游擊、都司、守備、千總、把總等加起來就有一百二十餘人，士兵達一萬二千人，調用的大小船隻累積到六百多艘。

將弁之中有一批人最晚報到卻也最引人注目，這些人是當初臺灣發生變亂時擅自逃走的將領，退澎的許自重、李碩和私逃泉州的周應龍都在其中，最初在臺灣奉命支援康篷林汛的將弁們陰錯陽差又組成了一隊。

周應龍是被福建陸路提督衙門的人抓到的，而施世驃在審完臺變退澎人員後，也將情節重大的軍員押送廈門受審。許方度因沒有將弁身分，且又拚戰到最後，並不在這個名單裡。

這些逃走的人都被送到覺羅滿保面前，他們各有各的狀況、理由跟說法，覺羅滿保難以一一核實他們說的話，便說一律按軍法處斬算了。在場將員聽了紛紛哀求說既然要死不如死在戰場上，還有用於朝廷。覺羅滿保同意他們的請求，讓他們加入平亂援軍。因此這些人既是待罪之身，卻又能領兵。

眼見人員到齊，施世驃會同藍廷珍召集主要將領一同商議作戰方略。

藍廷珍找來臺灣水師協標的左營千總董方要他向眾將說明過鹿耳門港的海象。

董方在臺變時剛好奉差到廈門接餉，人不在臺灣，是臺灣水師裡少數沒有待罪之身的將領。

董方說：「啟稟軍門、鎮臺，一般來說，每個月的初一、十六前後，潮水起伏都會很大。如果能利用大潮日的漲潮時辰進港，那對進攻方的船隻是最有利的。鹿耳門潮汐往返的時辰比廈門要來得早一些，大概早一個時辰。同樣初一、十六的日子，廈門的潮水會在午時、子時漲到最滿，但鹿耳門卻是在巳時、亥時就潮滿了。潮竭的時間則是寅時和申時。」[30]

藍廷珍說：「那表示如果是在白日進攻，我們必須在寅時過後才能發動攻勢，巳時結束前就要

突破鹿耳門港。」

董方說：「稟鎮臺，確實如此。還有，鹿耳門港是兩個沙洲之間的孔道，沙洲附近有暗礁，我們水師哨船底部的龍骨就曾經誤觸擱淺過，當地船家每隔一段距離會用浮木在淺灘插標當指引，避免進港時過於靠近沙洲而誤觸礁石。如果賊兵將這些木標都取走，那我們就需要有人先在進港的路徑上清港插標，壓後的舟師才能夠沿著安全的路徑順利進港。」

施世驃身邊的一個將領問：「鹿耳門是重要港口，砲臺設置也多。如果從南路打狗港或北路的笨港登岸，會不會比較容易？」

董方愣了一下，「也許這兩個港口賊兵會疏於防範，遇到的抵抗會比較少。但是登岸後無城可守，要走到府治的距離又很遠，恐怕……」董方偷偷覷了一眼施世驃，不知是否該再說下去，畢竟開口的將領是施世驃的人。

澎湖水師的右營守備林亮接口道：「恐怕一路都要提防是否有賊兵埋伏，水師戰船也無法掩護到這些在路上行軍的人。」

林亮是漳浦人，不但是藍廷珍的同鄉，過去藍廷珍在當上南澳總兵之前曾擔任澎湖水師協的副將，那時他就跟林亮很要好，這次會議他也把林亮叫了過來。

施世驃開口說：「有理！不過剛剛提到打狗港、笨港倒給了我一個想法，如果是距離府治更近的港口，或許就能達到同樣的效果。」

施世驃說完，眾人一片沉默，都在琢磨軍門的心思到底是要從哪裡登陸。

最後還是藍廷珍提出看法，劃破沉默：「大部分的將弁兵丁都對臺灣地形不熟悉，即使貿然講了一個鹿耳門以外的港口，大型戰船能不能進入？進入之後該走哪一條路？我們的訊息都不夠充足。現在掌握最多的就是鹿耳門和安平鎮，只要佔了安平鎮，不管走水路還是陸路，要到達府治的路徑都縮短很多。」

「你們聽，還是藍總兵懂我的心思。」施世驃笑了笑，表情卻是冷的，沒有絲毫愉快的模樣。之後在藍廷珍的舉薦下，林亮和董方成為此次出兵的前鋒人選。施世驃看出藍廷珍攏絡人心的把戲，不動聲色地又在後續的將領名單中扳回一城。兩人各自安插自己想提拔的人，表面和諧，卻已在名單上暗中較勁了好幾回。

名單擬妥，施世驃宣布：「眼前最接近的大潮日期是六月十六日。考慮前往臺灣的水程，加上天候變化可能造成的耽擱。我決定後天，也就是十三日自澎湖發兵，若天候不佳則往後延一天發兵。眾將以為如何？」

在場眾將皆無異議，出師之日就此定下。

30 午時指上午十一點到下午一點，子時指晚上十一點到凌晨一點，巳時指上午九點到十一點，亥時指晚上九點到十一點，寅時指凌晨三點到五點，申時指下午三點到五點。

第十二章、鯤身

朱一貴一直在想，我建立了一個朝廷，一個國家。但我到底要做些什麼事才算好皇帝呢？

王玉全時常提醒他要自稱「孤」或「孤家」，因為當一個皇帝總是要孤獨的。朱一貴不明白他為什麼非孤獨不可，雖然他並不討厭孤獨。才一個月的時間，身邊的兄弟好像漸漸地不好意思跟他說話了。

這可能是王玉全造成的，王玉全老是站在他身旁，要其他人守拜見的規矩，叫對稱謂，有個朝廷的樣子。

但朱一貴覺得這個朝廷說不上來的虛幻。就拿這個道署衙門來說吧，他仍記得以前陳璸在這裡辦公的模樣，而他被指派最好的任務不過是替陳璸顧門。他住在這裡、睡在這裡，以前就是了，只是現在他睡在不同的、更好一點的房間。

他來來回回穿梭在庭園中時，有時會突然感受到，他畢竟突破了一些禁制，有些他以前想到也到不了的院落，一道門劃開的權力範圍，現在他能任意走進去兜轉了，但那裡面除了地圖特別，其實也沒什麼。

他所帶領的人裡面懂寫字的實在太少，所以他強迫原來在道署辦公的文員都必須繼續做該做的

事。他不喜歡強迫別人，但這是沒辦法的事。

那些文員因為害怕被殺所以不敢跑，朱一貴把他們都叫來一起吃飯，問他們一個朝廷應該要做些什麼？他們都說不知道，怯懦的解釋他們只是繕寫文書的人員，從來都不被要求要有想法，他們倒是擅長記帳。

「記帳？可是孤家現在並沒有打算要向百姓收什麼？」

「啟稟……啟稟……皇上，或許您可以算一下目前為止發了多少錢、多少米出去？」其中一個文員鼓起勇氣說。

「這是個好主意。」朱一貴說，就讓那些文員開始算。

算完不得了，他實在發了太多錢跟米出去，做了太多獎賞兄弟的事。雖然倉庫裡的米、庫房裡的錢還剩很多，但如果要長久運作一個朝廷，他知道這很不妙，因為他並不想那麼快就向百姓收稅。

「這是任意封賞的後果。」站在一旁，同樣聽到、看到結果的王玉全說。

朱一貴沒有反駁，因為王玉全確實提醒過他，而他捨不得拒絕認識的舊人，或是前來邀功的新人，即便他很難判斷是否每個人都有充分的貢獻，以及這份貢獻值得多少報酬。他問過王玉全，道署裡的書房也沒這樣的書記錄這樣的事。

其實王玉全近來也顯得有些焦慮，在朱一貴面前坦承他也不太清楚扳倒了這麼可怕的敵人之後，接下來要做什麼，才能創造不讓百姓再被官府欺凌的世界。

「隱約想過的，好像知道該辦哪些事，就是不知道從哪裡開始比較好。」王玉全難得示弱。

朱一貴感嘆地說：「因為我們也變成官府了。我每天在做的事都是約束那些兄弟不要做壞事，不要去傷害到百姓。這很奇怪，我應該做點別的什麼。」

「皇上，請讓臣再想一想，臣一定能做得更好。」王玉全忽然跪下來，趴伏在朱一貴面前磕頭。這動作他做過很多次了，但這次卻像是在懇求什麼。

天氣很熱，朱一貴只穿著短掛，懶得披上那件陳印好不容易請人做好繡工精緻的龍袍。王玉全伸手去觸摸朱一貴有穿上黑色御靴的雙腳，那雙腳以前時常是赤著的。

「皇上……」他喃喃地喊，彷彿沉醉在他一手制定出來的尊卑之中。

「夠了！」朱一貴硬是把王玉全拉起來，然後捧住王玉全的腦袋要他看看自己的眼睛，「你看著我，我是朱一貴，不是什麼皇上，我們為什麼非得要學別人的方式才能讓自己好過！」

朱一貴說完放開了王玉全，跑出大廳。現在張阿三是都督了，不能當他的護衛，新任的護衛反應沒有張阿三快，慢了一會兒才想起來應該跟過去看，卻早就找不到朱一貴的人影。

朱一貴來到陳印的國公府，所謂的國公府就是陳印原來居住的地方，陳老闆知道陳印被封為國公後，主動獻出房子要讓陳印住，陳印不知該怎麼拒絕就住了下來，想說少自己一人，正好可以避開公署公館數量不夠國公們分配的問題。而陳老闆的房產不少，只是換了一間房子居住。

陳印看到朱一貴來訪嚇了一跳，跟以往比起來，他們這次不算隔了很久不見，但卻累積了比以往都還要深的陌生感。

朱一貴自己爬到二樓，坐在陳印時常看風景的窗邊看海。

「那海看起來好近。」朱一貴說。

陳印跟著坐下來，「其實還有很長一段距離。但海水漲起來的時候，我還是會怕。好像轉眼就會淹到我的脖子。」

「王府後面也有一個高臺可以看海，看得更近更清楚，可是還是在你這裡看海舒服。」

「怎麼了？心煩？」

「王玉全是個瘋子，我越來越討厭他，也越來越討厭我自己。我甚至懷疑當初自己的決定到底對不對？」

「可是我不後悔跟隨你啊！」

「因為你什麼都沒有失去，你仍然可以坐在這窗邊看海，並且你是個國公。」

「你還是個皇帝呢！」

突然兩個人都大笑，笑得很笨很傻。

「可是我不知道我該做些什麼，該怎麼當一個皇帝……」朱一貴說，聲音又有些消沉下來。

「嗯，做什麼嗎？我每天在這窗邊看到的，百姓是過得挺開心的。或許你什麼都不必做。以前你在羅漢門，大家不也是自己培養出一種默契嗎？有些山路很窄，沒辦法讓牛車相閃，想出去的人，一早就會趕著牛車出去，想回來的人，下午才回來，因為這樣，誰也不會被誰堵住。這就是生活啊，人總會找到辦法的。」

「多謝你，印仔。」

「兄弟之間，客氣什麼！」陳印靠向窗沿，伸手指著海，「只是海上的問題是該解決了，很久都沒有商船進來，包括平日會進港補給的外國商船，對商人們來說，沒有貿易是很嚴重的事。不曉得是因為不信任我們這個新成立的朝廷，還是清朝做了什麼禁止那些船進來？我們對海上的情況知道的太少。」

「當初留在港灣內的船實在太少了，現在唯一有的四艘大船都是當時清軍仍放在船廠裡待修的軍船，我請了好幾個有經驗的木工跟舵手才把船修好。顏子京也在笨港雇了一些船回來。其實我不知道這樣做有沒有用？我們幾乎沒有水師可言，這點很令我不安。楊來有幫我找到一些人潛入澎湖去調查澎湖現在的情況，我要他們在澎湖引發動亂，爭取我們這裡建立水師的時間。我想，至少要有足夠的軍船巡守港口內外，才能讓人感覺是一個能夠安心做生意的地方吧？」

「所以你還是有在做事嘛！」陳印臉上掛著笑，知道自己的話能安慰到朱一貴。

忽然，他心中閃過一個念頭，想到過去陳老闆偶爾也會跟某支擁有武力的海上船隊合作走私貨品。像那樣的船隊聽說配備的火器比清軍的水師還厲害……但也因此有著「海盜」的惡名。

「你在想什麼？」朱一貴問。

「沒……沒什麼。」陳印想若是他透過陳老闆牽這條線，豈不是違背朱一貴的初衷，還是不提這件事也罷，一個杜君英已經夠讓朱一貴煩了。

朱一貴起身說他要回去想想海上的問題，陳印知道他又有專注的目標了，就跟著他下樓去。

重新調整好心情的朱一貴在返回王府後，卻沒有太多時間去解決海上戰力跟海港貿易的問題。

有許多下淡水的庄頭代表跑來向朱一貴請求支援。他們抱怨：當初南路這麼多人跟你朱一貴打天下，現在卻連自己的村莊也保護不了，讓人糟蹋欺壓，比清軍還在的時候還不如，立朱一貴的旗幟又有什麼用呢？

朱一貴詢問之後才知道，原來下淡水平原除了杜君英，還有侯觀德、李直三帶領的客庄勢力。這兩幫人在下淡水本有宿怨，當初杜君英和朱一貴豎旗起事，都帶了不少鄉壯離開南路去攻打府治。侯觀德、李直三便趁機聯合下淡水十三大庄、六十四小庄的客庄勢力建大清義民旗，奉皇帝萬歲牌，一同抗拒朱一貴的統治。

杜君英、侯觀德、李直三雖同樣來自廣東，但杜君英出身潮州府海陽縣，說的話跟閩省的泉州話、漳州話還比較相近，所以過去杜君英和比較多閩庄結盟。侯觀德一派的壯大，首先遭殃的就是閩庄。

其中一個閩庄代表說：「侯觀德嘴巴上說奉清朝為正統，說自己是義民，實際上也是想藉這個機會擴展自己勢力。」

另一個接著說：「可不是，閩人裡面像汀州來的因跟他們講話能通，也都見風轉舵紛紛歸附他們。侯觀德還把鳳山八社的番人勢力也拉進來，我們這些剩下來的還插著皇上您旗幟的庄頭真是被人雙面夾殺，飽受欺凌啊，氣不過，這才來向皇上求助，求皇上替我們做主。皇上也是閩人，一定會幫我們的吧……」

這些人離開之後，朱一貴問王玉全：「我是不是應該派人到南路幫忙？」

王玉全說：「啟稟皇上，臣擔憂，我們北路已派了李勇去追杜君英，南路再開戰場，我們根基未穩，太危險了。況且，片面之詞不能盡信。我們並不清楚杜君英和侯觀德過往的恩怨。杜君英那人的素行您知道的，誰知道他以往是否也做了許多欺壓客庄的事呢？」

「但他們的鄉壯當初是信任我才跟我走的。」

「不，他們只是想圖皇上的好處，而且這裡面恐怕有一半的庄頭是先歸附了杜君英，不是我們的人啊，皇上其實並不需要背負這個責任。皇上要先穩固自己的帝位，再去照顧百姓。」

「我不是為了帝位豎旗起義的，我是想要改變一些事。」

「臣知道。但是皇上要忍耐。」

「我不能忍耐，我越來越討厭你。」

「這我也很清楚，總有一天你會討厭我，或許你一開始就討厭我了。」王玉全不再自稱為臣或在下，彷彿死了心。

「我一開始並不討厭你。只是你想過嗎？要是黃驎和卓春他們也被其他庄頭欺負呢？你能坐視不管嗎？還是你真的可以當作沒看見，因為你本來就只是想利用我們所有人去達成你的欲望，你把我們像提線傀儡一樣抓在手裡玩，每個人安一個角色，演你滿腦子的演義故事。」

朱一貴一口氣說出心頭的不滿，等著王玉全反擊或辯駁，但王玉全像是被什麼震住了，只不安地按壓著雙手。

「如果皇上心意已決，臣建議把李勇和郭國正叫回來。」

朱一貴發現王玉全的雙手在發抖，但他不能分辨那是恐懼還是憤怒，或是其餘的情緒。

「嗯，就依你的提議吧！」

朱一貴在六月十二日派遣原來幾個南路的角頭首領陳福壽、劉國基、薛菊、王忠、劉育等人率領兩萬人南下攻打下淡水客庄。

當這兩萬人浩浩蕩蕩走上官道往南路去。府治一下子冷清許多。

所幸李勇和郭國正率兵回來了，又補回了一些人氣。

此時把守在蘇厝甲的黃殿派人向朱一貴回報，說是在西港仔一帶發現有人在散播寫著「大清良民」的字條。百姓之間正在謠傳清軍即將上岸的消息，謠言說屆時只要在門戶、旗幟上書寫「大清良民」或是在衣服繡上這些字樣就不會受到攻擊。

有人到處散發寫著「大清良民」四個字的字條讓不識字的百姓能夠依樣再傳抄出去，字條散播的速度很快，黃殿抓到時，發送的人都是百姓，而且多半都認為自己只是在做好事幫助朋友避禍，根本也找不到源頭，只能先向朱一貴回報此事。

難道清廷的援軍已經來了？朱一貴心中閃過這個念頭，非但沒有沮喪，反而好像找到生存的鬥志一樣，立刻派人前去通知駐守在安平鎮的鄭定瑞有關「大清良民」字條的事件，要鄭定瑞留意是否已有奸細潛上岸，又或是春牛埔之役後仍有逃跑的官兵在暗中作怪，這些都不能放過。

＊＊＊

六月十五日傍晚，負責鎮守鹿耳門砲臺的蘇天威看見海上出現許多船，一開始只是幾個黑點，以為是經過的漁船，後來卻變成越來越密集的船影，船的速度不快，似乎泊在一定的距離之外等著，像是海上突然多了一座平緩的島嶼，但過了一會兒，那島好像又變清楚了一些。是要往鹿耳門方向來。

意識到這點，蘇天威連忙派人向紅毛城內的鄭定瑞請討救兵。

蘇天威是鄭定瑞從南路營返回岡山頭的路上招來的人，本來是臺灣縣武生，後來搬到鳳山縣半路竹種田，他有妻有兒有女，家裡還有七甲五分的園，雖然四十七歲了，但武藝的本領還是有的，在當地也頗有名望。鄭定瑞路過時，蘇天威招了五十多人去投他，因他武生的身分，很快就得到鄭定瑞重用，擔任他的副手。

鄭定瑞派人搭小船回府治通知朱一貴這件事，朱一貴馬上派李勇、陳印連夜帶了四百人來幫忙顧守。船隻數量有限，來來回回載了好幾趟才把人都送過來。

李勇、陳印和鄭定瑞相隔一個月未見，三人只簡單敘舊幾句，就開始忙著針對海岸的狀況布防。但是誰也沒打過海戰，有時只是覺得該忙點什麼卻又不知能做什麼，傻站在那裡。

鄭定瑞派人熄滅了所有海岸指引船隻的燈火，不讓敵人知道海岸的位置。這樣的夜，只剩下一輪明月高掛在海岸上空。

鄭定瑞和李勇兩人站在紅毛城上，眺望遠方那些船影發出的燈火，明明滅滅的。

「可惜這個距離砲打不到。」鄭定瑞說，然後問李勇：「這個月你都在忙什麼？」

「一開始就是守南路口，後來杜君英實在太胡來，一貴……啊，是皇上，讓我去收拾杜君英，我就帶著人去打，打又沒打出結果，杜君英只是一直往北跑。我也一直追，零零星星打了幾回，杜君英越來越會躲，我就很少再遇到他。後來皇上又派人叫我回來。聽說是派了太多人去打客庄，府治這邊剩下能打的人太少了。對了，那你呢？顧在海邊無聊嗎？」

「一開始這裡的砲門都被破壞了，先花了一點時間研究怎麼拆釘才不會傷到火砲，又花了一點時間研究怎麼用。還有修補被他們丟在岸上壞掉的船。這個月好像都在修理東西。安平鎮還蠻熱鬧的，有時我會到鎮上去看看，也不算太無聊。如果往二鯤身、三鯤身那邊走，人就沒那麼多了，多半住的是漁家，可以看到一些漁家在曬漁網，我就躺在沙灘上，弄得全身都是沙。」

「聽起來不錯嘛！」

「可是說無聊也真的很無聊。可能我太習慣種田了，時常就會想這時節什麼作物該收成了。有一次，我夢見我在找自己負責的田地，卻怎麼也找不到。天黑漆漆的，風颳得很厲害，好像要下大雨了，我得去搶收作物，心內這樣想，就是到不了那個地方。雷公打落的時候我嚇一跳醒過來，只聽到海湧的聲音。還熱得全身都是汗。」

聽鄭定瑞說話時，李勇一直盯著鄭定瑞的臉看，想從他臉上的表情找到些什麼。

「幸好是夢。」李勇說。

「對啊，心裡想著幸好。但也沒有很開心。」鄭定瑞側過臉看向李勇，「你覺得我們抵擋得了嗎？」

李勇抬頭仰望天上的月，「坦白說我很沒把握，我們的船太少，火砲剛剛看他們在試，也不怎麼會用的樣子，聽到砲聲的反應還是很慌張。恐怕擋不了清兵上岸。」

「嗯，砲彈不能浪費，也不能讓他們有多少實際練習的機會。所以就是你看到的這樣了。不過，好像是第一次聽你講這麼喪氣的話。以前你總給我無所不能的感覺。」

「之前追杜君英的時候，我一路追到虎尾溪，隔著那條溪，我突然覺得周圍的環境很陌生，不過也不是說差得非常多，就是遠方的山看起來特別高，草木的色澤也變得比較潮濕，有時還罩起茫霧。我問自己，我怎麼會來到這裡？我現在在做什麼？明明當初是我最支持豎旗的，是我一直逼老大和一貴表態。我想著想著竟感覺有些內疚。」

「我也是，守在這裡的日子，忽然也會覺得很困惑，當然也不是全然感到不好。只是現在回想兩三個月前的事，竟像上輩子了。不過不管當初的決定是對是錯，還是想辦法先過這一關再說吧！」

兩人都感受到此刻正是他們生命裡的難關。

「嗯。」李勇點了點頭，「人總有特別難過的時候，若是過得去，將來也就沒有什麼好怕的吧。」

「確實。」鄭定瑞說。

隔日天才剛亮，鎮守鹿耳門砲臺的蘇天威就看見龐大的船隊壓境，遠比他前一天看見的還多，每一艘都懸掛著三角形的黃色龍旗和綠營軍旗。然而大部分的戰船都停在砲臺的射程之外，彷彿在

等待什麼。

清軍最先發動突擊的是由小型舟船組成的前鋒部隊。

蘇天威連忙指揮手下，對著試圖進入鹿耳門的清軍舟船發射大砲，並且也派出許多平底小舟擋在駛入鹿耳門的隘口上。

昨天傍晚發現船影後，蘇天威就清掉了所有鹿耳門港的插標，反正他手下也沒有大船，盡是些平底小舟，這種船沒有龍骨比較不怕誤觸到暗礁，他猜想清軍大概也是一樣的想法，那頭派出來的船也是平底的，只比蘇天威的大上一些。

一開始蘇天威的計策確實阻止了清軍的舟船繼續深入。

不過清軍的舟船都載有小火砲，直接就瞄準那些阻擋在隘口的小舟開砲。蘇天威派出的小舟沒多久就沉了兩艘，還有一艘雖沒被擊中，卻因為砲擊激起的浪花翻覆了過去，舟上的人連忙泅泳脫逃。

人在砲臺上觀戰的蘇天威，看見對方開砲了，也命手下對著清軍的小舟開砲。雖然蘇天威所擁有的砲門比較大，射程也比較遠，但是因為手下都沒有砲戰的實戰經驗，打得並不準，裝砲彈的速度也很慢。

浪費了幾發，都沒辦法真正擊沉清軍的舟船。

為了縮短裝填的時間，蘇天威的手下就有些人索性把本來藏在地坑之中的火藥桶都搬到砲臺上來。

蘇天威顧著觀察海面情況，沒注意到他們的動作，一回頭看見他們圖方便竟把火藥堆得像一座小山，嚇得破口大罵，要他們趕快把火藥桶搬回去地坑放。

手下還沒領會他的意思，還想追問，那座火藥小山馬上就被海上發射而來的大砲擊中，引發了連環爆炸。砲臺上的人離得近的立刻就死了，沒死的斷手斷腳，肚破腸流，看起來非常可怕。蘇天威因為知道危險，一說完命令就往下奔，只受了輕傷。

因為這場爆炸，鹿耳門砲臺暫時失去作用，殘留在海上的小舟也陸續被清軍用火砲摧毀，或者脫離戰線求生而去。

清軍的前鋒舟船一下子靠了岸，許多清兵跳下船，殺了過來。

蘇天威看那人數，認為深入交鋒是沒有勝算的，直接帶著剩下的人沒命地往北汕尾南端跑，跳上所剩不多的船隻，撤回安平鎮的城寨中。

鄭定瑞聽蘇天威轉述了鹿耳門砲臺發生的事，感到非常吃驚。後悔沒多派一些人去幫忙守鹿耳門砲臺。

蘇天威說：「別傻了，我們全部的人加起來也打不過那麼多清兵啊！現在潮水越漲越高，大船很快就會進到內海，下船的兵丁會更多。先想辦法逃命吧！」

鄭定瑞看見蘇天威的衣服上還黏著戰友被炸出的肉脂、血塊，一時也有點說不出話來。

鄭定瑞很清楚這紅毛城本來就是水師駐守的地方，那些清兵是一定會來打的。他跑上城牆，李勇、陳印也跟上來看，三人都看見有越來越多的船隻泊岸，許多身穿戰甲的清軍將領一登陸就率隊

追擊沙岸上還在跑的人。

「有一些被殺的人是住在這裡的居民。他們只是想回到鎮上來。」鄭定瑞焦急的說。

「先用大砲打他們怎麼樣？」陳印問。

「恐怕會炸傷自己人。」鄭定瑞說。

「我們帶一些人出去擋，讓更多人能回來。」李勇準備要出城，陳印卻沒跟上。

李勇回頭問陳印：「怎麼了？」

陳印沒說話，他不敢說我不想送死。

鄭定瑞說：「我跟你去，陳印留下來。」

「好。」李勇瞪了陳印一眼，那眼神很輕蔑，令陳印非常痛苦。

第二場攻防戰很快又開始。李勇和鄭定瑞帶著三千人列陣在紅毛城外，阻擋清軍的先鋒部隊，他們兩人雖然能打，能指揮，沉得住氣，心裡也很清楚這實在相差太多了。清軍的火藥好像不用錢一樣，幾艘舟船從海上沿著這沙岸的方向排成一列，配合部隊的陣勢，火砲直往岸上打。

李勇和鄭定瑞見能回來的人都回來得差不多了，這才又分成幾隊陸續退回城內。

城，眼看是守不住了。

陳印在城牆上指揮砲臺手對著清軍發射火砲。

鄭定瑞在陳印的掩護下，趁著還有機會逃命指揮眾人往東南邊沿著鯤身列嶼撤走，七鯤身是這一長串沙洲中最靠近陸地的一端，和瀨口之間搭有木橋可以相通。海岸已被清軍封鎖，他們只能從

瀨口走陸路直奔府治。

一片混亂中，鄭定瑞發現蘇天威不見了，但也無力去找，因為不見的人非常多。

＊＊＊

林亮和董方率領前鋒部隊攻下鹿耳門和安平鎮之後，不敢貿進追擊。他們登上紅毛城，重新豎立大軍旗幟，然後恭迎藍廷珍所率領的主力部隊進城。

藍廷珍進城後，安平鎮百姓端來食物歡迎王師，也有些年輕人自組鄉兵民團，請命替官兵帶路殺賊。藍廷珍站在城牆上對百姓說話，要百姓們放心，說王師回來了，安定的日子也回來了。百姓們聽了紛紛鼓舞歡呼……

儘管有許多人站得很遠，不可能真聽清他講什麼，這點藍廷珍也心裡有數。

藍廷珍望了望天，還沒到正午。一切都在戰略之中。

他對身旁的林亮說：「你看百姓多歡迎我們。」

「就不知道是真百姓還是假百姓？」

「多心囉，你要他真，他就是真的。」

「哈，卑職受教了。」

「去做你的事吧！」藍廷珍拍了拍林亮的肩膀，「現在還不是能夠鬆懈的時候。」

「卑職告退。」

林亮退下後，藍廷珍收到信使送來的消息，說是施世驃的船隊已來到鹿耳門外海，準備明天早上進入安平鎮，和藍廷珍的部隊會合。

＊＊＊

李勇、鄭定瑞、陳印三人將殘餘部隊駐紮在南教場，深夜前去晉見朱一貴，告知他安平鎮失守的壞消息，商議接下來的對策。朱一貴讓他們先休息，隔天一早派出翁飛虎、楊來、顏子京、張阿三率領八千多人再次由瀨口登上七鯤身直往安平鎮來，試圖重新奪回安平鎮的主控權。

清軍再度採用同樣的戰法，出動裝有火砲的小船，配合步戰兵夾擊沙岸上的義軍。縱然多帶了這麼多人，作為統帥的翁飛虎依然無法突破這個戰法，只好再度撤退。所幸官兵只追擊到七鯤身就沒再繼續追來。

翁飛虎帶了這麼多人都失敗而回，對朱一貴而言是很大的打擊。然而壞事不只一件，府治南邊的塗墼埕與北邊的水仔尾這兩個通往內海的水口，分別泊著朱一貴唯一擁有的四艘戰船，在六月十八日的破曉前全被燒掉了，水岸邊還殘留著硝黃的氣味。

一夜之間，朱一貴接到消息親自趕往兩處水口察看，看見船上猛烈的火還在燒，但是船已經無法救了。這是清軍當初遺留在船廠待修的戰船，他好不容易派人修好，不曾開到海上作戰就這麼毀

了。

這顯然是清軍走水路夜襲，悄無聲息地放火就跑，代表清軍已能從安平鎮渡口直接開船壓迫府治。失去安平鎮，府治就像被人掐住咽喉一般，被掐死只是早晚的問題。

朱一貴只能眼睜睜看著那在水上仍激烈燃燒的火船，想起曾經有一年在海邊偶然撞見有漁民將起火的船推入海裡，他好奇前去詢問這是在做什麼，他們說這是送王的儀式，所有不好的東西都會被帶走，但是這儀式不能看，我們也要走了，便推著他一起離開。他走開的時候，忍不住又回了一次頭。遠遠看見火船沉落海中。

水口邊的船也終於沉了。

朱一貴心情煩悶的回到王府，看見王玉全正等在那裡。

王玉全聽說船被燒掉的事，沒等朱一貴召見，就主動從住所趕過來。他建議朱一貴派人前去連絡正在攻打下淡水客庄的陳福壽等人回來協防府治。至於人選，最好是鄭定瑞和顏子京。

朱一貴問：「為什麼不是顏子京和楊來？他們兩個跟陳福壽比較熟。」話一說出，朱一貴驚覺在這種情勢下，自己也沒把握直接用命令將人叫回，反而先考慮到人情關係，等於又回到他們剛準備起事的狀態，也是講人情的。

「要安插一個我們自己人比較好。否則，這兩個人都走了，可能就不回來了。他們的老巢本來就在下淡水。」

朱一貴不喜歡王玉全的想法，但是他接受了他的建議。

鄭定瑞要離開前，去見了李勇一面。

他對李勇說：「要保重。」

李勇坐在床榻上，點了點頭。

「奇怪，這個時候反倒不知道要說什麼。」鄭定瑞站在門口，躊躇了一下。走了兩步又回頭，對李勇笑了一笑，「我很快就回來。」

「我等你。」李勇說。也擠出了一絲笑容。

他對鄭定瑞仍有很強烈的慾望，但鄭定瑞說過要忍耐，他就決定忍耐到底。

* * *

六月十九日，朱一貴親自率領兩萬人，試圖再次搶回安平。

朱一貴以翁飛虎為前鋒，命最前隊的人駕駛牛車，手上拿著藤牌圍出陣形衝在前方抵擋官兵的砲火，掩護後面的人往前衝。

儘管這回比上一次推進得更多，卻仍舊無法帶來勝利。牛車陣只抵擋了一會兒，朱一貴帶去的火砲、鳥鎗也沒有比清軍手上的多，清軍且占有紅毛城砲臺的優勢，加上海面水師的砲火，勝利一下子變得非常遙遠，非常難以到達。

沙岸邊，無數屍首被一波又一波拍擊的海浪逐漸捲沒、漂開。許多人被殺傷、擒捉，也有趁亂投誠的。朱一貴只能率著殘兵再度退回府治。

也是在那一天，朱一貴派出攻打下淡水客庄的人，與侯觀德、李直三率領的人在下淡水溪激烈交戰，領兵的陳福壽兵敗，劉育陣亡，這場戰爭裡，雙方被殺或被壓入水中溺死的人數以萬計，河岸淺灘邊遍是屍骸交疊，誰來自閩庄、誰來自客庄根本分辨不出。陳福壽眼見這景象，不知如何回去向朱一貴交代，領著殘兵撤退到興隆庄，本想自刎謝罪，但讓身邊的人救下。

有人通知陳福壽鄭定瑞和顏子京來了，正等著他們帶人回府治幫忙打清軍。陳福壽一聽清軍已經進入安平五日，反而不想死了。陳福壽本來就是杜君英那邊的人，只是當初看杜君英沒有贏面才沒跟杜君英走罷了，如今換朱一貴不行了，他也沒什麼掛念了。

他在鄭定瑞和顏子京兩人面前挑明了拆夥，就帶著自己的親信一路逃進阿猴林，不管朱一貴也不管官兵了。

陳福壽走了之後，劉國基、薛菊、王忠見狀也打算帶走自己的人。

鄭定瑞問：「你們還能去哪裡？清軍不會放過我們，我們應該團結起來，還有抵擋成功的希望。」

劉國基說：「當初就是你們羅漢門的這些人說要反清復明，還弄了一個像在扮戲的假朝廷，我們原先只想搶臺灣倉庫就走的，若不是事情被你們捅得這樣大，我們這幾個稱霸南路的老大會現在連自己的地盤也回不去？」

薛菊也在一旁附和：「對啊，這爛事都是羅漢門的人搞出來的。」

鄭定瑞說：「受封國公時，你們也沒拒絕啊，現在才講這種話。」

「哼！總之，現在情況不同了。下淡水溪邊我死了多少兄弟，我心情壞得很，我們好聚好散，不要搞到動刀動槍。真動起手，這裡還是我們幾人的地盤，你會死得很難看。」

鄭定瑞知道劉國基講得沒錯，他握緊拳頭，有求於人，心裡再怎麼憤怒也只能忍。

「別氣，我也不是沒良心的人，勸你跟我們一起去郎嶠，那邊清軍管不到，去那邊躲一陣子，躲得夠久就沒事啦。」劉國基說。[31]

小琉球的王忠也跟劉國基一樣，反過來勸鄭定瑞：「朱一貴有他的想法，這我不會怪他。但是人要活著才有機會快活，我看這局面朱一貴是沒救了，我也同意去郎嶠。」

「我是絕不會去郎嶠的，子京你也幫我勸勸他們！」

顏子京從頭到尾不發一語，此時開口卻是說：「或許你真應該考慮去郎嶠。」

「怎麼連你也講這種話。」

「別誤會，我不會去郎嶠，因為那裡不是我的地盤。但他們講得沒錯，現在帶人回去已經沒有意義了。」

最後鄭定瑞他還能留得住的只有原來從羅漢門帶出來的人，然而這些人也沒有打仗的想法，吵著要回羅漢門。他們都說只想回到原來的生活。他只能派人把南路營的現狀傳回府治，自己留在興

31 郎嶠為今屏東恆春。

隆庄坐鎮繼續招人。

然而清軍上岸的消息傳得很快，當初說要跟隨朱一貴的庄頭紛紛拆下朱大元帥旗，改立大清良民旗。鄭定瑞每到一個庄頭，就有一群人拿著農具把鄭定瑞趕出去。鄭定瑞跑了一整天，都沒能拉到任何新人加入。

他回到興隆庄，看見顏子京還在，嚇了一跳。

「白忙一場吧？」顏子京坐在房間的一角嚼檳榔，指著桌上一盤包葉檳榔問鄭定瑞：「你要不要？」

「你這叛徒，你怎麼還不滾！」

「因為這裡在作怪。」顏子京指著自己的心窩，「背叛兄弟的事情我做不到，但是也不能再害更多人去死了。我們一起守住興隆庄，你派人通知一貴，回來鳳山縣吧！必要的時候，一起躲進山裡也有個照應。」

「好，我馬上派人通知。」鄭定瑞忍不住高興，但不知道自己是高興什麼，顏子京一個人能幹麼。但是兄弟還在，真好。

第十三章、最後的希望

黃殿的白虎旗仍駐紮在蘇厝甲。午後忽來一陣西北雨，雖然稍解暑熱，烈烈轟轟的雨聲卻打得他心悶。

五天前，朱一貴派人告知他安平失守的消息，四天前又派人來向他調兵，但沒要求他出陣，只要他繼續堅守北路。這之後就沒有更多新的消息進來。他派出去探聽消息的人也還沒回來。難道是派出的人遭遇不測？還是朱一貴的情況到了無法送出消息的地步？黃殿想著憂心，自己點了一桿煙，抽了起來。

起事以來，他跟朱一貴是有些生疏了。他時常負責戰線後方的工作，他們兩個就不常碰面。他有時會想，或許朱一貴是顧慮到他原本是老大，所以逃避直接命令他這件事，也沒讓他去擔前鋒的工作，總把他放在比較安全的位置上，在袁交友庄的時候如此，在岡山頭也是如此。當朱一貴要他去開闢北路，他以為自己終於站到前方，但朱一貴要的也不是打仗，讓他做的一樣是防守、維護附近庄頭安全為主的工作，他們甚至幫忙附近人力不足的庄民收割五月稻，修補去年就被山洪沖壞的木橋。

也許他該感謝朱一貴的體貼，他本就是習慣保護好自己的人。但現在真的安全嗎？他身邊那麼

多下淡水的勢力，儘管和羅漢門的勢力是五五分，但杜君英還在半線，如果有一天他們突然又反悔了，回頭跟杜君英合作，他的處境起豈不是很危險？林璉是朱一貴從杜君英手上救出來的或許不會，但江國論呢？那人時常發牢騷，並不好相處。他真這麼有自信？還是他寧願測試這些人的立場也不在意他的安危？

這些事情總合起來，有好的解釋方法，也有壞的解釋方法。守在陌生之地，看不見前途的管著一大群人，有些兵丁太無聊了，開始除草墾土，隨便種點東西。某些情緒消沉的時刻，黃殿會忽然覺得，他這些推論都是沒有意義的，朱一貴不過就是沒那麼重視他罷了。

朱一貴搶走了所有原本屬於他的勢力和地位。甚至連這種陰暗的念頭都會竄出來。

黃殿帶著這支彷彿被遺忘的軍隊，只能等待。

煙抽完的時候，雨聲也停了。黃殿聽到營外有些騷動，以為是清軍來了，慌張走出去。營柵外，只見兵丁們三三兩兩靠在一起，抬頭看天邊的彩虹，還有些人脫掉衣服，踢濺剛積滿的水窪玩耍。

黃殿忍不住笑出來，忽然很想念家人，想念羅漢門的一切。

六月二十二日黎明，有一批清軍無聲無息地出現，襲擊了蘇厝甲。這是黃殿第一次單獨領軍，正面和敵人對決。

黃殿率領三千人迎戰，而對方看起來的人數還不到他的一半。

黃殿駐守在這裡也有一段時間了，比較熟悉此處的地形，交戰起來一開始就占了上風。即使清軍派出鳥鎗隊，他們手上也有火器，仍能抵擋。

黃殿的軍隊逐漸將清軍包圍起來，眼看就要得勝。

對方卻一下子來了許多援軍。

這些援軍從四面八方而來，連竹林中都藏有清軍，加上鎗砲的威力。反而變成黃殿的軍隊被前後夾擊。人數的優勢一下子反過來。

黃殿抵擋不住，也喝不住潰散奔逃的同伴，只能力求開出一條生路撤退。黃殿看出清軍人數最少的方向仍是竹林那一頭，布的只是疑兵，要眾人恢復冷靜，重新調整陣勢，合力往竹林方向衝殺再分路而退，這才保住了主軍。

黃殿擔心北路被突破後，府治十分危險。藏好主軍後，派人追蹤這批清軍的行跡，追蹤的人回報說，清軍放火燒掉了他們在蘇厝甲的營寨，接著就往犁頭標社去了。

犁頭標社是目加溜灣社的屬社，位在直加弄渡頭附近，這一帶芒草埔很多，不知道路的人並不容易找到犁頭標社。黃殿想，清軍必然是怕遭受他們襲擊，所以才沒有直接使用蘇厝甲的營寨，而借住在犁頭標社，尋求熟番的庇護。

派去追蹤的人還說似乎有熟悉這裡路草的人在替清軍帶路，所以清軍行軍的速度很快，到達犁頭標社的過程並沒有發生繞路或找路的情況。

黃殿和分路撤退的江國論、林騫、林璉會合後，四人就現況做了一番討論，都認為清軍剛打了

勝仗，一定不會防備他們，這可能是他們最好的機會，決定召集附近其它駐點的守軍，當天晚上就偷襲駐紮在犁頭標社的清軍。

夜裡，大地一片寂靜。

黃殿率領重新集結的白虎旗衝進犁頭標社，卻沒看見任何清軍的旗幟、軍帳。清軍像是平白無故消失了一樣。

黃殿正要質問身旁負責追蹤清軍行動的部下，就聽到震天殺聲。彷彿重演了白日那次被包圍的情景，大批清軍舉著刀從兩旁的芒草埔和蔗園之間衝殺出來。白虎旗的士兵因為過於驚慌而亂了陣腳，這一次潰敗得更快，並且受到更嚴密的包圍，致使黃殿無法再籌謀有計畫的撤退，隨著倒下的人越來越多，還活著的人只能自己設法求生。這一次他的白虎旗真的潰散了。

好不容易脫出戰圈，黃殿和主軍走散，獨自躲了一夜。隔天清晨他往南走，通知駐守在木柵仔的吳外蘇厝甲一帶已失守，提醒他小心清軍可能會從北路攻進府治。吳外也告訴黃殿他們兩次想搶回安平都失敗的消息。

黃殿說：「我想不透，清軍怎麼會既在安平鎮，又出現在蘇厝甲？如果他們是從安平鎮走陸路北上，就算是繞路，府治周圍我們也都有布防，不可能沒有人察覺。」

「難道他們是從笨港還是西港仔上岸的？」

「我想這很有可能。」

「昨天也有一批清軍從瀨口北上攻擊我們的南路口，李勇和楊來去擋了，皇上讓我們北路的駐

軍先不要輕舉妄動，後來情況如何，我還沒收到消息。或許沒有消息就是好消息吧！」

輕舉妄動這句話在黃殿心底震盪了一下。

「這樣等於是南路、北路都有清軍。」

「老大，你受傷了，要不要先在這裡休息一下？我找人幫你看一下傷口。」

聽到吳外叫自己老大，黃殿有些懷念。

「不了，我要趕緊進到府治見皇上一面，商討對策。」

黃殿又繼續往南走。走到新港溪邊時，他拆下頭巾，蹲下來用溪水洗臉。撥去水珠的瞬間，赫然發現溪水裡的自己看起來竟是如此狼狽。

有兩個在溪邊釣魚的漁夫揹著竹簍經過。黃殿警覺，回頭看見他們身上的衣服都繡著歪歪扭扭的「大清良民」四個字。

眼神對上的時候，其中一名漁夫看見黃殿沒有留髮辮，嚇了一跳。拉著另一個同伴立刻就跑。

黃殿抽出腰刀，衝了上去，毫不遲疑地砍殺了那兩人。那兩人一前一後的倒下，黃殿怕他們沒死透，又多補了好幾刀。

不能讓他們去報官。

那時候，黃殿滿腦子都只有這個念頭。

清醒過來的時候，身上噴濺了一大半那兩個漁夫的血。他重新洗淨雙手，綁好頭巾，然後脫掉其中一個漁夫的短掛，將那繡有大清良民字樣的短掛塞進懷裡。

他恍恍惚惚離開新港溪的溪岸邊，那溪岸的另一頭就是朱一貴所在的府治。但是黃殿往反方向走去，走進了一片雜樹林裡。他等了一段時間，在中午的時候回到吳外駐守的軍營。他看見那軍營已不是插吳外的玄武旗了，而是綠營軍的旗幟。

結果如他預料。

他慢慢換上那件繡有大清良民字樣的短掛，然後走向軍營。

* * *

主導北路戰役，擊敗黃殿又拿下木柵仔的人是藍廷珍。

藍廷珍看見黃殿投降非常高興，立刻派人讓他換上乾淨的衣服，並送上酒跟食物，一點都沒有要將他關押的意思。

藍廷珍的態度好得不可思議。黃殿默默地不敢多說話。

藍廷珍說：「你主動接受招撫是對的，府治南邊昨天就被官府收回，朱一貴早就跑了。」

「那守在這裡的人？」黃殿想問吳外的下落，但不敢說出他的名字。

「也跑了。」藍廷珍的笑容裡出現了一絲冷意，但很快又恢復成一臉熱絡的模樣，「他沒有你聰明。逃跑的人總有一天會被抓回來，抓到了就是千刀萬剮，不值得啊！你說是吧？」

「是。」

「我就知道你懂，所以才出現在這裡。需要什麼，都不必客氣。」藍廷珍指著站在他身旁的一個文質彬彬的男人，「這是我的族弟，他叫藍鼎元，讀書人，也是我的得力助手。你有什麼需要都可以告訴他。」

藍廷珍說完就走了。留下那個叫做藍鼎元的男人。

那男人的眼神很沉冷，令黃殿不寒而慄。但他卻問黃殿說：「要不要下一盤棋？」

黃殿說好。棋盤和棋盒就有奴僕送了上來。

藍鼎元下棋的時候也不說話，但黃殿若是下了一步好棋，藍鼎元會微微露出一絲笑容。跟藍廷珍不同，藍鼎元很節制自己的笑容。

那一天藍廷珍的軍隊過了新港溪，進了府治一趟，稍晚駐紮在府治東北方的萬壽亭。黃殿也跟著藍廷珍留在木柵仔的後隊一起到了萬壽亭。他跟清軍走在路上，看見百姓們都在門口擺設香案歡迎清軍。就像當初他們進入府治時，百姓也是紛紛擺設了香案歡迎他們。他的心中湧起一種說不清楚的苦澀。

萬壽亭雖稱為亭，但其實有牆有門有房，還有一個祝壽殿。

藍鼎元問黃殿：「你知道萬壽亭是做什麼用的嗎？」

黃殿說：「我不知道。」

「萬壽聖節、元旦、冬至，臺灣的文武官員會穿著朝服到這裡對皇上行三跪九叩禮。」

「皇上……會來這裡？」有那麼一瞬間，黃殿以為自己跟藍鼎元談論的皇上是朱一貴，但他很

快又回過神來。

「不是這樣，是因為北京太遠，皇上讓他們不用到北京去，在這裡跪拜就好。」藍鼎元的語調很冰冷，一邊說話一邊像在思考什麼。

黃殿不知道該怎麼回應，就沉默。藍鼎元不久也走開了去。

而後陸續有人接受官府的招撫而主動露臉。在藍廷珍軍前，黃殿遇見了當初古陳坑結義的康健，康健也是來投誠的。康健告訴他卓敬戰死了，莿瓜成躲到山裡去了，又說：「若是上頭問什麼，別相害。」就不想再同他說話。

之後再聽說有誰來投誠，黃殿總會去看一看那是誰，但往日跟他要好的兄弟卻是一個也沒有出現。

* * *

六月二十五日施世驃從大井頭登岸和藍廷珍在府治會合。原初從南路攻進府治的部隊已駐紮在南教場，施世驃所率領的後隊上岸後就進駐了北教場，藍廷珍仍屯駐在萬壽亭。

大勢抵定，藍廷珍立刻派遣心腹將這個好消息送到廈門給總督覺羅滿保，讓覺羅滿保自己向皇帝請頭功。

然而當他向施世驃報告已送出捷報給總督覺羅滿保的時候，施世驃露出了些許遲疑的表情，好

像從沒考慮要送捷報到廈門去，他說：「也好，我這邊也已經派人將捷報送往北京城。既然你已通知廈門，我就無需再送一封捷報到廈門了。」

原來施世驃想討好的不是覺羅滿保，而是更直接的要在皇上面前爭功，藍廷珍想。正如同他自己想討好覺羅滿保，施世驃也想讓皇上留下深刻的印象。如此一來，皇上收到的第一封捷報將會是施世驃所發，而非是人在廈門，收到捷報後再轉發北京的覺羅滿保。此舉無疑將得罪覺羅滿保，卻很能討皇上歡心。

利與弊，哪一邊影響較大，眼下還看不出。

藍廷珍默默退下，琢磨著施世驃的做法，想自己畢竟不算做錯。

可是很快又發生一件事，衝擊了藍廷珍的想法。

這場奪回府治的戰役，擒獲許多賊兵將領。初步審訊的過程，找到了先前殺害總兵官歐陽凱、水師副將許雲、北路營參將羅萬倉等主要將官的兇手。這些將官都是在血戰中被賊兵齊戮而死，雖不能找出所有動手的人，但帳還是可以算的。取首級的人或者第一個動手或最後一個動手的，最容易讓人記得。殺害歐陽凱的達家勇和殺害許雲的黃龍很快就讓人認出來，由於事發地點在春牛埔，有許多人證，結論很快就確認了。卻是羅萬倉的死有些蹊蹺，原初有賊兵說是陳碧拿竹篙槍刺了羅萬倉的喉，賴元改取的首級，卻又有一個賊兵說不記得陳碧有沒有動手，但是取首級的並不是賴元改，而是另有其人，名字叫什麼不知道，當初賴元改是搶了這個人的功勞去向朱一貴邀功才成了諸羅山的首領。

北路營還沒收回，賴元改和朱一貴也還沒抓到，這件事的口供尚不足。藍廷珍想繼續追查，施世驃卻已下令，將達家勇、黃龍、陳碧三人分別交給遇害將官的兒子歐陽敏、許方度、羅世正自行處死，讓他們能夠親手替父親報仇。

藍廷珍得知這個命令後，前往勸說施世驃：「啟稟軍門，卑職認為這三人就這樣處死，恐怕不妥，按律應該將他們送福州府的衙門審訊，將來也可能需要他們跟其他反賊對質。」

「反賊那麼多，不差這三個，之後抓到的再送福州審訊就好了。我們剛收回府治，不在百姓面前處死幾個人，他們不會怕，況且也可以激勵軍心。我知道你想用招撫的，放心，我也很支持招撫，願意自己來投誠的人我都不會動。」

這場處刑最終還是執行了，就在最熱鬧的市街一角，吸引了許多百姓圍觀。

施世驃告訴這三名將領之子，他們可以選擇任何一種處刑方法來宣洩恨意。

處刑的過程，一開始還有百姓議論的聲音，逐漸就變得很安靜，只剩下受刑者逐漸虛弱的哀鳴。許方度把殺父仇人的內臟一個一個掏出來，這件事傳進了藍廷珍耳裡。

施世驃處理反賊的手段某種程度上刺激了藍廷珍。藍廷珍雖然對反賊毫無同情，但他不喜歡破壞制度的做法。

難道這就是他當提督而我當總兵的差距嗎？這念頭從藍廷珍腦中閃過，他搖了搖頭，想把這個念頭趕走。

兩人在征臺一事上作風的不同與摩擦並不是進入府治後才開始的。

就拿蘇厝甲之戰來說，原本被包圍的前鋒部隊是很可能全軍覆沒的。原因起於有一個叫林鼎的鳳山縣民準備了羊和酒跑到安平鎮來迎接王師，他宣稱自己對西港仔一帶很熟，可以引大兵從西港仔登岸殺賊，為取信官兵，還用牛車把家人一同載來留在軍營中當人質，以證明自己所言不虛。

施世驃大概是本來就有從其他港口登岸的想法，很快就接受了林鼎的提議。六月二十日傍晚，施世驃秘密派遣這次登陸安平有功的先鋒林亮、董方帶上一千二百名士兵分乘小船往西港仔進發。當時藍廷珍因人在鹿耳門巡視，並不知紅毛城內發生的事。還是林亮出發前派心腹通知藍廷珍，藍廷珍才知道此事。

藍廷珍深怕這次行動損了精兵良將，但主動建言又恐施世驃疑心他安插眼線。只能等到隔天，假意向施世驃詢問林亮、董方的去處，再藉機建言。

要既不違逆施世驃的計畫，又要保住林亮，藍廷珍從幕賓陳夢林口中了解諸羅縣的山川形勢之後，他所能想到的補救方法就是帶更多人去支援林亮。

他對施世驃說：「根據哨兵傳回的情報，蕭壠、麻豆之間布有許多賊兵，西港仔就在這兩處附近，距離府治也不遠，若行蹤曝露，賊兵很容易趕來支援，如果遭到賊兵四面掩擊，林亮他們就危險了。」

施世驃問：「那麼，依藍總兵之見，要撤回這批人嗎？」

「既然已經發兵，不如就用全力，我們如果派大軍跟進，有人數上的優勢，即使前路真中了埋伏，我們後路圍上也能救。若軍門信得過我，請讓我帶兵前往西港仔。」

事情是這樣解決的，然而藍廷珍感覺自己似乎中了施世驃的陷阱。

因為施世驃接著又問他：「如果藍總兵領了大軍前往，那我們這次出兵就不能只是打下北路某個賊兵據點而已了。對吧？」

「確實，我可以趁勢從北路南下攻打府治，如果軍門也能同時派人從瀨口北上，我們南北兩路夾攻府治，順利的話，一兩天內就能進入府治了。」

「這個建議很好，我會讓剩下來的人兵分兩路，一路從瀨口走陸路北上，一路走水路打鹽埕、塗墼埕、大井頭這些水口。這樣就不只是南北夾攻，還是三路包圍了，不，五路圍攻。」

戰略是這樣陰錯陽差定了下來。

然而因為船程加上行軍過程遭遇的抵抗，藍廷珍進入府治的時間還是慢了南邊的部隊一天。縱然施世驃作為統帥最晚到達，但他所調度的軍隊還是最早進入府治的。藍廷珍彷彿被支開而錯過了什麼，但他回想起來這個計畫又確實是他想出來的……

包括書寫「大清良民」可以免罪的信息也是他派人裝作漁民先潛上岸散播的，所以當他看到黃殿穿著繡有「大清良民」四個字的短掛前來投誠，他感到非常高興。這表示他的計策有用。

他想方設法地推動這場戰爭的勝利，但到頭來真正能被看見的又有多少？

又或者說，怎樣才能被看見？像施世驃那樣第一時間搶著向皇上報喜訊嗎？

寢房裡，藍廷珍冷笑了一聲，替自己倒了一杯酒。多日來的緊繃，他難得鬆懈下來，允許自己喝一杯，慰勞自己的辛勞。

＊＊＊

六月二十五日這天，康熙皇帝針對臺灣警報的諭旨也送到了覺羅滿保手中，批文的日期是六月三日。

『諭臺灣眾民：據督臣滿保等所奏，并伊等進摺家人所言，臺灣百姓似有變動。又奏稱滿保于五月十日領兵起程等語。朕思汝等俱係內地之民，非賊寇之比，或因饑寒所迫，或因不肖官員刻剝所致。一二匪類唱誘，眾人殺害官兵，情知罪不能免，乃妄行強拒，其實與眾何涉。今若遽行征勦，朕心大有不忍。故諭總督滿保，令其暫停進兵。汝等若即就撫，自諒原爾罪；若執迷不悟，則遣大兵圍剿，俱成灰燼矣。臺灣止一海島，本地所產，不敷所用，衹賴閩省錢糧養生。前海賊佔踞六十餘年，猶且勦服，不遺餘孽；今匪類數人，又何能為？諭旨到時，即將困迫情由訴明，改惡歸正，仍皆朕之赤子。朕知此事非汝等本願，必有不得已苦情，意謂坐以待斃，不如苟且偷生，因而肆行擄掠。原其致此之罪，俱皆不肖官兵。汝等俱係朕歷年豢養良民，朕不忍勦除，故暫停進兵。若總督、提督、總兵官統領大兵前往圍勦，汝等安能支持？此旨一到，諒必就撫，不得執迷不悟，妄自取死！特諭』

連同諭旨，康熙皇帝另派浙江將軍塔拜帶兵二千到福建協防。

福建巡撫呂猶龍和按察使董永艾一起前往位在閩浙交界的浦城迎接這批來自浙江省的協防軍。對福建官員來說，這批浙軍與其說是助力，不如說是負擔。凡是人就要住要吃。士兵借宿民居很容

易發生擾民事件，弄不好甚至引爆民怒民變，他們緊急找了一些佛寺安排這些浙兵居住，才暫時解決問題。

由於先前的退澎官員全部停職待審，覺羅滿保藉著宣達皇上諭旨的機會，發文委任興泉道陶範親自帶著皇上諭旨前往臺灣安撫百姓，並暫時代理臺廈道的職務。他也發文要其他準備調任臺灣的官員們一同隨行上任。

廈門那頭接獲覺羅滿保命令的新任臺灣知府、臺灣知縣、鳳山知縣、諸羅知縣陸續到達，準備跟隨皇上諭旨出發前往臺灣。他們因不清楚臺灣現況，多半面帶憂容。

臺灣這頭施世驃和藍廷珍進入府治後，也調撥出兩批軍隊準備從府治出發，一隊向南，一隊向北，計畫同時勦撫南北二路逃逸的逆賊。

當初官兵進入府治，有許多失蹤的在臺將領、士兵回營報到。他們跟退澎軍員一樣，也都成了需要被調查的對象。有的人說自己一直躲藏在山中，也有的人說自己雖然被擒，但在朱一貴的應允下出家當和尚，這才換得活命的機會。眾人各有說法，卻不是每個人都能找到同僚替自己作保。除了劉得紫因為一直被關在朱子祠，有比較多人能替他作證，施世驃短時間內也無法一一確認這些一度失去行蹤的人是否曾經投降敵營。只能讓他們先都歸隊，等叛賊抓完了，再來核對口供。

聽說施提督和藍總兵要組織勦撫部隊，這些歸營的將領兵丁都主動表示想加入。他們的處境跟逃到澎湖的那群人沒有兩樣，都必須做點什麼來證明自己的忠誠。

南教場上，集合了很多歸營的人。

劉得紫在人群裡看見張文學，主動向他道了謝。

「當初是你的鼓勵，我才能等到這一天。」被關在朱子祠的劉得紫是在官兵進入府治時，見看守的人都逃走了，也乘隙脫逃，自己走到南教場投師。

「沒什麼啦，我比較不好意思，那天要走沒能帶你走。」

「當日那種情況，本來就不可能帶我走。我明白。說起來諷刺，因為一直被關到最後，所以比較沒有受到盤查，也不必找人替我作保。」

「嗯，那你算是因禍得福。」

「如果你需要人替你作保，我可以幫忙。」

張文學愣了一下，然後說：「多謝啦！」意識到劉得紫的軍階高於自己，又補喊了一聲「劉游擊。」雙手一拱，拜了一拜。

張文學是帶了舊部四百人和義民四百人前來會合官兵的，他逃出後在山中一個叫獅子巖的地方出家為僧，一邊當和尚一邊留意有沒有人跟自己一樣是躲在山裡的官兵。他聽到官兵入臺的消息，便召集了一些藏匿在山中的舊部，號召義民一同回營效力。

他深知像自己這樣一度消失掉的人，無法光靠他人的三言兩語就重新獲得信任，更何況他之前還丟了康篷林汛。

重新建立戰功才是最好的辦法。

劉得紫看到張文學替部隊增添這麼多力量，自己也去招募義民，沒幾天就募到一百五十個民兵。

劉得紫和張文學都被安排在北路的勦撫部隊裡。

這一天在教場邊的箭道，張文學看見劉得紫在練箭，主動過去打招呼。

「劉游擊知道朱一貴往北逃的事嗎？」張文學問。

「這我並不清楚。」

「我是南路營的人，本以為會被編在打南路的部隊裡，沒想到要去打北邊，朱一貴曾經讓我慘虧，這次我一定要討回顏面。」

劉得紫一時不知如何回應，便沒有附和。他知道朱一貴對自己的禮遇，但終究更改不了彼此敵對的關係。他心中的皇上只有一人，而那個位置是誰都不能冒瀆的。他從腰邊的箭袋抽出一支箭，張滿弓。

箭從手中飛脫而出的時候，他就知道會射中靶心。

「這感覺還沒忘記就好。」劉得紫說。

忽然教場的另一端傳出一陣歡呼聲，一名看起來非常年少的步兵正在舞槍。

「下盤很穩，槍每一回貫出都很有巧勁。」劉得紫觀察了一番之後說。

「確實厲害，但還不到需要歡呼的程度吧！」

「少年人嘛……是需要多一點鼓勵。」

「欸，說穿了，也是那個孩子出身好，才有這種人緣的。藍總兵身邊不是有個叫藍鼎元的幕友嗎？那藍鼎元是藍總兵的族弟，而這孩子就是那藍鼎元的長子。這次平亂，有不少人都帶著自己族

裡的晚輩來見世面，看能不能闖出一點戰功。」

「那也不關我們的事。」劉得紫又射出第二箭，也是正中靶心。

劉得紫的態度突然變得冷淡。

張文學這才想起，曾聽人說過劉得紫是因為祖先歸順得早，才獲得了正紅旗的身分，在其他漢人的眼光中，也算是出身好的。這種議論大概是踩到他痛處了。

張文學閉上嘴巴不再多說，也去拿了弓箭來練射。

* * *

鄭定瑞在清軍打來之前，始終沒能跟朱一貴取得連繫。興隆庄的感覺非常平靜，平靜到他覺得戰爭這些事變得十分遙遠。他派出的人有的根本沒再回來，有的則是回報說清兵太多，府治南方已成包圍之勢，難以闖過。日子一天天過去，他感到很不安。來到興隆庄的第六天他想乾脆自已回府治一趟，但顏子京問他：「你來這裡這麼多天，有沒有去看蓮池潭的荷花？」

「經過時，好像有看到。」

「你這樣不算看過。」

說完就拉著他搭牛車到蓮池潭邊，又跟潭邊的漁夫借了一艘竹筏，撐著竹篙划到潭中，讓彼此都被盛開的紅白二色荷花包圍。

花的色澤、荷葉的色澤都鮮潤得充滿生機，有時會看見游魚從荷葉下竄出，又不知藏到哪裡去了。

「怎麼樣？」顏子京問。

鄭定瑞說：「我想回府治。」

「別再騙自己了，你一個人回去也沒用。我們沒辦到一貴要我們辦成的事。幸運的話，一貴會自己來找我們。沉住氣，只能等待的時候，就做些開心的事吧！」顏子京說完躺了下來，以荷葉為蔭，看那天上的白雲。

鄭定瑞想起自己也曾對李勇說：現在在一起快樂，那就盡情快樂……

「我做不到。」鄭定瑞忽然翻身跳入水裡，游回岸上。他一路走一路抹掉臉上的水痕。

然後他又回到了戰爭裡。

興隆庄被攻破的時候，他因為大腿中了鎗傷而倚靠在牆邊。有一個人影走到他面前，他抬頭看，認出那是一個曾經投降歸順的南路營把總，那個人不知何時又跑回了清軍那一邊，重新披上清軍的戰甲。那個人緊盯著他的眼睛，好像在認人，又好像在確認鄭定瑞認不認識他。

突然，那個人手上的刀用力揮落。

鄭定瑞閉上眼睛之前，只記得笑。他的身體很疼痛，胸口像被撕裂一樣，但他不要死得痛苦或者嚎叫，他就只能笑。

那個人將他壓倒在地上，一隻手按住了他的後頸。

一種恐怖感湧了上來，鄭定瑞知道自己的頭將會被取走。

但那都不重要了。

鄭定瑞一直以為自己是個跟誰都不會有牽絆的人，可是到最後他仍舊很感謝，曾經有一個人待他極好。

「勇仔……」

這是他留在世間的最後一句話。

＊　＊　＊

南北兩路剿撫部隊自府治出發後，南路部隊很快就傳回收復南路營的消息。報告中說南路營的賊目顏子京和鄭定瑞都在這場戰役中被擒，當場斬殺。

這個消息傳回，藍廷珍卻並不高興。因為這兩個重犯，可都是國公級的，連審都沒審就殺了實在太草率，而且擒獲賊目的人分別是南路營的千總阮欽和把總李興盛，這兩個人都是在戰場上失蹤，有擅離職守跟投降敵軍嫌疑的人。

藍廷珍對藍鼎元說：「這樣不管是賊目的真偽還是軍功的真偽，都死無對證了。」

藍鼎元說：「如果他們底下的隊目願意說實話，就還有希望。」

「立刻把他們的隊目都叫來，分開審訊。」

最後他們從四名隊目的嘴裡得知，阮欽從朱一貴、杜君英打南路營那一天就不見人影了，就連這次剿撫行動，顏子京也不是他本人抓的，而李興盛曾經在四月二十九日的時候降了草潭的角頭首領郭國正，之後的行蹤就不清楚。

因為這些證詞，阮欽和李興盛的軍功反而變成想要湮滅罪證的企圖。作為在臺變戰爭中失蹤過的軍官，他們的嫌疑越洗越黑，最終還是被議處了。

＊＊＊

早晨起來忙完例行的農事，黃麟和卓春坐在一棵大榕樹下吃樣仔，黃色的汁液流了滿手，黃麟吃完果肉捨不得又舔了舔手上殘留的酸甜。

黃麟將吃剩的果核抛落泥土中，在心裡算了算，阿爹和教練帶著眾人離開羅漢門也有兩個月了。他們走的時候，樣仔剛成熟，現在也都還有。

原本五月時阿爹曾派人來通知他取得府治的消息，要他帶著家人一起到府治一聚，他和卓春因為正準備收割上半年的稻作，缺人手忙不過來，想著緩幾天再去，沒料到過幾天阿爹又派人來說和杜君英的合作關係有變，先不要過來好了。就這樣錯過到府治的機會。

不久他又開始準備下半年的稻作插秧。庄裡少那麼多人，雖然有再招人，但因外頭局勢浮動，願意來的人也不多。他一天要做的事是以前的兩三倍，倒也是這樣忙，才能不去擔心阿爹和教練他

們的事。

兩個月的時間對山裡的生活來說是一眨眼就過去的。

回想起來，阿爹上次派人來通知說杜君英往北逃逸，現在暫時駐紮在蘇厝甲已是六月初的事了。最近還沒有收到任何來自阿爹或教練的消息。

「我有點擔心阿爹。」黃麟說。

「說不定只是情況沒改變，才沒再派人送消息來。」卓春說。

「嗯，有可能。其實也沒相隔太久，可能是做了惡夢，我才胡思亂想。」

「你夢見什麼？」

「我夢見阿瑞舅舅……可是夢的內容我不想說。」

「我明白，我如果夢到不好的夢，也會不想說。很怕說了就變成真的。」

「春仔，他們不會有事的，對吧？我每天看這些稻子長大，真的很難相信還能發生什麼事，一切看起來都那麼平靜。」

「不會有事的，你要對教練他們有信心。不過我們可以派人去探聽一下外面的消息。」

黃麟想，確實這是最好的辦法。立刻找了一名傭工來，請他去探聽一下府治的狀況。

沒料到那傭工不到一天就回來了，說還沒走到府治，在官道上就聽來往的行人說，清軍上岸，府治已被朝廷收回，朱一貴正四處逃竄。

* * *

府治是南邊先受到攻擊的。當時從南邊攻上來的清兵很多，朱一貴和陳印、李勇、楊來、翁飛虎、張阿三率軍離開府治時，只能先往北撤走，找鎮守在北路方面的林曹、吳外和黃殿等人會合。然而柴頭港卻絲毫不見義軍的蹤影，找了一個當地人來問，才知道此地並不是受到清軍攻擊，而是林曹聽說清軍上岸就把朱一貴給的米糧、銀錢散發眾人，就地解散了義軍。

朱一貴等人只能繼續再往北走，過了新港溪，他們先是遇見吳外，又遇見江國論、林騫、林璉率領的白虎旗殘兵，卻都沒遇見黃殿。

吳外很困惑的對朱一貴說：「老大說過要去找皇上您。」

「但我往北撤的時候並沒有看到他。」

「大概是相閃身，也不知道老大現在人在哪裡？」

「只要我們重振聲勢，黃元帥自然知道怎麼找我們。問題是現在要先往哪裡去？」王玉全說。

「諸羅山雖然有我們的盟友，但有一定的路程，北路也不知道還有多少清軍？」朱一貴說。

吳外提議：「不如我們先回羅漢門吧？那裡是自己的地盤，官兵過去也很少入山。山裡是藏人的好地方。」

王玉全也贊同吳外的提議：「確實北路的情況一來我們不清楚，二來我們雖有盟友但彼此不夠熟悉，是不是能繼續合作還很難說，並且再往北恐怕會遇到杜君英的人。回羅漢門重整基業應該是

目前最好的選擇。」

江國論問：「現在南路官道都是清兵沒辦法走了，要怎麼進羅漢門？」

「如果從大穆降越過丘陵地進入烏山西翼，就能潛回羅漢門。我們在那裡也有一千個駐兵。」朱一貴說。

李勇說：「回到羅漢門，我們就能繞到興隆庄跟瑞仔會合吧？」

難得說話的楊來突然開口說：「可以走阿猴林，那條路我跟子京走過。」

「那還等什麼？走吧！」李勇說。

朱一貴見眾人意見一致，決定率領部隊往大穆降而去。

眾人懷抱著希望出發，然而六月二十八日，朱一貴率軍抵達大穆降時，卻沒有看見任何原初派駐的義軍，反而遭遇了大批清軍。清軍彷彿早就知道他的意圖，而守在這裡等待。

朱一貴認出了劉得紫，看見他騎在馬上，連連放箭，射傷許多義軍的人。朱一貴心中對於當初沒有殺掉這個人深感後悔。他怎麼會認為能收服這些人？他怎麼會白白放過殺掉這些人的機會？他徹底感覺到自己的天真。他不禁想問，是他的軟弱讓戰爭走到這一步嗎？

明明烏山就在眼前，卻是橫亙著數量龐大的敵軍，怎麼樣都過不去，越想突破死傷越慘重。

這一仗比安平一役輸得更慘，願意堅持的人越來越少，逃跑的人越來越多，人就是一下子都散了。

有一瞬間，朱一貴想，是不是我死了這一切就可以結束了？然而就是這一瞬間的軟弱、疏忽，

離他最近的張阿三突然中了一箭倒在地上。

朱一貴連忙架起張阿三，折斷他肩頭上的箭羽，問他還能不能走路？

張阿三說：「皇上，我還可以。」

那是信任的眼神。

張阿三的血漉漉滴在朱一貴手上。

如果不是自己分心，這一箭能揮開的。

「那就一起衝出去。」朱一貴咬牙說。

清軍不斷湧上來。朱一貴護著受傷的張阿三，行動多少遲滯。危急之際，翁飛虎衝過來掩護他們，運使長槍逼退多人。得了翁飛虎之助，朱一貴一聲大喝，刀勢橫劈，割破一名清軍的肚腸。

「跟他們拚了。」朱一貴大喊。

朱一貴和翁飛虎兩人將張阿三護在中間，一路協力斬殺清軍，張阿三雖右肩受傷，沒受傷的左手依然舉刀迎擊，英勇非常。清軍雖然人數眾多，但看見三人兇猛的神態，以及倒地同僚的屍體，也不免心生畏懼。

張文學最接近朱一貴的時候，他以為這次他肯定能得手，因為四周都是自己人。朱一貴再強，每個人都給他一刀，他還能活嗎？

張文學原本是這麼想的，然而他卻差點被朱一貴手中的腰刀劈中，那刀的速度飛快，從他耳邊劃過，他能清楚聽見刀嘯以及某個人被劈中身軀的撞擊聲。

若不是剛好被同僚絆倒原來的姿勢偏斜了，那一刀就會落在自己身上。張文學在地上滾了好幾圈，驚魂未定摸了摸胸口，發現自己又活了下來。

劉得紫換了一把鳥鎗，想用鳥鎗對付朱一貴。一開始是因為很快就陷入混戰不好用鎗，怕誤傷自己人。但現在朱一貴自己殺出血路，許多兵丁一時不敢靠上前去，反而讓他有了刺殺的空檔。忽然一聲槍響干擾了他的注意力，當他再次瞄準，朱一貴和他身旁兩名猛將已被自己人保護起來，圍在中央。

跟隨朱一貴的人團結在一起，形成一道道人牆，最外兩圈的人結成藤牌陣，迅速變換攻擊和防守的陣勢，合力往北衝，最終脫離了大穆降戰場。

第十四章、離別

脫離大穆降戰場後，朱一貴率領剩下的數千人往北急撤，清軍則一路跟在後頭追擊。灣裡溪附近的一個雙岔路口，朱一貴選擇西邊靠海的那條走，被清軍的前鋒部隊在茅港尾追上，後又在鐵線橋發生交戰。[32]

清軍派出的前鋒人數雖不多，但交戰的時間一拖長，後頭的主力必定會追上。

情勢緊逼之際，楊來自願帶一隊人留下斷後。

「我來拖延他們一陣，自會求生。眾人不必等我。」

此時他們已經沒有時間商量對策了，朱一貴只能立刻分兵而行，以免辜負楊來爭取的機會。

下一個雙岔路口，朱一貴選擇了看起來離山比較近的那條過了急水溪，繼續往下加冬去，他們在這個岔路口暫時甩開清軍，眼看就要過八掌溪，諸羅山也不遠了。楊來卻始終沒有追上來會合。

雜樹林裡短暫的歇息，朱一貴對王玉全說：「或許我不該讓楊來斷後。或許我不應該走那條路。我到底還做錯了多少決定？」

「可是總要有人做決定。」王玉全說，「放心吧！楊來知道怎麼躲藏。」

連續幾天的追逐。逃的人，追的人，都在同樣的日頭底下曝曬，也受同樣的風雨摧殘。

六月本就特別炎熱、潮濕，蚊蟲也多。然而康熙六十年的六月完了，也還有一個閏六月。雖然時間明明一直過去，知道再熱也到頂了吧？然而一下子大雷雨、一下子出太陽，野草野花都長得旺盛蓬勃，蜂蝶亂飛，積水的地方蚊子特別多、掉落地上的腐果引來大批蒼蠅，樹上草叢裡都藏著蛇，夜裡還有大批的蛾、蟾蜍。對許多臨時徵調來臺灣平亂的清兵而言，長時間的行軍本就疲累，有原來的汛防營地可用還好，遇到露宿荒野簡直是場苦難，加上水土不服、瘴疫肆虐，或吐或瀉的人很多，有人病死，有人被毒蛇毒蜂咬死，也有人在過溪時被突然暴漲的溪水沖走就此不見蹤影。

對朱一貴等人來說，這樣的日子雖然他們已很能適應了，但也說不上輕鬆。

當他們終於到達諸羅山的北路營，以為能見到盟友，卻發現北路營早被官兵奪回，賴元改的人頭就掛在營門口。

問了附近庄頭的人才知道。當日丟失北路營的千總、把總一直躲在山區裡招人，這兩日聽說王師上岸，才率領招來的民兵奪回北路營，斬了賴元改。

朱一貴派出翁飛虎、江國論攻下北路營，補充了些許武器、糧食，暫時有了駐紮的據點，然而朱一貴心知後頭的清軍還是會繼續追擊，並且從這裡逃走的官兵很可能馬上就會去通報他們的位置。

現在幾乎就是朱一貴只要在同一個地點停留得太久，就會面臨被圍剿，而官兵休息得太久，就

---

32 茅港尾為今臺南下營茅港尾。

會失去朱一貴行蹤的狀態。

雙方都在等待一個能改變現狀的解決辦法。

這時便出現了善於穿針引線獲取利益的人。

有一個叫王仁和的漳浦人就是如此。

王仁和與溝尾庄的庄民楊石平日素有往來。他知道楊石的親族楊旭、楊雄在地方上很有勢力，是此地的領袖人物。便透過楊石引見，前去說服楊旭、楊雄合作擒捉朱一貴。他告訴楊旭、楊雄，從目前朱一貴逃竄的方向來看，找上財大勢大的溝尾庄合作是遲早的事，可以利用這個機會設陷阱抓住朱一貴。[33]

楊旭、楊雄起初還很猶豫，不想惹上朱一貴這樣的麻煩，後來楊旭收到一封朋友託人帶來的信，信裡頭也是勸他不要錯過這樣難得的機會，若能設法抓住朱一貴跟官家搭上線，將來好處是無窮的。楊旭才意識到自己的優勢，回頭答應了王仁和的提議。

商議妥當，王仁和透過關係前去求見藍廷珍，告知藍廷珍這個計畫。藍廷珍答應給王仁和一個外委守備的位置，楊旭一個守備的位置，楊石、楊雄則當千總，以此為交易，寫了銜箚作憑證，命令他們想辦法擒住朱一貴。

於是楊旭等人秘密糾集溝尾前莊、後莊、小筊椰、新埤、佳走、後潭等六庄鄉壯等待朱一貴來到。

閏六月五日，朱一貴果然率領一千人到溝尾庄詢問是否有飯食可以提供？楊旭立刻殺豬宰羊請朱一貴等人吃飯，並且對朱一貴說國公楊來是他同宗，小時候在這庄裡長大，後來才去下淡水發展。

算來兩人也是有緣，說他願意號召六庄鄉壯助他東山再起。

朱一貴聽到這庄頭正是楊來的故鄉，連忙問楊來有沒有回來這裡？楊旭說沒有。

朱一貴想了想，心中有些憂愁，感謝了楊旭的好意，說不好意思久留，會為他們帶來太多麻煩，並沒有過夜，又帶著人離開，過牛稠溪往月眉潭而去，然而月眉潭這裡卻找不到食物。[34]

眾人的肚子又餓了，只能沿途打獵或摘些龍眼果腹。

閏六月六日晚上，江國論領著郭國正、林騫、林璉對朱一貴發難。

「我實在受不了了，如今我們落魄到這個地步只能到處跟庄頭分些吃的，你又不願意去搶。還是各自求生去吧！」

江國論帶了六百多人離開，林璉臨走對朱一貴說了一聲抱歉，朱一貴也沒有挽留。

此時，朱一貴身邊剩下不到四百人。朱一貴甚至不明白他們為何還不走，他們還相信他什麼？難道他還有任何機會嗎？他和王玉全、陳印、吳外、張阿三、李勇、翁飛虎七人圍坐在火堆旁，他問大家：「事情走到這個地步，我們兄弟是不是就散了，各自逃躲。說不定運氣好的人還有生機。」

眾人低著頭，都不說話。就連智計最多的王玉全也一句話都說不出來。

朱一貴自嘲：「或許你們在這裡把我綁了，送到官兵面前還有活路。」

33 溝尾庄位在今嘉義太保。

34 月眉潭位在今嘉義新港。

王玉全說：「不，別說兄弟們不會有這種想法，我們這幾個領頭的已是清朝必殺的對象，即使皇上願意犧牲自己，也救不了我們。這裡往北還有許多土地，也有山區，就算只剩下我們七個人，也不是沒有機會。」

李勇說：「一直沒有瑞仔和子京的消息，我想試著去找他們看看。」

陳印說：「這種時候，你不能離開。」

「我知道。可是現在什麼都做不了，實在太悶了。」

此時朱一貴開口道：「沒關係，你走吧，就去探聽消息看看。若有活路，不必再冒險回來，就想辦法和阿瑞一起待著。」

李勇點點頭，一個人離開了。

朱一貴摸了摸前額，因為許久沒剔，頭髮都長了，披散在額間。他現在真正能梳出一個明朝的頭髻，但他也無心了，帝冠只有登基那天戴過，仍是更寧願跟其他人一樣用布綾包著頭。

閏六月七日，楊雄前來月眉潭尋找朱一貴，說是楊旭讓他來找的，勸說朱一貴回溝尾庄。朱一貴見他如此有心，天空烏雲滿布，恐怕就要下雨了。心想如果楊旭要出賣他，早就出賣了，便沒有懷疑，帶了眾兄弟一同回到溝尾庄。

那天黃昏果真下了一場大雷雨，楊旭替朱一貴準備好住的地方，也幫他把身邊的弟兄分宿在不同民家，說召集了六庄鄉壯守護在溝尾庄四周，不用擔心官兵追擊。

這麼多天以來，朱一貴第一次感覺能好好睡覺，不知從何時起，他也眷戀有一張好的床，一個

遮風避雨的屋頂。翁飛虎為了保護他，和他同睡一間房。張阿三則和王玉全一間房。陳印、吳外一間房。

夜裡，楊旭派人送酒到朱一貴房裡。朱一貴原先推辭，但見楊旭先飲，未免失禮，只好也喝，翁飛虎也都喝了。他想他喝得不多，卻睡得很沉，做了很多夢。

天將亮時，翁飛虎叫醒朱一貴。朱一貴聽到屋外有喧嘩吵鬧的聲音，有許多人喊官兵來了，還混雜著隆隆戰鼓聲。

朱一貴走出屋外查看。發現自己和翁飛虎已被溝尾庄的數十名鄉壯團團圍住，這些鄉壯手上都拿著鐮刀或竹篙槍。

楊旭藏在他們身後說：「如何？你們借住其他庄的同夥也都被抓了，火砲也灌了水。如今這局面，你是跑不掉了，還是乖乖投降，少受一點皮肉之苦吧！」

朱一貴冷笑了幾聲，然後對翁飛虎說：「雖然逃生的機會渺茫，最後當一回英雄，不要讓他們白白拿到賞金。你認為呢？」

「當然。」翁飛虎說完拔刀，一刀刺中離他最近的一名鄉壯。朱一貴也同時撂倒一個。

朱一貴說：「我只遺憾不曾真正和你打過。」

兩人掩護彼此的背後，試著殺出生路。楊旭沒料到這兩人武勇至此，只後悔昨晚的酒為了怕被識破，並沒有下藥。

溝尾庄為了擒捉朱一貴亦付出慘痛代價。朱一貴的殘兵雖被分散，卻也各自努力突圍。最終朱

一貴、翁飛虎、王玉全、張阿三等四人被捆綁起來，其他人見頭子被抓亦都逃散而去。只剩吳外、陳印這一隊，因陳印夜裡警醒，察覺事態不對，仍有機會率隊脫出。他本想回頭去救朱一貴，但聽哨探回報，楊旭已將朱一貴四人綁在牛車上，載往八掌溪交給駐紮在那裡的官兵了。

吳外說：「我們還是想辦法走山路回去羅漢門吧！人被綁了，一定是往官府那裡送，已是救不了。況且我們匆忙跑出來，連一點像樣的兵器也沒帶。」

陳印知道吳外說得對，但他卻無法說好我們走，哪怕只是點頭。

他不是最膽小的嗎？他的理智告訴他，逃吧，把所有人都解散，這樣可能還有機會活。然而心頭卻感覺很悲痛，做不出這樣的事。

他對眾人說：「如果他們還沒被交給官兵，我們就還有機會。再給我一次機會，我們去找找看他們人在哪裡，如果人還在路上，我們就救他們。」

只有少數幾個人同意陳印的做法，大部分的人都頭也不回的離去。這一次中計，差點被出賣，擊潰了他們對人的信任，也讓他們更珍惜得來不易的活命機會。

而吳外沒有走，只鬆了口氣般，拍了拍陳印的肩膀。

陳印和吳外兩人帶著十餘人沿著大路找，果真找到押送朱一貴等人的牛車。陳印以為自己看見了希望，卻沒想到那正是一個逮捕餘黨的陷阱。溝尾庄的鄉壯拿著兵器從草埔中衝殺而出，將他們全都抓住。

朱一貴等人連夜被解赴府治。

朱一貴是首犯，先被押到施世驃軍前。

見到施世驃，朱一貴不願意跪下，對施世驃說：「孤家是明朝皇室，怎能跪你！」

以前王玉全時常要求他不分場合都要自稱孤家，他總不願聽，但現在他反而很願意說了，因為知道那是他最後的武器。

回到監牢時，他告訴王玉全這件事，問他：「孤家現在聽話了，國師開心嗎？」

王玉全苦笑：「皇上真傻，這時候就不該再自稱孤家了。」

「真的，後來就被打了一頓。現在我沒辦法走路了。」

王玉全看著朱一貴滲出鮮血的雙腿膝蓋，控制不住情緒的流下淚來。

「那個叫藍總兵的真狠，是他讓人打我的。可惜他沒打死我。你知道嗎？竟然是姓施的阻止他的。他好像是怕我傷得太重，活不到北京，沒辦法向主子交代。哈……奴才當久了，人就沒有血氣，壞了我的計畫。你啊下輩子投胎自己當王吧，不要像他們那樣，再也不要當誰的奴才誰的忠臣了……」

朱一貴很安穩的躺在王玉全腿上閉上了雙眼，膝蓋的傷太疼痛，骨頭大概是碎了，他根本不可能睡得著，然而他想再這樣一下。

一樣被關押著的陳印、吳外、張阿三、翁飛虎隔著柵欄看著他們，那一夜很寧靜，誰都沒再說話。

＊　＊　＊

李勇還沒找到鄭定瑞的下落，就聽說朱一貴被擒的消息。他將頭髮剃光，偽裝成和尚潛進府治，看見十字街口用竹竿撐起許多人頭懸示。他認出了楊來，又認出顏子京，最後找到了鄭定瑞。

他很驚愕地站在鄭定瑞的頭顱面前，他看了又看，雖然面容已經變色扭曲，而且開始有一種腐臭的氣味，但他確實認得那張臉。在那一刻，他感覺到生命的靜止，他對這個世間再無眷戀。他衝上前去，抱住那顆頭顱大哭。

他彷彿又聽見懷中那顆頭顱的主人問他：「勇仔，你為什麼總是跟著我？」

「我喜歡看著你。」

「我有什麼好看？」

「你的背影看起來很孤單。我總忍不住看。」

「我不孤單哦，你有沒有想過，你追逐的只是自己的背影？」

李勇毫無抵抗的被抓了。

＊　＊　＊

黃殿在投誠之後就很少遇到藍廷珍，藍廷珍因為受命暫代臺灣鎮總兵官的職務，黃殿就跟著被

安排住進總鎮署的一個院落裡。怎麼說這都太奇怪了，他沒再遇見康健，之前康健跟他說過：「當過國公的果然待遇不一樣。」很是欣羨的模樣。但黃殿怎麼說以前也是跟官府打過交道的，直覺事情沒這麼簡單。

藍鼎元曾經要他說出所有偽朝官員的名字以及做過的事情，藍鼎元準備了紙筆，坐在桌案的另一側，準備謄錄他所說出的每一個字。

他沉默了很久。

藍鼎元告訴他：「我們抓到的人很多，你不講別人會講，減罪的機會就讓別人拿去了。況且你還是想見家人一面吧？」

隨後藍鼎元提到了黃麟、卓春的名字，甚至知道他的妻子姓鄭，也知道他有一個眼盲的哥哥黃媽，而黃媽也是有娶妻的。

「這是其他人供出來的名字。」

「他們沒有參與。」黃殿連忙說。

「這要等所有人的口供都到齊了才知道。」

「你剛剛提到減罪？接受招撫的人不是一律無罪嗎？」

「是無罪，但你也該表達真心悔過的誠意，這才算真正投誠，不是嗎？」

那時的藍鼎元給他的感覺跟平日不同，不若最初的沉冷，多了一絲溫情，好像在替他設想，卻又在言語中劃下一道清楚分明的界線，要他做出必要的貢獻。

黃殿最後還是說了那些名字，反正有一半都是杜君英的人。他如此安慰自己。而另一半，我不說別人也會說的。

之後幾天也確實沒發生什麼事，這減輕了他的罪惡感。但他有時又會想，或許並不是沒發生什麼事，而是他被軟禁了，發生什麼事他也不會知道。

既然藍鼎元早就知道他家人的存在，那麼……

黃殿鼓起勇氣對藍鼎元說：「我已交代完我知道的事，我想回家看看。」

藍鼎元答應會幫他問藍廷珍。

這次是藍廷珍親自見他，對他說：「人還沒抓齊，還有許多需要你協助的地方。」「你若想你的家人，我也可請人把他們接來這裡。」藍廷珍說。

黃殿聽了心裡直覺會怕，明明好幾次都感覺到這個藍廷珍虛情假意，卻又因為希望被放過，一再欺騙自己這個人真會放過我。黃殿懷抱著不安，繼續過著他的「好日子」，他時常夢見兄弟們在監牢裡被打得半死，滿身是血的向他求救。他醒來，看見房裡那些雅致的擺設，總是準時送來的美食美酒。他知道自己是走不出這園子了。他有時產生了想死的念頭，又覺得不能死在這裡，他要活，才有機會保護家人，才可能有機會拯救任何一個可能拯救的人。藍鼎元說過，這些名單上的人他們會盡量用招撫的方式，戰爭已經結束，誰都不希望再多傷人命。你這麼做也等於是在幫他們。

但是有一天，市街上傳來很清楚的「朱一貴被抓了！」這樣的叫喊聲，雖然是很多人在說話，聲音很雜亂，但他確實聽到了，這個消息穿過矮牆、穿過竹林，穿過門扉，來到他的房間裡。

他沒有透過藍鼎元，而是直接闖到前院衝撞守衛，要找藍廷珍問朱一貴的生死。藍廷珍剛好要出門，態度顯得不太耐煩，但仍舊回答了他的問題：「按理說，人還沒抓齊之前，首犯是不會處死的。因為還要對口供。不過，也是要看皇上的意思。若覺得不必多問，也可能提早處刑。怎麼？你擔心他？」

「不……我只是好奇。」

「你跟他不同，是自行接受招撫的。不用擔心。」藍廷珍淡淡留下這句話，扭頭就走了。

不久朝廷指派的新任臺灣鎮總兵官來了，他們又搬出了總鎮署，改住在臨時接待官員的公館，黃殿在那裡遇見當時被派往下淡水溪打客庄的劉國基和薛菊，以及在犁頭標社走散的江國論。黃殿問他們是怎麼接受招撫的？

劉國基說：「本來我們倆和王忠都躲在郎嬌，因為那裡清國是管不到的。不過那藍廷珍也算有本事，竟然探聽到我們的下落，派人來勸我們投誠。我們猶豫很久，想說長久躲下去也不是辦法，就答應了。本來王忠也要來的，可是出發前又改變主意，連夜逃走了，也沒告訴我們他要去哪裡。」

「怎麼會突然改變主意？」黃殿問。

薛菊說：「還不是施提督派來的人害的，大概是藍總兵和施提督都查到我們在郎嬌，只是施提督派的人動作慢了一些，那個人氣焰很囂張啊，要我們向他行禮，嫌我們不夠低聲下氣，啊我們本來就講話大聲啊，王忠整個人就很不高興。」

「對啊，忠仔就說，他們今天在郎嬌態度都這樣了，到了府治不知道會怎麼對待我們。所以來

之前想到忠仔說的話，我也是很怕。不過藍總兵派來的人跟我們保證，投效藍總兵絕對勝過施提督，說那施提督對犯人是很殘忍的，會把他們丟給手下處決。」劉國基說，「不過看你在這過得不錯嘛，我就放心了。早知道我們一開始就投誠，不必那樣東躲西藏。」

江國論說：「我啊說來話長，先是跟著朱一貴跑路，後來決定分頭走，我在打猫混了一陣子，跟客庄的人結了仇，只好從山區潛回阿猴林，不料被清軍發現要來抓，我又跑回北路，這樣南來北往的逃，實在支撐不住，聽說接受招撫免罪就來了。官兵四處宣傳你過好日子呢。想說你都沒事，我也應該不會有事，對吧？」[35]

黃殿聽著那三人你一言我一語，知道他們是害怕，對未來感到茫然不安，又想相信一些什麼，希望透過黃殿的嘴巴告訴他們，他們的選擇沒有錯。黃殿心虛地點了點頭，他也希望投效藍廷珍是對的。

在那之後，他們經歷了一場可怕的風災，剛好在中秋節前兩天。那堵矮牆倒塌的時候，黃殿想過要逃，逃回家過中秋，但風雨太大，連樹木都被連根拔起，人不抓緊屋子的樑柱就會被吹跑的程度，最終他只是抱緊樑柱一晚，看見屋頂被吹掉一半。他和藍廷珍府上的家僕兵丁一起修補房屋屋頂，一同吃了中秋月餅，漸漸地感到安心，想經歷了這樣可怕的天災，終於彼此都不再是敵人。

那場淒厲駭人的風雨令施世驃受寒病倒，躺了一個月最後還是死了。聽說施世驃因為奏摺第一個到朝廷，皇上很高興，賜給他東珠、朝帽、蟒袍、黃帶，正是要飛黃騰達的時候，沒料到這時候死了，御賜的袍戴穿也沒穿幾次。藍廷珍又得了個代理福建水師提督的職務。雖然是代理的，府上

的人都已經開始直接稱呼他為「軍門」了。

時序轉眼來到十月，秋意越來越深重，藍廷珍的住處越來越熱鬧，偏房住的都是受撫的昔日國公，劉國基、薛菊、江國論之後，又是陳福壽，陳福壽之後又是杜君英、杜會三父子。

黃殿和杜君英見到面時，雙方因為決裂過，都不怎麼想和對方說話，又都想從對方身上多知道一些什麼。僵持了幾天，才慢慢探問彼此的情況，黃殿才知道，原來杜君英當初聽說官兵上岸，就一路沿著山區潛行到羅漢門，曾在羅漢門山區躲過一陣子，也是陳福壽進山裡勸說他出來投誠，他見陳福壽過得不錯，這才出來。

「你在羅漢門有見到我的家人嗎？是一個叫黃殿庄的地方。」

「黃殿庄啊，有啊，我們有經過附近。不過一想到那是朱一貴的地盤，就沒進到那庄裡去。」

「嗯。」

「別煩惱，沒聽說黃殿庄有出什麼事，而且聽說庄主夫人很厲害，附近幾個庄頭都不敢惹他們。對了，你那麼早就投誠，有聽說什麼時候會放我們走嗎？」

「這……我也不清楚。」

黃殿在心中數算，國公之中還沒被抓到的已沒剩幾個了。

35　打猫為今嘉義民雄。

然後他們一直等待的那天來臨了，十月十七日，黃殿和杜君英等人都被叫去見藍廷珍，薛菊因近來病得厲害就獲准先待在房裡。

藍廷珍告訴他們說收到制臺的來信，要讓他們入軍籍，給他們一些武職做。

杜君英問：「制臺是誰？」

藍廷珍說：「就是閩浙總督，是很大的官，管兩個省的。總督希望趕快見到你們，今天氣很好，海象不錯，就今天出發吧！」

黃殿聽了藍廷珍的說法，感覺很懷疑，這實在太倉促了。

他還沒開口問，江國論就頭一個說不要，他說他想留在臺灣。

一向和顏悅色的藍廷珍突然發怒斥罵他，說他沒有當官的命相，將他趕了出去。

杜君英、杜會三和陳福壽見狀就答應了，藍廷珍發給他們三人一些黃金，並派遣手下抬轎子送他們到渡口。

藍廷珍一個個問，其餘的人看到有黃金可拿，就都答應了。連一開始說不要的江國論也改口說願意去，但藍廷珍讓他等在後頭。

黃殿見狀，當下也只好答應。

黃殿第一次乘坐這種有簾幕的婦人轎，感覺有些奇怪，他想揭開簾幕的時候，兩旁護衛的兵丁提醒他不可以。他只好又將簾幕放下，因此也不知道轎子究竟抬到哪了。但是手上的黃金是真的，他想著，難道真像王玉全所說的《水滸傳》故事，雖落草為寇最後仍能受到朝廷招撫，替朝廷做事，

但更後來呢？王玉全從不講故事的後半段，說後面就沒什麼好說的了，因此他所知道的永遠是那些人的前半生。

下轎的時候，黃殿看見了船，這裡確實是渡頭，他進到船艙裡，看見杜君英、杜會三、陳福壽三人被繩索捆住，感覺很訝異。

他還來不及反應，就同樣被身旁的兵丁捆了起來，將他丟在船艙深處。

後頭陸續又有人來，也是一樣的下場。最後劉國基、江國論和薛菊也都來了。

等兵丁都走出去後杜君英對眾人說：「看來我們都被藍廷珍騙去了。」

有些人聽了就哭。杜會三最年輕哭得最厲害。

「別哭，好歹也快活過了。朱一貴肯定比我們慘。」杜君英說。

他們到了鹿耳門又被押上另一艘大船，在這裡遇見原初是到別處投誠的林曹、林騫、林璉、郭國正，一樣都被捆著。

薛菊本就病重，受到如此變故驚嚇，幾番折騰，船途中沒能熬過去，靠岸前就斷了氣。

黃殿倚靠著艙板，發覺自己臉上有淚，但因為雙手都被綁住沒辦法擦眼淚。他信任了不該信任的人，他一直告訴自己藍廷珍縱然看起來不可信，藍鼎元這個人的人品是好的。在黑暗的不知日夜的船艙中他反覆思索終於領悟到，問題不在於藍鼎元是不是好人，問題在於藍鼎元一開始就把他當成敵人了。

沒有人會對敵人心軟。他們漫長的和平的共處，那些奕棋的日子都只是算計和鬥爭。

黃殿等人在廈門下船之後，經過按察使問訊，各自被上了木枷，從轅門分押而出。

黃殿並未和陳福壽、杜君英、杜會三等人同路，而是和剩下的十餘人在一起。押送他的差員說：「你命不錯哦，不用走到京師去，聽說主謀那幾個都得去京師跟朱一貴對質，那路途可遠著了，可是啊結果可能都差不多。」

從那不經意脫口而出的訊息，他知道朱一貴還活著，人活著才能對質。那麼鄭定瑞呢？李勇呢？張阿三呢？還有王玉全、陳印、吳外，他們是不是一樣也還活著？想著又覺得自己可笑，這些都是沒有意義的，走到這個地步，終歸都是死。只是他們死了也還在一起，我死了也沒面目見他們了。

突然胸口一陣痛，他劇烈的咳嗽起來，那差員給了他一點水喝。

叨唸著：「保重啊，不要死在半路上，福州不遠。」

＊　＊　＊

藍廷珍在送出了杜君英等接受招撫的要犯之後，連續收到了覺羅滿保的兩封信。信中提及有意將臺灣、諸羅、鳳山等山區的人全部遷出，用砍下的巨木擋住山的出入口，禁止人出入，避免有人窩藏山中謀反，藉此杜絕像朱一貴這類的事件再度發生。

這個想法對已經在臺灣待了六個月的藍廷珍來說，非但難以真正執行，而且據他對臺灣的了

解，恐怕只會招致反效果。他老是遇到這種事，必須改變上司的想法又不能去冒犯上司，藍廷珍一想到要回信就壓力沉重，而且他的壓力不只這些，雖然陸續有捕獲的漏網之魚，但身為偽國公之一的王忠卻怎麼找都找不到，甚至有謠言說王忠已招集數千人準備再次造反。

他只好向藍鼎元求救，請他去想想這兩封信怎麼回比較好，畢竟有太多人在山區耕種定居已久，不可能輕易割捨多年來的成果，完全不區分良民、刁民的大規模遷界，很可能會再惹出亂子，事情會沒完沒了的。藍鼎元果然沒讓他失望，勤勤懇懇寫了一封至少在他讀來並不會惹人生氣的信。藍鼎元先是稱讚覺羅滿保對山區問題的敏銳，又繞了彎子勸說若山區全清空了，奸匪更好躲藏，若良民仍能在山區安居樂業，將來日漸繁榮，熱鬧到一個程度，奸匪反而不容易秘密進行歹事。

信寫得恭謹，藍廷珍反覆檢查幾次，才派親信將回信帶去給覺羅滿保。

不過事情不能只做到這樣。

藍廷珍想，覺羅滿保會提出遷界的想法，可能是開始對自己的辦事效率感到不耐了也說不定。他之前花了那麼多兵力平定南北二路，沒想到平息沒多久，十一月初二南路石壁寮又有朱一貴的餘黨重新豎旗造反。

既然覺羅滿保這麼在意山區，我就來清剿山區。

藍廷珍決定用另一種方式來解決山區窩藏亂黨的問題。就是讓所有清剿部隊同一個時間入山，盡可能堵截所有出入口。唯有這樣才不會軍隊在山頭抓人，人卻從山尾跑了。

藍廷珍派出三路部隊分頭進入羅漢門，一路從角宿、岡山、刈蘭坡嶺進入，一路由仁武莊、土

地公崎、阿猴林進入，一路由卓猴、木岡社進入，這三路每隊兵丁四百到六百人不等，都有番人五十名為嚮導。他要求三路部隊必須在十一月十二日午時會合在羅漢門的中埔庄，誤時後到的軍法處置。[36]

他另外也在北邊的大武壟派了兩路部隊分路堵截，同樣要求這兩路部隊必須在十一月十二日午時會合，不同的是他們的會合地點是在礁巴哖。[37]

以中埔庄、礁巴哖為據點，各路部隊隔天開始分兵出去搜查附近的山區有沒有躲藏賊兵，最遠甚至走到了大龜佛、大湖。二十七天的時間內，他們在這些深山密林中找出了數十個能夠窩藏賊犯的草寮，通通放火燒了。[38]

這次清山搜捕不只抓獲莿瓜成等朱一貴的殘黨。黃麟一家人也因為受到黃殿的牽連，同時遭到逮捕。只是仍舊沒抓到王忠。

這就像藍廷珍功勳上的一個汙點。

藍廷珍不甘心，將目標指向更多過去不在官府掌控範圍的地帶，他派通事進入傀儡內山的各番社探聽調查，也派人駕船南下過沙馬磯頭，繞到山後的卑南覓，送上帽靴補服等獎賞與嘉勉的公文給大土官文結，希望能透過他命令崇爻七十二社的壯番，搜捕所有逃到山後的漢人，以斷王忠退路。[39]

他甚至將當初曾經告官說朱一貴要謀反的高永壽也找了出來，命人將他帶到臺灣來，要他指認當初他目睹朱一貴等人聚集的地點，他想知道是不是還有什麼窩藏地點是他漏掉的，然而相隔日

久，高永壽也沒能找出記憶中的那個地方。

藍廷珍之所以會知道高永壽這個人，是來自覺羅滿保審訊原臺廈道梁文煊時的供詞，根據梁文煊的說法，當初有一個叫高永壽的人來告官說朱一貴要造反，他曾告知總兵官歐陽凱，但歐陽凱派人去查了卻沒查出什麼，回來就說把高永壽說的話當誣告處理吧，因此錯失了防範未然的機會。

梁文煊想藉此脫罪，但覺羅滿保仍判了梁文煊死罪，因為把罪責推給已死的歐陽凱，當然怎麼說都可以，即便真有高永壽這個人，高永壽也不可能知道官府有沒有真的處理他所告發之事。而且，追根究柢，梁文煊真正致命的錯誤跟這件事也沒有關係。

康熙六十年年底，臺變逃澎的官員，經過覺羅滿保的審訊後被押往臺灣正法。這些官員包括原任臺廈道梁文煊、臺灣府海防捕盜同知王禮、臺灣知縣吳觀域、諸羅知縣朱夔，只有原任臺灣知府兼任鳳山知縣的王珍因為已經在牢中病死，送來的是裝著遺體的棺柩。

藍廷珍在十二月十八日於市街上依覺羅滿保的命令處決了這一批活人和躺在棺材裡的一個死人。

因為王珍過去的作為，對他有恨有怨的人很多，這一天圍觀的人也就特別多。群眾忍著異味，

36 角宿、刈蘭坡嶺皆位在今高雄燕巢。
37 大武壠和礁巴哖皆位在今臺南玉井。
38 大龜佛為今嘉義阿里山茶山一帶、大湖為今嘉義番路大湖。
39 沙馬磯頭為今屏東恆春貓鼻頭，卑南覓為今臺東。

看見棺柩裡的王珍被抬出來受戮齊聲叫好，卻不知道這些官員實際獲罪的原因只是因為棄職脫逃，失了封疆，對不起皇上。

* * *

康熙六十一年二月二十三日。

朱一貴被押到刑場凌遲處死的那一天，他仔細看了每一個兄弟的臉，陳印、李勇、吳外、王玉全、翁飛虎、張阿三。

朱一貴說：「能夠與你們同年同月同日死，我這輩子也不枉了。」

「大家再多忍耐一會兒，就能見到先走的兄弟了。」李勇說。

這些話都使大家得到安慰。

翁飛虎說：「我一直擔心是不是我賭運太差，連累了大家。想了很久，還是決定跟大家說聲抱歉。這樣我就能安心走了。」

翁飛虎說得正經認真，卻反而惹笑了眾人。

吳外說：「原來你也會開玩笑啊！」

王玉全說：「其實我懷疑過同樣的事，但那樣的戰役換做別人恐怕還要輸得更慘。所以，你要相信自己。」

吳外說：「雖然國師又把場面弄嚴肅了，但國師說得不錯。我想我們都做得很好了。」

張阿三說：「皇上，國師，諸位國公大哥都是我很敬佩的人。希望下輩子還能和你們做兄弟。」

陳印說：「當然囉，還要再當兄弟的，你說對吧？一貴。」

朱一貴說：「當然還要再當兄弟。親的也好，結拜的也好，都要再認識一回。」

當初朱一貴聽到判決的時候，有那麼一點訝異，但又不是真的訝異。他和陳印、李勇、吳外、王玉全、翁飛虎、張阿三都被宣判凌遲處死，這點他並不訝異。但是緣坐牽連之大仍是超過他的預期，因為謊稱明朝後代，他的父族親屬三代不分年齡全都被判斬立決。

當執刑者冷漠而精準地刮下他的血肉，以延長他的痛苦時，他也得到了救贖。他曾經懷疑自己是否在一開始就做錯了決定，又或者在哪個環節沒能把握住機會，然而經歷這一切，不管能不能改變什麼，但幸好他做了。

他唯一感到抱歉的只剩下莫名受到牽連的家人，他們之間的關係雖不如他和結拜兄弟來得緊密，但他從沒想過要連累他們。

因此疼痛對他來說是好的，他是需要疼痛。

陳印在牢裡曾對他說：「因為是你，我才會答應加入。」

他問陳印：「你會不會怨我？」

陳印竟然笑了。

「你想到哪裡去了，是你讓我有了勇氣。如果不是遇見你，我或許會長命百歲，卻不會那麼喜歡自己。你明白嗎？」

他回答說明白，真明白。因為他也是一樣的。

那時陳印生病發著燒，躺在地上背對著他。隔著牢柵，他靠了過去，試著伸出手碰觸到陳印，發覺陳印的身體抽抖個不停。

「好冷！」陳印說，「可是，我要撐住，和你同一天死。」

然後他們真的就同一天死。

到底沒有遺憾的。

那一天，非常漫長。

＊　＊　＊

藍廷珍在南路鳳山林抓到王忠已是雍正元年四月十五日的事。至此，對朝廷來說，朱一貴案才算結束。藍廷珍也如願以償升任了福建水師提督。

自康熙六十年六月一日從廈門發兵，到雍正元年四月十五日逮捕到王忠為止，藍廷珍為朱一貴案耗費了兩年的時間。這兩年的時間他署理過臺灣鎮總兵的職務，再把這個職務交給繼任者，也代

理過福建水師提督，又因為新任提督赴任而被指示交出提督印信。朝廷總是先指派別人接任他代理過的位置，讓他有一種自己並非首選的挫敗感。可能他實在在臺灣待得太久，朝廷後來讓他遷調臺灣鎮總兵官，但用過提督印信，就不能滿足這種連升官都不算的人事安排了。

這兩年內不只針對朱一貴案，康熙六十一年三月南路下淡水有林亨作亂，四月北路又有李慶在八掌溪、小溪洲拜旗作孽，六月臺灣縣有鄭仕密謀豎旗，這些他也都處置妥當。忙了這麼久連個官也沒升，藍廷珍心中有怨但忍著。

唯獨面對藍鼎元的時候，會感嘆平臺過程的許多細節那些付出、謀劃，外人也不會知道。

藍鼎元那時說：「我幫阿兄寫下這些過程好嗎？」

藍廷珍聽了頗欣喜，直說當然好，不過藍鼎元的書還沒寫出來，藍廷珍就因當初接任福建水師提督的姚堂過世了，在新任皇帝雍正的庇蔭下，等來這個升官的機會。

藍廷珍在臺灣待了這麼長一段時間，在四處巡視、剿撫中發覺在臺灣開墾的潛藏利益。許多肥沃的土地雖然有人嘗試開墾，但大部分的人因為籍貫、財力、武力、知識等條件的限制，沒有能力申請墾號，或者申請了卻沒辦法維繫下去。

不插手實在太可惜了。

當時出身泉州晉江施氏家族，施琅的族姪施世榜正投入半線的開墾，是墾號「施長齡」的墾首，聽說收穫頗豐。在討伐朱一貴的過程，施世榜也有隨軍，跟著剿撫南路時，還自備行糧給底下招募的鄉壯吃。藍廷珍從以前就耳聞過施家在土地投資上的致富之道，親眼見到感受更加深刻。

藍廷珍在離開臺灣前做了一個決定。

在大肚溪以北一個叫猫霧捒的地方申請了墾號，命名為「藍張興」。[40]

原先這裡已有一個張鎮庄，是十幾年前在臺灣任職的北路營參將張國報墾的。張國後來做到浙江定海總兵官，但人已過世，張鎮庄現在是張國的兒子在掌理。藍廷珍很喜歡這塊地，因為已經有些基礎了，看得出收成好壞，土地是肥沃的，並且周邊還有很多可以續墾的草埔。他委任了一個叫蔡克俊的管事替他去詢問對方的負責人有沒有興趣賣地或是合資開墾，那管事跟對方談了一番之後回報說，不需要買賣，他們本來就因為這土地實在太過接近番人的鹿場，佃農怕兇番傷人都不肯來，他們剛好有意向官府申請解除墾號，更改規定上應該繳納的田賦金額。

「負責的墾首說，軍門可以先入股，等他們提出解除原墾號的申請，再去同一塊地上面重新申請墾照就可以了。」管事蔡克俊說。

申請墾號的事進行得很順利，很快就進入招募佃農的階段。

藍廷珍離開臺灣前，召來管事蔡克俊詢問：「招募佃農順利嗎？」

蔡克俊回答：「順利。」

「可是他們一開始不是說這塊地很多佃農都不願意去嗎？」

「聽到是軍門想要的地，就這麼說了。實情又有誰知道呢？」

「也是。」藍廷珍微微一笑，上船去了。

此後幾年，受到「施長齡」、「藍張興」等墾號招工機會的吸引，半線上下聚集的移民越來越多，許多福建的民間幫會也擴張至此吸收新的成員，幫會與幫會之間，泉州人與漳州人之間，官府和人民之間，漸成新的風雲之勢。

藍廷珍站在船上回望遠方地平線的時候，彷彿也預見了這樣的未來。一股不安的情緒浮湧上來，隨即又被膨脹的慾望壓迫了下去。

40 貓霧捒位在今臺中南屯。

第十五章、時間不曾停止

離開福州府獄的時候，黃麟什麼也沒有，只有一身的傷和病，他的身量原就偏瘦，經過監牢一番折騰，如今看起來更瘦了。他抬頭仰望天空，天空是那麼平靜湛藍，而衙門外的大榕樹招來一陣又一陣的清風。他深深吸了一口氣，感受到片刻的自由，隨即官府的差役在他頭項周圍套上一副木枷，木枷兩側糊上福州府獄的封條，卓春也戴著一樣的木枷跟在他身後，聯繫他們的是一條長長的繩索，而卓春的後頭也還有其他一同要被押送往漳浦去的人。

其中一名差役說：「這次平亂，漳浦那邊立功的文臣將領可多了，剛好將這些官奴併作一路押送。」

「可不是，聽說藍總鎮特別照顧漳浦出身的將領。」

「不過也不是同鄉就能有什麼好處，不然同鄉的可多了不是？聽說藍總鎮很在意作戰表現，每回出擊都命人做紀錄，有貢獻有功勞的他才會提拔。」

「話是這麼說啦，不過就不會刻意去提拔泉州人吧，特別是晉江的，哈哈！」

「喂，說過頭了。有人聽著呢！」

那名差役的目光掃過黃麟，黃麟在視線對上的瞬間微微瞥過頭。他確實在聽，但坐牢這段時間

福州話他只學了粗淺，並不能完全聽懂他們在說什麼。

「你也太小心了，這又不是什麼秘密，那些官場上的人誰不是栽培自己子弟？還有好幾天路程，說個話也這麼小心，那就太無聊了。」

一路上，黃麟一直在想，身後的卓春還好嗎？他有時拉動一下繩索，卓春也會輕輕拉動一下，表示回應。他們之間沒有太多對話。他們的相處好像一直是這樣，但這次真有什麼被挖空的感覺，對於未來，也很絕望。

黃麟慶幸且羨慕娘親在牢裡病故，不必這樣一路遷徙，受累受辱。他們這些受朱一貴案牽連的親屬，排成一列長長的隊伍，他們將被分配到有功之家為奴，成為一份獎賞。這批行列裡，他找不到伯父伯母，有人受託告訴他，你伯父伯母依律被流放到兩千里外的地方去了。兩千里是多麼遙遠的距離，那流放地又是什麼模樣？黃麟無法想像，特別是伯父的眼睛看不見，要如何走完這路程？黃麟想他是永遠都不會再見到伯父伯母了。奇怪的是，因為發生了太多事，他竟也沒有太難過。

卓春也必須跟著自己被分配為奴，黃麟想至少能在一起發配那是好的，但他仍不能確定活著是否是最好的選擇。

當初父親接受官府招撫的事，他是偷偷潛進府治探聽才知道的，有人在解說一個布告牌上的文章，說是出來投誠的既往不咎，施提督、藍總兵軍前或是任何一個軍營都可以投。又說目前投誠的名單都在這裡了，哪個過得不好？

他在那名單上看見父親的名字。但他不知道父親接受招撫後人到哪裡去了？父親也始終不曾返

家。在府治徘徊了數天，都沒能找到父親，只能先回庄頭。這樣每隔一陣子就去探聽，來來回回找了幾次，才探聽到父親可能在藍總兵那裡，塞錢給那宅裡打雜的僕役真見到父親一面，卻讓父親趕了回去，警告他不可以再擅自跑來。那時候他真的覺得很奇怪，父親看起來安好，吃穿無虞，卻總有難言之隱的模樣。後來聽說那些投誠的國公們都去廈門去當軍官了。他就沒再去找。

他以為自己被父親遺棄了。

冬日裡某一天清晨，他和卓春、娘親坐在桌邊吃粥的時候，庄裡負責巡邏的傭工通知他有官兵包圍了黃殿庄。領兵的人說只要乖乖接受盤查，他們絕不會傷人，如果反抗，就一律當作逆賊清剿。在那樣的局面下黃麟只能同意他們入庄盤查，他和卓春、母親、伯父、伯母原來就是官兵名單上要的人，當下就被抓了，官差說了這是因為你們的親人黃殿牽涉到朱一貴案的關係，他才發現那些招撫的布告都是騙人的。

他們被押下山的過程裡，黃麟陸續看見官兵放火燒掉覺得可疑的草寮。冬天草木乾燥，一下子火勢就綿延了出去，他試著提醒那些官兵應該圍出火線阻止火勢蔓延，但官兵達到目的了就只是離開。之後山裡究竟會變成怎麼樣他也不知道，只覺得這樣到處都是官兵的羅漢門不再是他所認識的羅漢門了。

官兵說要帶走所有家人的時候，黃麟曾有很短暫的時間注意到掛在牆上的鐮刀、放在灶頭的菜刀，或者眼前盛著熱粥的碗，任何可能產生尖銳足以致命的東西。如果當機立斷，或許是來得及自盡的。

但一瞬間的猶豫使他活了下來。被押送到福州之後，他回答過幾次盤問，學會對官老爺自稱「小的」，稱呼那官為「老爺」。大多數的時間只是等待，努力在潮濕悶熱充滿惡臭的環境生存下去。他在這裡見到他的父親，父親就關在他的對面，他們彼此對話的時候附近的人都聽得到，獄卒也可能會聽到。他們並沒有講太多話，大多數的時候只是一個人看著另一個人，他看著父親的時候，父親很快就會把臉掉過去，父親看著他的時候，他也不好意思去直視父親的眼神。

一開始他以為每一天都可能是最後一天，時常在聽外面的動靜，做著死亡或者目送親人死亡的準備。後來他發覺他們還有很多的時間，他也就漸漸地不去數算日月，他以為還可以待在一起更久，因為官府通常會等到秋天才對犯人處刑，但隔年大概是要進入夏天的時候吧，天氣才剛開始熱，父親就被斬首了。當值的獄卒對他說：「你阿爹算聰明，早早出來投降。換到斬立決。斬首嘛，一刀就死了，不會痛太久。你不用擔心。像凌遲就不一樣哦，一刀一刀地刮，會拖很久才會死。像那個首犯朱一貴聽說就是凌遲死的。」

他才知道朱一貴早已不在人世。

他問獄卒：「你說的那個首犯是什麼時候被處刑的？」

「消息也是前一陣子才從北京傳到這裡的，所以這裡也動了起來。回算起來應該是二月下旬的事了吧！放心，這案子也算結了，等該殺的都殺完，該問的都問完，你們這些能活的就可以全部離開啦！」獄卒感嘆地說。

他總共在那監牢裡待了將近半年。他們被勾判去處之後，他才見到卓春，卓春告訴他，母親病

死了，沒能捱過去。

黃麟時常回想在羅漢門的日子，他感覺那時候非常的幸福……

他踏進位在漳浦山上的藍家門庭時也感受到一種幸福的氣味，不屬於自己的幸福。那些奔逐的孩子，講著他聽得懂的漳州話，有時又會突然冒出另一種他完全聽不懂的語言。

一名跟自己相似年紀的俊朗青年從正廳走了出來，看了看他們這一列又髒又臭的隊伍。青年看過名單清冊，留下了他和卓春，其他人則繼續被押送往其他官家去。

那青年站在黃麟面前問他：「你是黃麟嗎？」

黃麟低下頭說：「是的，小的黃麟，站在小人身邊的是小人的妻子。」

這名青年對他說：「我知道了，阿麟。我是藍鼎元的長子藍雲錦，你來這裡很好。」

往後這位藍家大少爺都喚他阿麟，讓他跟在身邊，卓春負責洗衣燒飯，沒有受到太多欺凌。這裡的人大多純樸，不像黃麟以為的官家。

有次他說出「官家」這個詞，藍雲錦說：「我們不算官家啦，我爹又沒當官，至少現在還沒。」

藍雲錦很熱心的為他介紹藍家的一切，彷彿他不是來當奴僕，而是來當客人。在藍雲錦的介紹之下，他才知道那些穿插在漳州話之間的陌生語言是畬族語，原來藍家並非漢人，而是畬族人，只因受漢人生活的影響，逐漸失去了本來面目，也越來越少講族語。

有一間房裡有許多書冊，藍雲錦告訴他：「我爹很喜歡讀書，也希望我好好讀書。無奈我一讀書就會生病。哈，不過或許也是這樣的身體救了我。小時候我總是生病，大夫建議我練武強身，這

樣練了三年，身體真的慢慢就好起來。但每回只要坐在書案前想要認真研讀書冊，讀不到一個月就會大病一場。如此來回幾次，父親也就不逼我了。」

黃麟聽了忍不住笑，意識到自己笑了又連忙止住。

「抱歉，少爺。」

「你不用道歉啊，你不笑讓我一個人乾笑，我才會生氣。而且……你真的太少笑了。我知道你在牢中必然經歷了很多事，不過你來到這個家，就是我的家人……」

日久的相處，黃麟發覺自己無法不喜歡藍雲錦，藍雲錦給予他的率直熱情正是他想像中朋友該有的模樣。然而每回藍雲錦對他表示關懷，他心中反而警惕起來，想起藍廷珍和藍鼎元對父親的欺騙，父親在牢裡曾告訴過他，最初那友好也是非常真實，所以瞞過了父親。

藍雲錦也是那種表裡不一的人嗎？他不是應該憎恨所有藍家人嗎？藍雲錦的父親藍鼎元正是藍廷珍的幕賓。這情況很可笑，他來到了藍家，而藍雲錦的父親還在臺灣協助「平亂」。

黃麟每想到這些事，心中就很困惑，不明白自己該用什麼態度去面對現在的生活、現在每一天會看到的人。

當他問卓春這些問題，卓春說：「你大可讓自己好過一點，相信別人又如何？想笑就笑又如何？反正我們也沒什麼可再失去的了。」

「我不能失去妳。」

「你其實不用說這種話討好我。」

「春仔……」

「這場牢獄之災，我們看了太多人死去或者活著受折磨，我們可以忍受的失去變多了。將來我死了，你也不會活不下去。反過來，我也相同。這是現實，但我覺得也沒什麼不好，並不是因為我們不重視彼此，而是因為我們也沒什麼選擇。你能明白嗎？」

那夜黃麟聽她說這些話，眼淚不自覺流下來，彷彿是對過去身陷煎熬時不能來得及悲傷的補償。明白是明白，那兩個字卻說不出口。

卓春像一個母親一樣安撫著他的內心，伸手環住了他的肩膀，靠在他背脊上。

「堅強起來。」卓春說。

黃麟點點頭。

過年時，原本追隨在藍廷珍身邊的藍鼎元請假回返。真正的藍家主人回歸，許多主人的朋友遠親都來探訪，藍家一下子人多了起來，卻不敢顯出過分熱鬧喜氣的模樣，因康熙皇帝在十一月十三日駕崩傳位四皇子的消息剛傳到南方來不久，眾人都壓低聲音在討論這件事。

藍鼎元看見黃麟的時候很快就認出他來。黃麟在臺灣時曾到府治來尋找黃殿，被黃殿趕回去那次，匆匆照過一面，雖沒細看但有印象，並且黃麟和黃殿長得有幾分像。

黃殿臨要去廈門的那個早晨，不知為何像是預見自己未來一般，在那棟宅邸的院子裡等待上轎的時候突然對著藍鼎元走過來，請託他一件事。

「這些日子以來，雖沒深交，但常在府邸裡碰頭，也聊過不少話，知道您為人。所以斗膽拜託，

不管我去廈門之後，情況變得如何，關於我的兒子黃麟，我也不求太多，只要是在您眼皮底下的事，能不能多加照應呢？」

「你在廈門當了將領，就能庇護他。」

藍鼎元那時為了配合兄長藍廷珍的計畫也只能說謊。在他看來，兄長這樣的謀略縱使令人不快，卻是減少傷亡的有效辦法，因此他從不為配合兄長說謊而愧疚，畢竟一開始面對的對象就是膽大妄為的逆賊，也並非什麼良民。

然而偏偏黃殿就是一臉溫良的模樣，他不正面回應藍鼎元的話，又連說了好幾次「拜託」，末了深深地做了一揖，那動作顯得很笨拙。

得知兄長也抓了黃殿的家人之後，他對兄長說：「黃殿的家人按律應該是會發配為官奴吧，若最後裁決真是如此，能不能送到我家來呢？」

「難得你會主動跟我要什麼，這要求並不難。只是你怎會在意起黃殿的家人？」

「我想記錄一些羅漢門的事，他的家人剛好是可以詢問的對象。」

「也是，他兒子年紀輕輕就當了庄主，應該能幫你。但是，小心啊，這些人都很狡猾，就是當了家奴也還是要嚴格管束才好。」

「嗯，知道了。」

藍鼎元寫字時讓黃麟幫忙磨墨。藍鼎元告訴黃麟，他準備要寫一本書，記錄那場戰爭的書。黃

麟說他想讀，他學過《千字文》，常用的字他認得。他想知道父親離開羅漢門之後，都發生什麼事了。

藍鼎元神情嚴肅地看著他：「你不會喜歡我的寫法，你可能會感到憤怒。但你的身分既不能向我發怒，也不能改變我的寫法。這樣你也想讀嗎？」

黃麟默默點了點頭。

「但我的文章可不是認得幾個常用的字就能讀懂的。」藍鼎元說，「你每天來磨墨時，我會給你一篇文章讀，讀了看不懂就隔天見面時問我。日子久了，自然就會進步。」

黃麟應了諾，往後每日幫藍鼎元磨墨，讀藍鼎元規定給他看的文章。藍鼎元也確實很有耐心地為他講解那些他不能讀懂的地方。往往懂了意思之後，他不免要問同樣這個意思其實有更淺白的講法，為什麼寫文章的人偏偏要用那麼艱澀的字去寫呢？藍鼎元說這就是一種表現啊。

黃麟很期待藍鼎元將那本書寫成，他也喜歡看他專注寫字的模樣。但藍鼎元時常寫了很多又重來，那些廢棄不用的稿子藍鼎元另外收了起來。藍鼎元有時會允許他讀那些廢棄的稿子，也讓他讀留用的稿子。

黃麟告訴藍鼎元，讀起來是很好的故事，後來留用的反倒令人生厭。他不明白老爺為什麼要將一個好的故事修改成那做作的模樣？

「做作？」藍鼎元聽到他那麼說，不禁失笑。問他：「你從哪裡感覺到做作？」

「你很刻意在講藍總兵的好話，你也不忘稱讚一下萬歲爺。你遇到想維護的人都很不公平。而且您也貶低了……某些人。」

然後他看見藍鼎元的臉色漸漸沉下來，要他出去。

他想藍鼎元是個很矛盾的人。

藍雲錦有幾次都剛好出現在屋外，見他出來，就拉他一起去練武。

他想，或許藍雲錦不是剛好出現，而是等著。

他覺得藍鼎元在家的時候，藍雲錦看起來不像往日那麼開心。幸好很快藍鼎元又到臺灣去了。

在藍家的日子久了，因他勤快也沒犯什麼過失，他甚至獲准在特殊的情況下拿槍，他一直很想要的，一把真正的長槍，不是竹篙槍。因藍雲錦聽他說練過武術，便要看他舞槍。他回想記憶中和朱一貴對練的槍法，刺中了那掛在竹枝上飄動的一張小小紙籤。

藍雲錦拍手叫好。

黃麟問藍雲錦：「少爺，您不怕我嗎？」

藍雲錦說：「為什麼要怕？你只是受牽連，又不是真的叛逆。況且你現在是藍家的人了。」

黃麟感覺到一種刺痛，對於藍雲錦的善良，他想像過無數次各種毒害這一家人的方法。他想問他知不知道他的族伯藍廷珍出爾反爾欺騙了他們所有人，他們以為投降是可以受到保護的，他們以為官府同樣處置了那些貪官，就會原諒百姓的反抗，但是人世間的事不是這麼簡單，戰爭裡面必定互有傷亡，任何事都必須付出代價。投降唯一得到的恩澤，是犯者免受凌遲，換了個斬立決，而家人發配為奴。他曾唾罵父親的投降，即使丟失府治，回到羅漢門應該還能再集結武力，再反抗，這才是身而為人應該有的血性。可是父親乖順的自首了，像被剪去翅膀的禽鳥，而現在的自己又有什

麼兩樣呢！雖然穿著乾淨的衣服，跟在主人的身邊，偶爾還能拿到一點打賞，這樣的自己還算是一個人嗎？還是當年的一庄之主嗎？

他想像各種毀滅藍家的方法，但他就是恨不了藍雲錦，也恨不了藍鼎元，更不要說其他對他十分溫柔藍氏家族中的女性長輩。

後來黃麟才明白，藍雲錦為什麼說：「你來這裡很好。」

他有時跟隨藍雲錦和一些參與過那場戰爭的人見面，其中一個人叫許方度。藍雲錦告訴黃麟，許方度的父親許雲在春牛埔一役壯烈犧牲，後來施提督讓他親手處決了殺他父親的仇人。

當藍雲錦講著「犧牲」、「恩許」，黃麟不禁要懷疑到底朱一貴是他心中那個溫暖正直的教練，還是擾亂民安的逆賊？

許方度用仇恨的眼神盯著黃麟。藍雲錦伸手拍拍許方度的肩膀，「方度，他沒有參與那場戰爭。快兩年了，你也試著放下吧。」

許方度卻恨恨地對藍雲錦說：「你沒有資格叫我放下。我和我父親被包圍的時候，你們又在哪裡？」

黃麟從許方度身上看到跟自己身上一樣因為受苦而無法體貼別人的心情。

「我知道我那時不在，我……」

「你沒有親眼看到那時的慘況。」

「我明白，但那些百姓也不是故意要造反的。這件事情的背後有很多原因。」

許方度露出不可置信的表情,「藍雲錦,你應該慶幸這裡除了我和那個叛奴沒有其他人,否則,藍家上下都要掉腦袋。」

兩人分手後,藍雲錦對黃麟說:「阿麟,不要怪他,我跟他從小就認識了,他原先並不是這樣的個性。我有時會想,可能……大部分的人都只能看見自己知道的那一面。就像一座山,從不同角度看有不一樣的形狀和感覺。」

黃麟說:「我明白,我也是來自一座山。我……很喜歡山。」

* * *

藍鼎元喜歡水。他所居住的村莊缺少水脈,田是旱田,井沒有幾口,他的母親時常走很遠的路到溪邊洗衣,他小時候總愛跟著去,喜歡看那水流動的樣子。十七歲的時候,他搭上一艘商船,遊歷福建、浙江、廣東沿海,他到過許多城邑。那次的旅行帶給他許多不同的感受。書冊不再能完全的滿足他,他渴望多看看這個世界,那些關於未知的世界。

可是他也必須參加考試,求取功名,那是所有讀書人共同的道路,也是父親一生未能完成的憾事。他在二十四歲時拔得童子試第一就沒能再往上升,同鄉的蔡世遠卻很順利地中了舉人。他們在縣城的學宮相遇,他對蔡世遠說恭喜,蔡世遠雙手垂拱,對他深深做了一個揖,說「多謝學長」就連禮儀姿態都是那麼完美。藍鼎元意識到自己的腰彎得更低,畢竟蔡世遠現在是舉人了。

他和蔡世遠兩人同受當時的福建巡撫張伯行延攬到福州的鼇峰書院教書，同時也修訂先儒著書，為了宣揚朱子學，張伯行說要把它們做成一個全集，刊刻印行。那兩年在書院的日子，他們一同共學，討論經典。他敬佩蔡世遠的才學，尤其字好看。他的父親蔡璧是書院的山長，掌管書院。蔡世遠無疑是最有前景的書院成員，但他的態度總是很謙恭，未曾流露驕傲的神氣，他總忍不住多看看蔡世遠，留心他走路的姿態，偶然飄過的眼神，卻找不到絲毫破綻。那麼他是真正的君子，真正的儒者了。卻還是有些什麼不對勁的地方，因為蔡世遠總是很客氣，太客氣了。因為同鄉，同樣來自漳浦，開口講話有相似的口音，他們看起來親近，卻不真的親近。他是畲族人，小時候仍講族語，只因用到的機會越來越少，這才少說。當他走到外面的世界來，遇見漢人、滿人，他會意識到他們仍不是同一種人。

只有一次，他看見蔡世遠深夜未寐，一人在書院的涼亭裡就著一壺酒，自斟自飲。那是他第一次看見蔡世遠喝酒，蔡世遠很節制的慢慢啜飲，藍鼎元本想當作沒看見悄悄離去，卻被蔡世遠叫住。

「學長，你討厭我嗎？」

「你喝醉了。」

「我知道這個書院裡的人都討厭我。」

「哦？為什麼呢？」藍鼎元忽然想利用這個機會好好聽聽學弟的心聲。

「因為我比你們厲害。」

「這倒是。」

「你們羨慕我有個學問淵博的阿爹。」

「我阿爹也不差的，只是沒考上。」

「哼，你們以為學問會自己從我阿爹的腦袋裡轉移到我的腦袋嗎？村裡的小孩在玩樂嬉鬧的時候，我只能練字、背書，每一天每一天被稱讚好聰明，我寫的文章如果有太多情緒，就會被修正。為了讓父親滿意，我寫的文章越來越像父親，有一天我卻不知道自己原本應該會寫的文章是什麼模樣。你以為我喝醉了吧？不，我沒喝醉。」

藍鼎元沒說話。

「學長，我羨慕你。」

「為什麼呢？」

「你的文章裡還保有一種熱情，有時殺氣太重，令我毛骨悚然。」

「或許這是我落榜的原因。」

「學長，我真的好羨慕你。」蔡世遠將頭伏在石案上，就這麼睡著了。這樣的人，沒辦法討厭啊。藍鼎元嘆了一口氣，將蔡世遠攬在自己身上，硬是叫醒了他，要他回自己房裡睡。

「學弟，顧慮一下自己苦心維持的形象吧！」

後來自己終究放不下家人，辭退了鼇峰書院的講學工作，回到家鄉教書。那一年，蔡世遠在殿試金榜上高中第二甲進士，進了翰林院，是轟動鄉里的大事。他仍舊認真讀書，但他和蔡世遠就很

少連絡了，偶爾想提筆寫信給他，又覺得蔡世遠未必有空理自己，終究在意自己未能取得功名。是什麼侷限了自己的器量？為什麼文章不受主考官青睞？

他也曾失望、憤怒，卻並非不知道原因。

他不想失去自己，唯獨這個是不能退讓的，即使可能令家人失望。當初蔡世遠察覺了這一點，間接鼓舞了他，他心中是感謝的。

閒居這山林之中，讀讀書寫寫文章，應是人生一大樂事，卻覺得此生少了點什麼波瀾壯闊，他十七歲時乘船遊歷的勇氣。

直到有一日族兄藍廷珍返鄉時前來尋他，問他可願當自己的幕賓，他才又升起一股走出去的念頭。跟在族兄身邊，經歷這場戰爭，不只為了討伐逆賊，也為了輔佐兄長在官途上走得順遂，就不得不寫些官樣文章。

既想抒發想法，藉筆下文字影響朝廷的治理之策，卻又不能不兼顧看的人的心理，不能讓對方察覺這是一種反對，總要想方設法用一些討好的言語包裹自己真正想說的話，祈望政策的修正。

當黃麟說他的文章做作，他感覺自己被看穿，因而連憤怒都隱藏不了。

這一天，他沒再多寫一個字。只想著許多過去的事。

過完年回到兄長身邊，他仍繼續寫，他不甘心不將它寫完，即便這個過程裡有這麼多不得不收斂的筆鋒，不得不的討好，不得不的……想要幫助兄長獲得皇帝青睞的私心。他還是寫了，他想，有一天蔡世遠也會看到這部書。也許用書來代替信，是對舊日知交表達思念最恰當的方法。

半年後，他準備再度返鄉。出發前，兄長對他說：「你的功勞我會稟告皇上，說不定哪天就有機會到北京去的。要當官有多種方法，不一定都要用考的。」他聽了竟一陣惆悵，好像哪裡生疼，因此也忘了道謝。

回到熟悉的書齋，他仍讓黃麟幫忙磨墨，而他重新繕寫文稿。他仍舊修修改改，不能很確定這本書何時才是可以問世的狀態，又應該寫到什麼程度才好。

但他已先想好書名。

＊ ＊ ＊

藍鼎元落款時，黃麟將書封上的四個字唸了出來：「平臺紀略。」

「這書名如何？」

「還可以，其實是……有點討厭。」黃麟說。

「哈。」

「這次您沒有生氣？」

「只是想通了一些事，但我還是要用這書名的。」

「自然，那是老爺自己寫的書嘛！」

藍鼎元突然將雙手包覆住黃麟的手。黃麟嚇了一跳，察覺那雙手原來是很柔軟的。

「你的父親曾經將你交託給我，我現在也將雲錦交託給你。當日平臺，雲錦在回鄉前就曾告訴我他很想留在臺灣找一塊土地開墾，當時我總覺得他文不成，武還是得謀個職位吧，並不允他。他也不敢再提。這次我回鄉，他原先也沒提，但這幾日他告訴我他實在無意仕途，又提了一次想去臺灣的事。還說，他要帶著你和卓春一起去。」

「我和春仔？」黃麟想到這幾日藍雲錦總是喜孜孜的說要給他一個驚喜。

「雲錦有時太過單純，不懂人心險惡。幫我照顧他好嗎？」

「嗯。」黃麟微微點了點頭，將自己的手抽了出來。

＊　＊　＊

重新踏上臺灣的土地，黃麟恍若隔世。船上藍雲錦很興奮，一直說他的族伯藍廷珍也看中了大肚溪北岸的土地，正在招佃開墾。

「不過，我不去那裡。我還是比較想自己闖一闖。不要老是靠家族裡的人。南路那時曾隨軍走過一趟，比較熟悉，也有了感情。而且阿麟，你不是也比較熟悉南路嗎？我想再往下淡水的更南緣去找適合開墾的荒地。到時候會很需要你的意見。」

兩人這樣一路說說笑笑到了臺灣。

在角帶圍附近過夜時，黃麟忽然起了一個念頭，從這裡要回自己的庄頭很容易。為什麼藍雲錦

偏偏要選這樣的地方過夜？

藍雲錦來敲他房門，將他叫出來。

「今晚月色很美，不是嗎？」

「嗯。」

「滿月的月光最明亮，而且整夜都有，夜裡走路大概也沒問題吧？」

「少爺，您不是希望我幫你嗎？現在又為什麼要講這些話？還是你在試探我？想知道我會不會逃跑？」

那一瞬間，藍雲錦的表情似乎是被他的話所傷害，顯出挫折的模樣。

「我並不是要試探你。而是，如果可以，我希望還你自由。但我就是一個普通人，最多只能做到這樣。」

「你何必呢……」

「我知道我族伯欺騙你父親的事。我這個人沒什麼理想，也沒有才華，差我父親、族伯都差得太遠了。我就只希望我的朋友都開心。你的身上有跟方度一樣我挽救不了的悲傷，我一直想我能為你們做什麼事，可是你也不要誤會，來臺灣本來就是我想做的事，這兩年我可是做了很多調查呢。所以沒有你也沒關係。我爹肯定也要你照顧我吧，你不用管他，他那個人就是這樣，不管到哪裡都要叫人照顧我……你不用把這件事看得太重……」

「少爺……」

「離開前，叫我一次名字吧！還是你捨不得離開我，那就留下也沒關係。」

「雲錦……」

「嗯。」藍雲錦點了點頭，知道了黃麟的決定。有些僵硬地轉身離去。

「雲錦……」黃麟又輕輕喊了一聲，「多謝你。」

* * *

雍正十年，羅漢門某個冬日的清晨。

卓春在黃麟的行囊中放了幾顆剛蒸好的饅頭，讓他在路上吃。

旁邊兩個孩子，一男一女也吃著熱騰騰的饅頭。

「爹，你又要去阿里港看錦叔啦！」年紀較大的男孩問。

「是啊！去看你錦叔的田地今年收成好不好，他那個人很需要我幫他出主意。」

「想念就說想念，何必這麼多藉口。」卓春笑著說。

「過幾天就回來。」

「每年難得去一趟，你們就好好聊聊吧，最近也沒什麼要忙的大事。屋頂今年沒什麼損壞，晚幾日再修補也沒關係。」

「嗯，那我出發了。」

黃麟推開圍籬的門，走入了山徑之中，回頭又跟妻子、孩子們揮了揮手。羅漢門因為設了縣丞署和汛塘，雖說是為了監視這山內的動靜，卻是熱鬧許多，搬到這裡來開墾的人越來越多。他一路走著，後面來了一輛牛車，牛車主人說是要把山產運到岡山去賣的，問他有沒有順路？要不要搭牛車？他笑著跳上了牛車。

經過古陳坑的時候，黃麟跳下牛車。繞到過去朱一貴的居所，看了一看。朱一貴的草寮在昔日清山時早被燒毀，後來又有新的住民看中這塊地，搬到這裡搭了新的草寮。他的外公鄭九賽不知何時過世的，死的時候沒有任何人繼承他的產業，田地就直接被傭工和佃農們霸佔了。黃麟也不願再去爭什麼。

他只還是習慣回到這一帶看一看，避免自己忘記太多。又不敢太常來，怕自己記起太多。

離開時，他走入兩邊都是竹林的山徑。

山路轉折處，黃麟突然看見朱一貴站在竹林邊對他微笑。

他奔過去，卻只有幾片竹葉飄落，拂過他的肩膀。

41 阿里港為今屏東里港。

後記　走在同一條街路上

感謝閱讀這本書的朋友們。

最初會對朱一貴的故事感到興趣，源自有一回聽杜正勝老師對我們提及朱一貴信仰的存在，以及可以思考朱一貴信仰如何產生的問題。這個問題引發我一些想法，當時還未曾想過它將來會發展成一部長篇小說，只是有些原本存在的疑問，連同這個問題，混合起來發生了碰撞。

比方說我們常聽到關於渡過黑水溝如何凶險的描述，好像渡海這件事非得是一種悲傷無奈的情調，但若真是如此，又是什麼促使先人願意冒此風險來到臺灣？為何被強調的往往是危險，而非夢想？比方讀鴨母王的故事，一個平民要領導群眾攻下府治絕非易事，但傳述重點卻常放在幾件促使朱一貴相信自己天命的異象，及其稱帝時間的短暫，彷彿老天爺跟他開了一場玩笑，不知是誰誤讀了誰。這真是一個這麼「短」的故事嗎？朱一貴身旁的同伴又是什麼模樣？是否有什麼被隱藏了？轉化成對朱一貴的信仰封印起來？我們能不能把這個故事「打開」來看看，看看裡面還有些什麼？

我本身住在臺南，也常跑嘉義、高雄、屏東，朱一貴事件相關人物的主要活動範圍正是我現在身處的生活圈，這也加強了我嘗試寫作這個故事的決心。初期文獻蒐集階段，第一個碰到的問題就是留下的史料多是清朝官方或傳統文人的視角，有其「報導」立場與稱頌的價值觀，幸而縱然朱一

貴陣營被視為「反賊」，卻仍在這些紀錄中留下活躍過的足跡，更幸好，還留有朱一貴部分供詞和其他參與者及其親屬的供詞殘件。雖不完整，仔細研讀每份供詞的說法仍能對照出許多訊息，但也需注意供詞內容未必全真，當他們解釋參與因由，屈打成招或避重就輕的可能性也必須考慮。

有很長一段時間，我都在做像偵探一般的工作，將找到的史料並列整理，試圖從「影子」回推主人的模樣。這個過程裡有挫折、有茫然，像是部分核心人物的供詞已不復存，留下的主要是在戰役中的紀錄，我能不能代他們發言呢？然而若只因供詞佚失就不提這些人，那他們豈不是就真的被遺忘了？連名字都不會再被提起？我只能盡力依當時的社會氛圍為基礎設想他們的身世、個性、想法，這裡面自然也會融入因為我身處現在這個時代，想對歷史提出的探問，並非全然的考古。

在歷史無法完全還原的有限性底下，回歸到「小說」這個創作形式，我想我能做的或許還是先好好講一個故事吧。希望能呈現出不同的觀看角度，尋找當歷史還未成為歷史，每個人仍擁有「未知」，心血搏動的時刻。如果《羅漢門》能讓大家對故事裡的人物們產生興趣，進一步去探索更多關於那個時代、那個事件的訊息，我也會感到很開心。

在此，我要感謝許多為歷史研究、田野調查、資料建置奉獻心力的人，因為他們的努力，我們現在有線上資料庫、期刊論文、出版叢書或網路個人平臺可以查找資料、認識新知，這是集眾人的智慧與力量所豐沛的歷史小說創作環境。在和編輯討論的過程，我們最後決定列上主要參考資料，提供有興趣的讀者一些窗口、路徑，或可開闢更多討論空間。

感謝衛城出版促成這本書的面世，感謝創作路上給予我啟發、勉勵的師長親友們。

經歷這個創作過程，現在走在臺南的街道，腦海中都會浮現三百年可能的景象，想著三百年前朱一貴和他的結拜兄弟是這樣走過去，或者立在某個屋簷下，覺得自己其實是跟他們生活在一起的。不知道讀完這本書的朋友們，是否也會有同樣的感受呢？歡迎有空來走走吧！

主要參考資料

一、史料

參考「中央研究院漢籍電子文獻資料庫」並配合以下叢書：

《臺灣歷史文獻叢刊》（臺灣省文獻委員會出版）：臺案彙錄己集、平臺紀略、東征集、臺海使槎錄。

《臺灣史料集成：清代臺灣方志彙刊》（文建會、遠流出版）：臺灣府志、諸羅縣志、臺灣縣志、鳳山縣志；臺灣志略；澎湖志略、重修臺灣縣志。

《臺灣史料集成：明清臺灣檔案彙編》（遠流出版）：第貳輯第九冊。

二、輿圖

鳳山縣志山川圖（約一七二〇年）

臺灣縣志輿圖（約一七二〇年）

諸羅縣志山川總圖（約一七一七年）

康熙臺灣輿圖（約一六九九至一七〇四年之間）

三、書目

李文良，《清代南臺灣的移墾與「客家」社會（1680~1790）》，國立臺灣大學出版中心，二〇一一年二月。

翁佳音、黃驗，《解碼臺灣史1550-1720》，遠流，二〇一七年九月。

林淑慧，《臺灣文化采風─黃叔璥及其《臺海使槎錄》研究》，萬卷樓，二〇〇四年五月。

謝貴文，《內門鴨母王朱一貴》，高雄市立歷史博物館、玉山社，二〇一五年九月。

許毓良，《清代臺灣軍事與社會》，九州，二〇〇八年十一月。

陳國棟，《東亞海域一千年（增訂新版）》，遠流，二〇一三年五月。

戴寶村策畫；蔡承豪、李進億、陳慧先、莊勝全撰文，《「小的」臺灣史》，玉山社，二〇一二年九月。

陳捷先主編，王思治、馮爾康編著，《清聖祖康熙事典》，遠流，二〇〇六年九月。

葉高華編著，蘇峯楠地圖繪製，《十八世紀末御製臺灣原漢界址圖解讀》，國立臺灣歷史博物館、南天書局，二〇一七年十一月。

夏黎明、王存立、胡文青，《你不知道的臺灣古地圖：從古地圖探索早期臺灣發展與多變面貌》，遠

足文化，二〇一四年十一月。
曾樹銘、陸傳傑，《航向臺灣：海洋臺灣舟船志》，遠足文化，二〇一三年四月。
施懿琳主編，林孟欣等撰稿，《臺閩文化概論》，五南，二〇一三年九月。
潘洪鋼，《細說清人社會生活（上、下冊）》，龍圖騰文化，二〇一五年五月、六月。
張研，《清代經濟簡史》，雲龍，二〇〇二年九月。

四、期刊

王玉輝，〈從《東寧政事集》考察清領之初的臺灣社會問題〉，《臺灣文獻》第五十九卷第一期，二〇〇八年三月，頁一九一－二三〇。
杜正勝，〈後現代與前近代之間──我的轉折所見臺灣史學的一些面向〉，《古今論衡》第二十九期，二〇一六年十二月，頁一七－四二。
林正慧，〈從客家族群之形塑看清代臺灣史志中之「客」──「客」之書寫與「客家」關係之探究〉，《國史館學術集刊》第十期，二〇〇五年六月，頁一－六一。
林文龍，〈《靖臺實錄》引發爭功問題平議〉，《臺灣文獻》，別冊四十七，二〇一三年十二月，頁二－一二。
林朝成、盧其薇，〈從鰲峰書院到海東書院：論清代臺灣朱子學的二個向度〉，《東華漢學》第九期，

二〇〇九年六月，頁二八一—三二四。
孟祥瀚，〈藍張興庄與清代臺中盆地的拓墾〉，《興大歷史學報》第十七期，民國二〇〇六年六月，頁三九五—四三〇。
陳怡宏，〈官逼民反的另一詮釋——朱一貴事件的社會起源初探（1652-1721）〉，二〇一三年博物館與臺灣史論文發表會，國立臺灣歷史博物館，二〇一四年七月。
陳秋坤，〈清代臺灣地權分配與客家產權——以屏東平原為例（1700-1900）〉，《歷史人類學學刊》第二卷第二期，二〇〇四年十月，頁一—二六。
莊吉發，〈故宮檔案與清代臺灣史研究——宮中檔滿文奏摺的史料價值〉，《臺灣文獻》第四十八卷第三期，一九九七年九月，頁一四九—一六二。

Belong 01

羅漢門

作者——錢真
執行長——陳蕙慧
總編輯——張惠菁
責任編輯——盛浩偉
行銷總監——李逸文
資深行銷企劃主任——張元慧
行銷企劃——尹子麟、姚立儷
封面設計——黃梵真－湯湯水水設計工作所
排版——宸遠彩藝

社長——郭重興
發行人兼出版總監——曾大福
出版——衛城出版／遠足文化事業股份有限公司
發行——遠足文化事業股份有限公司
地址——二三一四一 新北市新店區民權路一〇八－二號九樓
電話——〇二－二二一八一四一七
傳真——〇二－二二一八〇七二七
客服專線——〇八〇〇－二二一〇二九
法律顧問——華洋法律事務所 蘇文生律師
印刷——呈靖彩藝有限公司
初版——二〇一九年九月

定價——三六〇元

國家圖書館出版品預行編目資料

羅漢門／錢真作.
－初版.－新北市：衛城出版：遠足文化發行，2019.09
面； 公分
ISBN 978-986-97165-3-6（平裝）

863.57 108011787

ACRO POLIS 衛城

EMAIL acropolismde@gmail.com
FACEBOOK www.facebook.com/acrolispublish

● 親愛的讀者你好，非常感謝你購買衛城出版品。
我們非常需要你的意見，請於回函中告訴我們你對此書的意見，
我們會針對你的意見加強改進。

若不方便郵寄回函，歡迎傳真回函給我們。傳真電話 —— 02-2218-0727

或上網搜尋「衛城出版 FACEBOOK」
http://www.facebook.com/acropolispublish

● 讀者資料

你的性別是 □ 男性 □ 女性 □ 其他

你的職業是 ________________ 你的最高學歷是 ________________

年齡 □ 20 歲以下 □ 21-30 歲 □ 31-40 歲 □ 41-50 歲 □ 51-60 歲 □ 61 歲以上

若你願意留下 e-mail，我們將優先寄送 ________________ 衛城出版相關活動訊息與優惠活動

● 購書資料

● 請問你是從哪裡得知本書出版訊息？（可複選）
□ 實體書店 □ 網路書店 □ 報紙 □ 電視 □ 網路 □ 廣播 □ 雜誌 □ 朋友介紹
□ 參加講座活動 □ 其他 ________

● 是在哪裡購買的呢？（單選）
□ 實體連鎖書店 □ 網路書店 □ 獨立書店 □ 傳統書店 □ 團購 □ 其他 ________

● 讓你燃起購買慾的主要原因是？（可複選）
□ 對此類主題感興趣
□ 參加講座後，覺得好像不賴
□ 覺得書籍設計好美，看起來好有質感！
□ 價格優惠吸引我
□ 議題好熱，好像很多人都在看，我也想知道裡面在寫什麼
□ 其實我沒有買書啦！這是送（借）的
□ 其他 ________

● 如果你覺得這本書還不錯，那它的優點是？（可複選）
□ 內容主題具參考價值 □ 文筆流暢 □ 書籍整體設計優美 □ 價格實在 □ 其他 ________

● 如果你覺得這本書讓你好失望，請務必告訴我們它的缺點（可複選）
□ 內容與想像中不符 □ 文筆不流暢 □ 印刷品質差 □ 版面設計影響閱讀 □ 價格偏高 □ 其他 ________

● 大都經由哪些管道得到書籍出版訊息？（可複選）
□ 實體書店 □ 網路書店 □ 報紙 □ 電視 □ 網路 □ 廣播 □ 親友介紹 □ 圖書館 □ 其他 ________

● 習慣購書的地方是？（可複選）
□ 實體連鎖書店 □ 網路書店 □ 獨立書店 □ 傳統書店 □ 學校團購 □ 其他 ________

● 如果你發現書中錯字或是內文有任何需要改進之處，請不吝給我們指教，我們將於再版時更正錯誤

____
____
____
____
____

請沿虛線剪下

廣　告　回　信
臺灣北區郵政管理局登記證
第 1 4 4 3 7 號

請直接投郵•郵資由本公司支付

23141
新北市新店區民權路108-2號9樓

衛城出版 收

● 請沿虛線對折裝訂後寄回，謝謝！

ACRO POLIS 衛城出版

Belong

01

共同體進行式